LE BAL

Parce qu'une intrigue poli
contemporains, pris comm
1914-1918, ont besoin d
Anglaise (à demi américaine
roman policier en dehors de son service d'infirmière volontaire. Elle s'appelle Agatha Miller et vient d'épouser Archibald Christie. Elle est née en 1890 à Torquay, dans le Devon, où elle a reçu à domicile une éducation soignée, et elle écrit depuis longtemps poèmes, contes ou nouvelles.

Son premier roman, *La Mystérieuse Affaire de Styles*, ne trouve d'éditeur qu'en 1920. Son septième, *Le Meurtre de Roger Ackroyd*, classe en 1926 Agatha Christie parmi les « grands » du policier et son héros, le détective belge *Hercule Poirot*, parmi les vedettes du genre – où le rejoindra la sagace *Miss Marple*. Le succès est dès lors assuré à tous ses ouvrages qui paraissent au rythme d'un ou deux par an.

Divorcée en 1928, Agatha Christie s'est remariée en 1930 avec l'archéologue Max Mallowan qu'elle accompagne en Syrie et en Irak dans ses campagnes de fouilles, comme elle le dit dans son autobiographie : *Come, tell me how you live* (Dites-moi comment vous vivez, 1946).

Sous le nom de Mary Westmacott, elle a publié plusieurs romans dont : *Unfinished Portrait* (Portrait inachevé, 1934), *Absent in the Spring* (Loin de vous ce printemps, 1944), *The Rose and the Yew Tree* (L'If et la Rose, 1948), *A Daughter's a Daughter* (Ainsi vont les filles, 1952), *The Burden* (Le Poids de l'amour, 1956). Enfin, elle a triomphé au théâtre dans *Witness for the Prosecution* (Témoin à charge, 1953).

Agatha Christie est morte dans sa résidence de Wallingford, près d'Oxford (Angleterre), en janvier 1976. Elle est un des auteurs les plus lus dans le monde.

Paru dans Le Livre de Poche :

LE MEURTRE DE ROGER ACKROYD.
DIX PETITS NÈGRES.
LES VACANCES D'HERCULE POIROT.
LE CRIME DU GOLF.
LE VALLON.
LE NOËL D'HERCULE POIROT.
MEURTRE EN MÉSOPOTAMIE.
LE CRIME DE L'ORIENT-EXPRESS.
A.B.C. CONTRE POIROT.
CARTES SUR TABLE.
LA MYSTÉRIEUSE AFFAIRE DE STYLES.
CINQ PETITS COCHONS.
MEURTRE AU CHAMPAGNE.
LES SEPT CADRANS.
L'AFFAIRE PROTHÉRO.
MR. BROWN.
LE TRAIN BLEU.
L'HOMME AU COMPLET MARRON.
LE COUTEAU SUR LA NUQUE.
LA MORT DANS LES NUAGES.
LE SECRET DE CHIMNEYS.
LA MAISON DU PÉRIL.
CINQ HEURES VINGT-CINQ.
LES QUATRE.
MORT SUR LE NIL.
UN CADAVRE DANS LA BIBLIOTHÈQUE.
UN MEURTRE SERA COMMIS LE...
LE CHAT ET LES PIGEONS.
LA NUIT QUI NE FINIT PAS.
ALLÔ, HERCULE POIROT.
MRS MACGINTY EST MORTE.
UN MEURTRE EST-IL FACILE ?
LE MYSTÈRE DE LISTERDALE.
LA DERNIÈRE ÉNIGME.
À L'HÔTEL BERTRAM.
LE CHEVAL PÂLE.
MR QUINN EN VOYAGE.
JE NE SUIS PAS COUPABLE.
POURQUOI PAS EVANS ?
L'HEURE ZÉRO.
UN, DEUX, TROIS...
N OU M ?
RENDEZ-VOUS À BAGDAD.
UNE POIGNÉE DE SEIGLE.
LA PLUME EMPOISONNÉE.
LA MAISON BISCORNUE.
LE TRAIN DE 16 HEURES 50.
LE MAJOR PARLAIT TROP...
TÉMOIN À CHARGE.
LE FLUX ET LE REFLUX.
LES INDISCRÉTIONS D'HERCULE POIROT.
DRAME EN TROIS ACTES.
POIROT JOUE LE JEU.
LA MORT N'EST PAS UNE FIN.
LES PENDULES.
LE CRIME EST NOTRE AFFAIRE.
TÉMOIN MUET.
MISS MARPLE AU CLUB DU MARDI.
LE CLUB DU MARDI CONTINUE.
UNE MÉMOIRE D'ÉLÉPHANT.
RENDEZ-VOUS AVEC LA MORT.
TROIS SOURIS.
LE MIROIR SE BRISA.
LE RETOUR D'HERCULE POIROT.
JEUX DE GLACES.
LE CHEVAL À BASCULE.
PENSION VANILOS.
TÉMOIN INDÉSIRABLE.
NÉMÉSIS.
ASSOCIÉS CONTRE LE CRIME.
LES ENQUÊTES D'HERCULE POIROT.
PASSAGER POUR FRANCFORT.
POIROT QUITTE LA SCÈNE.
POIROT RÉSOUT TROIS ÉNIGMES.

AGATHA CHRISTIE

Le Bal de la victoire

TRADUIT DE L'ANGLAIS
PAR MARIE-JOSÉE LACUBE

LIBRAIRIE DES CHAMPS-ÉLYSÉES

Titre original :

POIROT'S EARLY CASES

L'AFFAIRE DU BAL DE LA VICTOIRE

C'est par un pur hasard que mon ami Hercule Poirot, ancien chef de la police belge, se trouva mêlé à l'affaire Styles. Le brio avec lequel il l'éclaircit assit sa renommée et il décida de se consacrer dès lors à l'investigation d'affaires criminelles.

Quant à moi, après avoir été blessé sur la Somme et réformé, je m'étais finalement installé avec lui à Londres. Etant donné que je connais parfaitement la plupart des affaires dont il s'est occupé, on m'a demandé d'en choisir quelques-unes parmi les plus intéressantes et d'en faire le récit. Je me dois donc, à mon avis, de commencer par cette étrange énigme qui suscita tant d'intérêt à l'époque. Je veux parler de l'affaire du bal de la Victoire.

Bien qu'elle ne démontre pas les méthodes très particulières de Poirot aussi bien que certaines autres affaires moins connues, ses circonstances extraordinaires, la notoriété des personnes impliquées et la publicité à laquelle elle eut droit dans la presse en font une cause célèbre, et ce n'est que justice, me semble-t-il, de faire enfin savoir au monde entier que c'est Hercule Poirot qui l'a démêlée.

C'était une belle matinée de printemps et nous nous trouvions dans ses appartements. Comme toujours, tiré à quatre épingles, sa tête en forme d'œuf penchée sur le côté, il appliquait sur sa moustache une nouvelle pommade. Il faut dire que l'un de ses traits de caractère dominants est une certaine vanité, qui va de pair avec son amour de l'ordre et de la méthode. Le *Daily Newsmonger* que je venais de parcourir avait glissé à terre et j'étais plongé dans une profonde méditation lorsque la voix de Poirot parvint à mes oreilles.

– Qu'est-ce qui vous rend si pensif, mon ami?

– A vrai dire, je m'interrogeais sur cette incroyable affaire du bal de la Victoire. Les journaux ne parlent que de ça, dis-je en tapotant du doigt celui que je tenais encore en main.

– Ah oui?

– Plus on lit de commentaires sur ce qui s'est passé, plus cela paraît mystérieux. (Je m'animai peu à peu.) Qui a tué Lord Cronshaw? La mort de Coco Courtenay la même nuit était-elle une simple coïncidence? Etait-ce un accident? Ou a-t-elle pris délibérément une dose massive de cocaïne? (Je me tus un instant avant d'ajouter d'un ton théâtral) : Voila les questions que je me pose.

Poirot ne réagit même pas, ce qui m'agaça quelque peu. Tout en se contemplant dans la glace, il se contenta de murmurer :

– Décidément, cette nouvelle pommade fait des merveilles pour les moustaches.

Surprenant alors mon regard, il se hâta d'ajouter :

– Vraiment...? Et... avez-vous trouvé des réponses à vos questions?

Avant que j'aie pu dire quoi que ce soit, la porte s'ouvrit et notre logeuse annonça l'inspecteur Japp.

L'inspecteur de Scotland Yard était un vieil ami et nous l'accueillîmes avec chaleur.

– Ah! mon cher Japp! s'exclama Poirot. Quel bon vent vous amène?

– Ma foi, Poirot, répondit Japp en s'asseyant et en me saluant d'un petit signe de tête, je suis chargé d'une affaire qui est, à mon avis, tout à fait dans vos cordes, et je suis venu vous demander si cela vous intéresserait de participer à l'enquête.

Poirot avait bonne opinion des compétences de Japp, bien qu'il déplorât son manque de méthode. Pour ma part, j'estimais que le plus grand talent de l'inspecteur était son art subtil de demander une faveur tout en ayant l'air de l'accorder.

– Il s'agit de l'affaire du bal de la Victoire, précisa celui-ci d'un ton persuasif. Allons, je suis bien sûr que vous aimeriez vous en occuper.

Poirot se tourna vers moi avec un sourire.

– Cela plairait en tout cas à Hastings. Il était justement en train de disserter sur ce sujet, n'est-ce pas, mon ami?

– Eh bien, me dit Japp d'un air condescendant, vous en serez, vous aussi. Croyez-moi, il y a de quoi être fier de connaître les dessous d'une affaire comme celle-là. Bon, venons-en au fait. Vous savez sans aucun doute ce qui s'est passé, Poirot?

– Seulement par les journaux... et l'imagination des journalistes leur fait parfois déformer la vérité. Racontez-moi plutôt l'histoire vous-même.

Japp croisa les jambes pour s'installer plus confortablement, puis il commença son récit.

– Comme tout le monde le sait, mardi dernier a eu lieu le grand bal de la Victoire. De nos jours, la moindre sauterie a droit à cette appellation, mais celui-là, c'était le vrai, organisé au Colossus Hall et réunissant le tout-Londres, y compris Lord Cronshaw et ses amis.

– Son dossier? demanda machinalement Poirot. Disons plutôt... sa biographie.

– Le vicomte Cronshaw était le cinquième du titre; il avait vingt-cinq ans, était riche, célibataire, et adorait le monde du spectacle. Le bruit courait qu'il était fiancé avec Miss Courtenay, une jeune comédienne du théâtre Albany surnommée « Coco » par ses amis et absolument fascinante, au dire de tout le monde.

– Bien. Continuez.

– Le petit groupe de Lord Cronshaw se composait de six personnes : lui-même, son oncle, l'honorable Eustache Beltane, une jolie veuve américaine, Mrs. Mallaby, un jeune acteur, Chris Davidson, son épouse et, enfin, Miss Coco Courtenay. C'était un bal masqué, comme vous le savez, et Cronshaw et ses amis incarnaient des personnages de l'ancienne comédie italienne. J'ignore au juste ce que c'est...

– La *Commedia dell'arte*, murmura Poirot.

– Quoi qu'il en soit, les costumes ont été copiés sur une série de figurines en porcelaine faisant partie de la collection d'Eustache Beltane. Lord Cronshaw incarnait Arlequin; Mr. Beltane, Polichinelle; Mrs. Mallaby, son pendant Pulcinella; les Davidson, Pierrot et Pierrette; et Miss Courtenay, bien sûr, Colombine. Dès le début de la soirée, manifestement, quelque chose n'allait pas. Lord Cronshaw était d'humeur maussade et avait un comportement étrange. Lorsque le petit groupe s'est retrouvé pour le souper dans une petite salle privée réservée par Lord Cronshaw, tous ont remarqué que Miss Courtenay et lui ne s'adressaient plus la parole. De toute évidence, la jeune femme avait pleuré et elle semblait à deux doigts de la crise de nerfs. Le repas s'est déroulé dans une atmosphère plutôt gênée et, le moment venu de quitter la salle à manger, Miss Courtenay a demandé à haute voix à Chris Davidson de la raccompagner chez elle, disant qu'elle en avait assez de ce bal. Le jeune acteur s'est tourné d'un air hésitant vers Lord Cronshaw et les a finalement retenus tous deux dans la pièce.

« Cependant, ses efforts pour les réconcilier n'ayant servi à rien, il s'est décidé à appeler un taxi et à raccompagner Miss Courtenay – qui était alors en larmes – à son appartement. Bien qu'apparemment dans tous ses états, elle ne lui a fait aucune confidence, mais s'est contentée de répéter inlassablement que « le vieux Cronshaw le regretterait ». C'est la seule chose qui nous permette de penser que sa mort n'était peut-être pas un accident, mais cet indice est un peu maigre. Lorsque Davidson est enfin parvenu à la calmer un peu, il était trop tard pour qu'il retourne au Colossus Hall. Il est donc rentré directement à son appartement de Chelsea, où sa femme est arrivée peu de temps après et lui a fait part de la terrible tragédie qui avait eu lieu après son départ.

« A ce qu'il semble, l'humeur de Lord Cronshaw n'avait fait qu'empirer. Il était resté à l'écart de son groupe et ils ne l'avaient pratiquement plus vu de la soirée. Il était environ une heure et demie du matin – juste avant le grand cotillon pour lequel tout le monde enlève son masque – quand le capitaine Digby, un camarade de régiment qui connaissait son déguisement, l'a aperçu debout dans une loge, contemplant la scène, et l'a interpellé.

– Hé! Cronch! Descends de ton perchoir et montre-toi un peu sociable! Pourquoi diable fais-tu cette tête? Allez, viens, on va bien s'amuser.

– D'accord, lui a répondu Cronshaw. Attends-moi, sinon je ne te retrouverai jamais dans la foule.

Tout en parlant, il a fait demi-tour et a quitté la loge. Le capitaine Digby, qui était en compagnie de Mrs. Davidson, l'a attendu, mais les minutes passaient et Lord Cronshaw n'apparaissait toujours pas. Dibgy a commencé alors à s'impatienter.

– Il ne croit tout de même pas que nous allons l'attendre toute la nuit!

Lorsque Mrs. Mallaby les a rejoints, ils lui ont expliqué la situation et elle s'est exclamée :

– Il est vraiment d'une humeur massacrante, ce soir! Nous allons l'obliger à se joindre à nous.

Tous trois se sont donc mis à sa recherche, mais en vain, jusqu'au moment où la jolie veuve a songé qu'il était peut-être dans la petite salle où ils avaient soupé. Ils s'y sont rendus aussitôt, pour y découvrir un horrible spectacle. Arlequin était bien là, mais étendu à terre, un couteau de table planté dans le cœur!

Japp se tut et Poirot hocha la tête avant de déclarer avec la délectation du connaisseur :

– Une belle affaire, en effet! Et rien ne pouvait laisser deviner l'identité de l'assassin? Non, bien sûr!

– Vous connaissez la suite, poursuivit Japp. Cela s'est soldé par une double tragédie. Le lendemain, on en parlait dans tous les journaux et un court entrefilet annonçait que Miss Courtenay, la célèbre actrice, avait été trouvée morte dans son lit et que sa mort était due à une absorption massive de cocaïne. Accident ou suicide? C'est la question qu'on se pose. Sa femme de chambre, qui a été appelée à témoigner, a reconnu que Miss Courtenay prenait régulièrement de la drogue, et l'on a conclu à une mort accidentelle. Toutefois, nous ne pouvons pas éliminer l'hypothèse d'un suicide. Sa mort est d'autant plus regrettable que nous n'avons plus aucun moyen à présent de savoir quelle était la cause de sa dispute de la veille au soir avec Lord Cronshaw. Au fait, on a retrouvé sur le corps du jeune homme une petite boîte en émail au couvercle incrusté de diamants formant le nom de « Coco ». Elle était à moitié pleine de cocaïne. La femme de chambre de Miss Courtenay l'a identifiée comme appartenant à sa maîtresse, qui l'avait presque toujours sur elle car elle contenait la drogue dont elle devenait chaque jour un peu plus l'esclave.

– Lord Cronshaw lui-même était-il un adepte?

– Loin de là! Il avait des idées extrêmement sévères sur la question.

Poirot hocha la tête d'un air pensif.

– Cependant, étant donné que la boîte était en sa possession, il savait que Miss Courtenay se droguait. C'est une indication précieuse, n'est-ce pas, mon cher Japp?

– Heu! fit l'inspecteur d'un ton plutôt vague qui me fit sourire. Enfin, voilà l'exposé de l'affaire. Qu'en pensez-vous?

– Vous n'avez découvert aucun indice dont il n'ait pas été fait mention dans les journaux?

– Si, celui-ci.

Japp sortit un petit objet de sa poche et le tendit à Poirot. C'était un pompon de soie vert émeraude, effiloché à la base comme si on l'avait arraché à un vêtement.

– Nous l'avons trouvé dans la main du mort, expliqua Japp. Il le serrait très fort entre ses doigts.

Poirot lui rendit le pompon sans aucun commentaire.

– Lord Cronshaw avait-il des ennemis?

– Pas pour autant qu'on le sache. Il semblait même plutôt populaire.

– A qui profite sa mort?

– Son oncle, l'honorable Eustache Beltane, hérite de son titre et de ses biens. Il y a d'ailleurs une ou deux raisons de le soupçonner. Plusieurs personnes ont déclaré avoir entendu une violente altercation dans la petite salle à manger et avoir reconnu la voix d'Eustache Beltane. Voyez-vous, le fait que l'arme du crime soit un couteau de table permet de penser que le meurtre a été commis dans le feu d'une dispute.

– Que dit Mr. Beltane de l'incident?

– Qu'un des serveurs avait trop bu et qu'il était, en fait, en train de le semoncer vertement. Il a ajouté qu'il était alors plus près d'une heure du matin que d'une heure et demie. Or, dans sa déposition, le capitaine Digby a indiqué une heure assez précise et il ne se serait écoulé que dix minutes entre le moment où il a interpellé Cronshaw et la découverte du corps.

– En tout cas, je suppose qu'étant déguisé en Polichinelle, Mr. Beltane avait une bosse dans le dos et une fraise autour du cou?

– Je ne sais pas exactement à quoi ressemblaient les costumes, répondit Japp en dévisageant Poirot avec curiosité. Et, d'ailleurs, je ne vois pas bien quel rapport cela peut avoir.

– Non?

Le sourire de Poirot était un rien moqueur. Il poursuivit d'un ton posé, tandis qu'une lueur verte que je connaissais bien éclairait son regard :

– N'y avait-il pas une tenture dans cette petite salle à manger?

– Si, mais...

– Et, derrière, un espace suffisant pour servir de cachette à un homme?

– Oui... En fait, il y a un petit renfoncement. Mais comment le saviez-vous? Vous n'y êtes pas allé, Poirot?

– Non, mon bon Japp. Cette tenture, je l'ai simplement imaginée, car, sans elle, ce meurtre n'est pas concevable. Et il faut toujours rester dans la limite du concevable... Mais, dites-moi, n'ont-ils pas appelé un médecin?

– Si, bien sûr. Tout de suite. Mais il n'y avait plus rien à faire. La mort avait été instantanée.

Poirot hocha la tête avec impatience.

– Oui, oui, je comprends. Mais ce médecin a certainement témoigné lors de l'enquête judiciaire?

– Oui.

– N'a-t-il pas parlé de symptômes bizarres. N'a-t-il rien remarqué d'anormal quand il a examiné le corps?

Japp regarda Poirot d'un air perplexe.

– Si. Je ne sais pas où vous voulez en venir, mais il a en effet mentionné une certaine raideur des membres qu'il lui était impossible d'expliquer.

– Ah ah! dit Poirot. Mon Dieu, Japp, cela donne à réfléchir, vous ne trouvez pas?

L'inspecteur n'en semblait pas très convaincu.

– Si vous pensez à du poison, qui diable aurait l'idée d'empoisonner d'abord quelqu'un avant de lui planter un couteau dans le ventre?

– J'avoue que ce serait ridicule, admit Poirot d'un ton placide.

– Bon, y a-t-il quoi que ce soit que vous voudriez voir? Peut-être aimeriez-vous jeter un coup d'œil dans la pièce où on a trouvé le corps.

– Inutile, répondit Poirot avec un geste de refus. Vous m'avez donné la seule indication qui m'intéresse : l'opinion qu'avait Lord Cronshaw sur la drogue.

– Il n'y a donc rien que vous souhaitiez voir?

– Si! Une chose.

– Laquelle?

– Les figurines en porcelaine qui ont servi de modèle pour les costumes.

Japp considéra Poirot avec étonnement.

– Vous êtes vraiment un drôle de numéro!

– Vous est-il possible d'arranger ça?

– Vous pouvez venir à Berkeley Square maintenant, si vous le désirez. Mr. Beltane – monsieur le Vicomte, devrais-je dire à présent – n'y verra certainement aucun inconvénient.

Nous prîmes aussitôt un taxi. Le nouveau Lord Cronshaw n'était pas chez lui, mais, à la demande de Japp, on nous conduisit dans « le salon des porcelaines » où étaient exposés les joyaux de la collection. Japp jeta un regard désemparé autour de lui.

– Je ne vois pas comment vous allez faire pour trouver celles qui vous intéressent.

Mais Poirot avait déjà approché une chaise de la cheminée et montait dessus avec l'agileté d'un lutin. Au-dessus du miroir qui ornait le manteau, seules sur une petite étagère se dressaient six statuettes en porcelaine. Poirot les examina attentivement en faisant quelques commentaires à notre intention.

– Les voilà, les personnages de la comédie italienne! Trois couples : Arlequin et Colombine, Pierrot et Pierrette – élégants en vert et blanc – et Polichinelle et Pulcinella, en mauve et jaune. Très compliqué, le costume de Polichinelle! Des ruchés, des volants, une bosse, un bicorne... Oui, très compliqué; comme je le pensais.

Poirot remit soigneusement les statuettes en place, puis il sauta à bas de la chaise.

Japp paraissait insatisfait, mais comme mon ami n'avait manifestement pas l'intention de lui expliquer quoi que ce soit, l'inspecteur fit aussi bonne figure qu'il le pouvait. Au moment où nous nous apprêtions à partir, le maître de maison arriva et Japp fit les présentations.

Le sixième vicomte de Cronshaw était un homme d'une cinquantaine d'années au ton suave et au beau visage marqué par des années de vie dissolue. Un vieux roué aux manières affectées. Dès le premier abord, il me déplut. Il nous salua assez gracieusement, déclarant qu'il avait beaucoup entendu parler des talents de Poirot et qu'il se mettait à notre entière disposition.

– La police fait tout ce qu'elle peut, je le sais, affirma Poirot.

– Mais je crains fort que le mystere de la mort de mon neveu ne soit jamais éclairci. Tout cela paraît si invraisemblable.

Poirot le dévisageait avec attention.

– Votre neveu n'avait pas d'ennemis, à votre connaissance?

– Aucun. J'en suis sûr. (Le vicomte se tut un instant avant d'ajouter) : Si vous souhaitez me poser d'autres questions...

– Une seule, répondit Poirot d'une voix grave. Les costumes... était-ce la reproduction *exacte* de ceux de vos statuettes?

– Jusque dans le moindre détail.

– Merci, Milord. C'est tout ce dont je voulais m'assurer. Je vous souhaite le bonjour.

– Que voulez-vous faire à présent? demanda Japp tandis que nous descendions la rue à grands pas. Il faut que je retourne au Yard, vous savez.

– Bien. Dans ce cas, je ne vous retiendrai pas. Je n'ai plus qu'une dernière petite chose à faire. Après cela...

– Oui?

– Mon enquête sera terminée.

– Quoi! Vous ne parlez pas sérieusement? Vous savez qui a tué Lord Cronshaw?

– Parfaitement.

– Qui est-ce? Eustache Beltane?

– Allons, mon ami! Vous connaissez mes petites faiblesses... Je tiens toujours à garder mes découvertes secrètes jusqu'à la dernière minute. Mais ne craignez rien. Je vous révélerai tout, le moment venu. Je vous laisserai tout le mérite de l'enquête et cette affaire sera la vôtre à condition que vous-même me laissiez en amener le dénouement à ma manière.

– D'accord. Enfin, à supposer qu'il y *ait* un dénouement!... Mais vous êtes vraiment très mystérieux. (Cette remarque fit sourire Poirot.) Bon, à bientôt. Je retourne au Yard.

Japp s'éloigna et Poirot héla un taxi.

– Où allons-nous, maintenant? lui demandai-je, plein de curiosité?

– A Chelsea, voir les Davidson.

Il donna l'adresse au chauffeur de taxi.

– Que pensez-vous du nouveau Lord Cronshaw? m'enquis-je.

– Et qu'en dit mon bon ami Hastings?

– Je me méfie de lui, d'instinct.

– Vous pensez que c'est « le méchant oncle » des livres d'histoires, c'est ça?

– Pas vous?

– Moi, je trouve qu'il s'est montré très aimable avec nous, répondit Poirot avec une prudente réserve.

– Parce qu'il avait ses raisons!

Poirot me jeta un coup d'œil, secoua la tête avec tristesse et murmura quelque chose qui ressemblait à : « Aucune méthode! »

Les Davidson vivaient au troisième étage d'un hôtel particulier divisé en appartements. Mr. Davidson était sorti, nous dit-on, mais Mrs. Davidson était là. On nous fit entrer dans une longue pièce basse de plafond, dont les murs étaient tapissés de tentures orientales d'un luxe criard. L'air y était oppressant et empli d'un parfum d'encens suffocant. Mrs. Davidson nous rejoignit presque aussitôt. C'était une créature petite et blonde dont la fragilité apparente eût été émouvante sans la lueur rusée et calculatrice qui brillait dans ses yeux bleu clair.

Poirot lui exposa la raison de notre visite et elle secoua la tête tristement.

– Pauvre Cronch... et pauvre Coco, aussi! Nous avions tant d'affection pour elle, mon mari et moi, et sa mort nous a terriblement affligés. Que vouliez-vous me demander? Dois-je vraiment reparler de cette horrible soirée?

– Croyez-moi, Madame, je ne viendrais pas vous tourmenter inutilement. L'inspecteur Japp m'a, en fait, dit tout ce que je désirais savoir. Je voudrais seulement voir le costume que vous portiez le soir du bal.

La jeune femme parut quelque peu surprise et Poirot poursuivit d'une voix douce :

– Vous comprenez, Madame, je travaille avec les méthodes de mon pays. Là-bas, nous procédons toujours à une reconstitution du crime. Il se peut même que j'ordonne une véritable représentation, auquel cas vous comprendrez que les costumes ont une grande importance.

Mrs. Davidson avait l'air encore un peu sceptique.

– J'ai déjà entendu parler de reconstitutions de crimes, bien sûr, mais je ne savais pas que vous vous attachiez tant aux détails. Cependant, je vais aller vous chercher la robe.

Elle quitta la pièce et revint presque aussitôt avec un élégant vêtement de satin blanc et vert. Poirot le lui prit des mains et l'examina un instant avant de le lui rendre en s'inclinant.

– Merci, Madame. Je vois que vous avez malencontreusement perdu un de vos pompons verts, celui de l'épaule, là.
– Oui, il a été arraché pendant le bal. Je l'ai ramassé et l'ai donné à ce pauvre Lord Cronshaw pour qu'il me le garde.
– Cela s'est passé après le souper?
– Oui.
– Peu de temps avant la tragédie, peut-être?
Une légère inquiétude apparut dans les yeux pâles de Mrs. Davidson et elle répondit vivement :
– Oh non! Bien avant. Presque aussitôt après le souper, en fait.
– Je vois. Bon, ce sera tout. Je ne vous importunerai pas plus longtemps. Bonjour, Madame.
– Voilà qui explique le mystère du pompon vert, dis-je comme nous sortions de l'immeuble.
– Je me le demande.
– Pourquoi ? Que voulez-vous dire?
– Vous m'avez vu examiner la robe, Hastings?
– Oui?
– Eh bien, le pompon qui manquait n'a pas été arraché, comme l'a prétendu la jeune femme. Il a été *décousu*, mon ami, soigneusement décousu avec des ciseaux. Les fils qui dépassaient du tissu étaient tous de la même longueur.
– Eh bien, vrai! m'exclamai-je. Cela se complique de plus en plus.
– Au contraire, répliqua Poirot d'un ton placide. C'est de plus en plus simple.
– Poirot! m'écriai-je. Un de ces jours, je vous tuerai! Votre manie de tout trouver parfaitement simple est des plus exaspérantes!
– Mais quand je vous l'explique, mon ami, n'est-ce pas toujours parfaitement simple?
– Si; et c'est bien ce qui m'ennuie! J'ai alors le sentiment que j'aurais pu trouver la solution tout seul.
– Vous pourriez, Hastings, vous pourriez. Si vous vous donniez seulement la peine de mettre de l'ordre dans vos idées! Sans méthode...

– Oui, oui, dis-je vivement, car je ne connaissais que trop bien l'éloquence de Poirot lorsqu'il était lancé sur son sujet favori. Dites-moi, que faisons-nous à présent? Allez-vous réellement procéder à une reconstitution du crime?

– Pas vraiment. Disons que la tragédie est finie, mais que je propose d'y ajouter une... arlequinade.

Poirot avait fixé au mardi soir suivant la mystérieuse représentation, dont les préparatifs m'intriguèrent beaucoup. Un grand écran blanc fut dressé d'un côté de la pièce et flanqué de lourds rideaux. Puis un homme se présenta avec du matériel d'éclairage, bientôt suivi d'un petit groupe de comédiens qui disparurent dans la chambre de Poirot, transformée temporairement en loge de théâtre.

Japp arriva un peu avant huit heures, d'humeur assez maussade. Je compris que l'inspecteur n'approuvait guère de plan de Poirot.

– Un peu mélodramatique, comme toutes ses idées, commenta-t-il. Mais cela ne peut pas faire de mal; il est même possible, comme il le dit, que cela nous simplifie la tâche. Il a fait preuve d'une grande perspicacité dans cette affaire. J'étais sur la même piste, bien sûr – je sentis instinctivement que Japp bluffait – mais enfin, je lui ai promis de le laisser agir à sa guise. Ah! voilà le public. Le vicomte arriva le premier, en compagnie de Mrs. Mallaby, que je n'avais pas encore vue. C'était une jolie femme brune; elle paraissait assez nerveuse. Les Davidson suivirent. C'était aussi la première fois que je voyais Chris Davidson. Il était beau garçon, grand, brun, et avait la grâce et l'aisance d'un acteur confirmé.

Poirot avait installé des sièges face à l'écran, qui était éclairé par de puissants projecteurs. Lorsque nous fûmes tous assis, il éteignit les autres lumières de façon à ce que le reste de la pièce fût plongé dans l'obscurité. Puis sa voix s'éleva dans la pénombre.

– Mesdames, Messieurs, un mot d'explication. Six personnages que vous connaissez bien vont défiler tour à tour devant vous : Pierrot, Pierrette, Polichinelle le bouffon, l'élégante Pulcinella, la gracieuse Colombine et Arlequin, l'esprit, invisible pour l'homme.

Sur ces mots d'introduction, le spectacle commença. L'un après l'autre, chacun des personnages énumérés par Poirot bondit devant l'écran, y resta un instant immobile, puis disparut. Lorsque la lumière revint, il y eut un soupir de soulagement général. Pendant la représentation, les spectateurs étaient restés immobiles, tendus, dans l'attente d'on ne sait quel coup de théâtre. Pour ma part, je constatais que tout cela avait été inutile. Si l'assassin se trouvait parmi nous et si Poirot espérait qu'il s'effondrerait à la simple vue d'un personnage familier, son stratagème avait singulièrement échoué... comme je m'y attendais, d'ailleurs. Cependant, mon ami n'avait pas du tout l'air déçu. Il s'avança, rayonnant.

– Maintenant, Mesdames et Messieurs, veuillez avoir l'amabilité de me dire, chacun à votre tour, ce que nous venons de voir. Voulez-vous commencer, Milord?

Le vicomte paraissait intrigué.

– Je crains de n'avoir pas bien compris.

– Dites-moi simplement ce que nous venons de voir.

– Je... euh... eh bien, je dirai que nous avons vu défiler devant l'écran six personnes costumées comme les personnages de la comédie italienne ou... euh... comme nous l'autre soir.

– Laissons de côté l'autre soir, Milord, intervint Poirot. La première partie de votre réponse est exactement celle que j'attendais. Madame, êtes-vous du même avis que Lord Cronshaw?

Tout en parlant, Poirot s'était tourné vers Mrs. Mallaby.

– Euh... je... oui, bien sûr.

– Vous reconnaissez avoir vu six personnes incarnant des personnages de la comédie italienne?

– Oui, absolument.

– Vous aussi, Monsieur Davidson?

– Oui.

– Madame?

– Oui.

– Hastings? Japp? Oui? Vous êtes tous d'accord?

Son regard fit le tour de l'assemblée et une petite lueur verte s'y alluma.

– Et pourtant... vous êtes tous dans l'erreur! Vos yeux vous ont trompés, comme ils vous ont trompé le soir du bal de la Victoire. « Voir avec ses yeux », comme on dit, n'est pas toujours voir ce qui est. Il faut aussi voir avec les yeux de l'esprit, se servir de sa matière grise... Sachez donc que, ce soir et le soir du bal de la Victoire, ce n'est pas *six* personnes que vous avez vues, mais *cinq*. Regardez!

On éteignit de nouveau les lumières. Un personnage bondit alors devant l'écran. Pierrot.

– Qui est-ce? demanda Poirot. Pierrot?

– Oui, répondîmes-nous tous en chœur.

– Regardez encore!

D'un mouvement rapide, l'acteur se débarrassa de son costume vague de Pierrot et, là, sous les feux des projecteurs, apparut Arlequin dans son habit bariolé. Au même moment, on entendit un cri de rage et un fracas de chaise renversée.

– Que le diable vous emporte! s'écria Davidson. Bon sang! Comment avez-vous deviné?

Suivirent le cliquetis des menottes et la voix calme de Japp qui déclarait avec autorité :

– Christopher Davidson, je vous arrête. Vous êtes accusé du meurtre du vicomte Cronshaw. Tout ce que vous direz à partir de cet instant pourra être retenu contre vous.

Un quart d'heure s'était écoulé. Un petit souper raffiné était apparu comme par enchantement et Poirot, le visage rayonnant, régalait tout le monde tandis qu'il répondait à nos questions pressantes.

– C'était très simple. Les circonstances dans lesquelles on a trouvé le pompon vert laissaient à penser qu'il avait été arraché au costume du meurtrier. J'ai éliminé Pierrette, compte tenu de la force qu'il fallait pour enfoncer ainsi un couteau de table, et j'en ai conclu que c'était Pierrot l'assassin. Mais Pierrot avait quitté le bal près de deux heures avant que le meurtre ne soit commis. Donc, ou bien il était revenu un peu plus tard pour tuer Lord Cronshaw, ou bien il l'avait tué avant de partir. Etait-ce impossible? Qui avait vu Lord Cronshaw après le souper? Seulement Mrs. Davidson. Mais je la soupçonnais d'avoir menti pour expliquer la disparition d'un des pompons de sa robe. En fait, elle l'avait elle-même décousu pour remplacer celui qu'avait perdu son mari. Donc, L'Arlequin qu'on a aperçu dans une loge à une heure et demie ne pouvait pas être Lord Cronshaw. Pendant un moment, au tout début, j'ai pensé que le coupable était peut-être Mr. Beltane. Mais, avec son costume compliqué, il lui était tout à fait impossible de jouer en même temps les rôles de Polichinelle et d'Arlequin. Par contre, pour Davidson, qui avait à peu près la même stature que la victime et qui, en outre, est un acteur professionnel, c'était l'enfance de l'art.

« Cependant, une chose m'ennuyait. Un médecin ne pouvait pas manquer de noter la différence entre un homme mort depuis deux heures et un homme mort depuis dix minutes! En fait, le médecin l'a bel et bien notée. Mais, quand on l'a conduit auprès du corps, on ne lui a pas demandé : « Depuis combien de temps cet homme est-il mort? »; on l'a informé que le vicomte avait été vu enore en vie dix minutes plus tôt. Lors de l'enquête judiciaire, il a donc simplement mentionné une raideur anormale des membres, qu'il était tout à fait incapable d'expliquer.

« Tout cela confirmait donc mon hypothèse. Davidson a tué Lord Cronshaw tout de suite après le souper, quand – vous vous en souvenez – il l'a retenu dans la salle à manger. Ensuite, il est parti avec Miss Courtenay, qu'il a laissée à la porte de son appartement (au lieu d'entrer avec elle et d'essayer de la calmer, comme il l'a prétendu); après quoi il est revenu en toute hâte au Colossus, mais en tenue d'Arlequin, et non de Pierrot, simple transformation pour laquelle il lui suffisait d'enlever son costume de dessus.

L'oncle de la victime se pencha en avant, l'air perplexe.

– Mais si c'est bien ce qui s'est passé, il a dû venir au bal avec l'intention de tuer mon neveu? Quelle raison pouvait-il bien avoir? Le mobile, c'est cela que je cherche à comprendre.

– Ah! Nous en arrivons donc à la seconde tragédie – la mort de Miss Courtenay. Il y a un petit détail auquel personne n'a prêté attention. La mort de Miss Courtenay est due à l'absorption d'une dose massive de cocaïne; mais sa réserve de drogue se trouvait dans la petite boîte en émail qu'on a découverte sur le corps de Lord Cronshaw. Où s'était-elle donc procuré la dose qui a causé sa mort? Une seule personne pouvait la lui avoir fournie : Davidson. Et cela explique tout; entre autres, son amitié avec les Davidson et le fait qu'elle ait demandé à Davidson de la raccompagner. Lord Cronshaw, qui était un farouche adversaire de la toxicomanie, avait découvert qu'elle prenait de la cocaïne et soupçonnait Davidson de la lui procurer. Ce dernier s'en est sans nul doute défendu, mais Lord Cronshaw était bien décidé à faire avouer la vérité à Miss Courtenay lors du bal. Il pouvait pardonner sa faiblesse à la jeune femme, mais il serait sans pitié pour l'homme qui lui fournissait la drogue et en tirait des bénéfices substantiels. Se sachant menacé de scandale et perdu, Davidson s'est donc rendu à la soirée avec la ferme intention d'obtenir le silence de Cronshaw à tout prix.

– La mort de Coco était donc un accident?

– Je pense que c'était un accident savamment manigancé par Davidson. La jeune femme était furieuse contre Cronshaw, tout d'abord à cause des reproches qu'il lui avait faits et, ensuite, parce qu'il lui avait pris sa cocaïne. Davidson l'a alors réapprovisionnée et lui a probablement suggéré d'augmenter la dose pour défier « le vieux Cronch ».

– Une dernière précision, demandai-je. La tenture et le renfoncement dans le mur... comment y avez-vous pensé?

– Ça, mon ami, c'était le plus enfantin. Après le souper, les serveurs n'ont cessé d'aller et venir dans la petite salle; de toute évidence, le corps ne pouvait donc pas se trouver déjà là on l'a découvert. Il devait par conséquent y avoir dans la pièce un endroit où le cacher. J'en ai déduit qu'il s'agissait vraisemblablement d'un renfoncement dissimulé par une tenture. Davidson y a traîné le corps et, un peu plus tard, après avoir attiré l'attention sur lui dans la loge, il est venu le ressortir de sa cachette. Ensuite, il a définitivement quitté le Colossus Hall. Son plan était combiné d'une façon magistrale... Oui, c'est vraiment un garçon astucieux! déclara Poirot en conclusion.

Cependant, dans ses yeux verts, je lus nettement cette pensée non formulée : « ... mais pas autant qu'Hercule Poirot ».

L'AVENTURE DE LA CUISINIÈRE DE CLAPHAM

A l'époque où je vivais avec mon ami Hercule Poirot, j'avais pris l'habitude de lui lire tous les matins à haute voix les gros titres du *Daily Blare*.

Le *Daily Blare* était un journal sans cesse à l'affût du sensationnel. Les meurtres et les vols, loin d'y être relégués en dernière page, s'étalaient à la une, en gros caractères.

UN EMPLOYÉ DE BANQUE DISPARAÎT AVEC £ 50000 DE VALEURS NÉGOCIABLES – UN HOMME MALHEUREUX EN MÉNAGE SE SUICIDE AU GAZ – DISPARITION D'UNE JOLIE DACTYLO DE 21 ANS. OÙ EST EDNA FIELD?

– Voilà les gros titres du jour, Poirot, annonçai-je ce matin-là. Il y a le choix. Un employé de banque en fuite, un suicide mystérieux, la disparition d'une dactylo... Que préférez-vous?

Poirot était d'humeur sereine. Il secoua lentement la tête.

– Aucun des trois ne me tente, mon ami. Aujourd'hui, j'ai envie de prendre la vie du bon côté. Il faudrait vraiment une affaire extrêmement intéressante pour me faire bouger d'ici. A tout à l'heure; j'ai des choses importantes à faire.

– Telles que?...

– M'occuper de ma garde-robe, Hastings. Si je ne me trompe, il y a sur mon nouveau costume gris une tache de gras – une seule, mais cela suffit à m'indisposer. Ensuite, il y a mon manteau d'hiver; il faut que je le range dans la naphtaline. Et puis je pense, oui, je pense que le moment est venu d'égaliser mes moustaches; après ça, il faudra que j'y applique de la pommade.

– Eh bien, je doute que vous puissiez mettre à exécution ce programme exaltant, dis-je en m'approchant de la fenêtre. C'est la sonnette de la porte d'entrée que nous venons d'entendre. Voilà sûrement un client.

– A moins que l'affaire ne soit d'importance nationale, déclara dignement Poirot, je ne m'en occuperai pas.

Un instant plus tard, une grosse dame au visage rougeaud vint troubler notre tranquillité. Elle avait monté l'escalier trop vite et soufflait bruyamment.

– Vous êtes M. Poirot? demanda-t-elle à mon ami en s'écroulant dans un fauteuil.

– Je suis Hercule Poirot, oui, Madame.

– Vous ne ressemblez pas du tout à l'image que j'avais de vous, dit la dame en le dévisageant d'un œil critique. Est-ce vous qui avez payé pour qu'ils vantent vos mérites de détective dans le journal, ou l'ont-ils faits d'eux-mêmes?

– Madame! se récria Poirot en se levant.

– Je suis désolée, mais vous savez comment sont les journaux de nos jours. Vous commencez à lire un bel article intitulé : « Ce qu'une jeune mariée a dit à son amie célibataire » et il s'agit en fait d'une publicité pour un shampooing. Il n'y a que de la réclame. Mais j'espère que je ne vous ai pas vexé? Je vais vous dire ce que j'attends de vous. J'aimerais que vous retrouviez ma cuisinière.

Poirot regarda la grosse dame d'un air médusé et, pour une fois, sa langue bien pendue lui fit défaut. Je dus me tourner pour dissimuler le sourire amusé qu'il m'était impossible de réprimer.

– Tout ça, c'est à cause des allocations de chômage! poursuivit la visiteuse. Mettre dans la tête des domestiques l'idée qu'elles peuvent prétendre à un poste de dactylo ou je ne sais quoi! Supprimer ces maudites allocations, voilà ce qu'il faut! Je voudrais bien savoir de quoi ont à se plaindre *mes* domestiques; un après-midi et une soirée libres par semaine, un dimanche sur deux, tout le linge donné à l'extérieur, la même nourriture que nous, et jamais de margarine dans la maison; toujours le meilleur beurre...

Elle se tut un instant pour reprendre son souffle et Poirot en profita. Il déclara d'un ton hautain en se levant :

– Je crains que vous ne fassiez erreur, Madame. Je n'enquête pas sur les conditions de travail du personnel de maison. Je suis un détective privé.

– Je le sais, répondit la visiteuse. Ne vous ai-je pas dit que je voulais que vous retrouviez ma cuisinière? Elle est partie mercredi sans même me dire quoi que ce soit, et elle n'est par rentrée depuis.

– Je suis désolé, Madame, mais je ne m'occupe pas de ce genre d'affaires. Je vous souhaite le bonjour.

La visiteuse eut un haut-le-corps d'indignation.

– Alors, c'est ainsi, mon ami! Vous êtes trop fier pour vous occuper d'autre chose que de secrets d'état et de bijoux de comtesses disparus? Laissez-moi vous dire que pour une femme de ma condition, une domestique est tout aussi précieuse qu'une tiare de diamants. Nous ne pouvons pas toutes être de grandes dames qui se pavanent en voiture, parées de leurs plus beaux bijoux. Une bonne cuisinière est une bonne cuisinière et quand on la perd, c'est tout aussi désolant pour nous que la perte de ses perles pour une de ces dames.

Pendant un instant, je sentis Poirot hésiter entre la dignité et le sens de l'humour. Finalement, il éclata de rire et se rassit.

– Madame, c'est vous qui avez raison et moi qui ai tort. Vos réflexions sont tout à fait pertinentes. Cette affaire sera une nouveauté pour moi. Je ne suis encore jamais parti à la recherche d'une domestique disparue. Voilà la question d'importance nationale que je demandais à la providence de me confier, juste avant que vous n'arriviez. Allons-y! Vous dites que cette perle de cuisinière est partie mercredi et n'est pas rentrée depuis? C'était donc avant-hier?

– Oui. C'était son jour de sortie.

– Mais elle a sans doute eu un accident, Madame. Vous êtes-vous renseignée auprès des hôpitaux?

– C'est exactement ce que j'ai pensé hier, mais, ce matin, figurez-vous qu'elle a envoyé chercher sa malle. Sans même un mot d'explication! Si j'avais été à la maison, je ne l'aurais pas laissé emporter. Me traiter de cette façon!... Malheureusement, j'étais allée faire un saut chez le boucher.

– Voulez-vous me décrire votre cuisinière?

– Elle a une cinquantaine d'années, des cheveux bruns grisonnants; elle est assez corpulente... tout à fait respectable. Avant de venir chez moi, elle était restée dix ans dans la même maison. Elle s'appelle Eliza Dunn.

– Et vous n'aviez pas eu de... d'altercation avec elle, mercredi?

– Aucune. C'est pourquoi tout cela est si étrange.

– Combien de domestiques avez-vous à votre service, Madame?

– Deux. La femme de chambre, Annie, est une très gentille fille. Un peu étourdie et très préoccupée par les jeunes gens, mais c'est une bonne employée de maison; il suffit de la rappeler un peu à l'ordre.

– La cuisinière et elle s'entendaient-elles bien?

– Elles avaient leurs petites sautes d'humeur, bien sûr; mais, dans l'ensemble, oui, elles s'entendaient très bien.

– Et la jeune fille ne peut apporter aucun éclaircissement sur ce mystère?

– Elle dit que non... mais vous savez comment sont les domestiques; ils se tiennent tous les coudes.

– Bien, bien. Cela demande une petite enquête. Où m'avez-vous dit que vous demeuriez?

– A Clapham. 88 Prince Albert Road.

– C'est parfait, Madame. Je vous souhaite le bonjour. Si vous le permettez, je vous rendrai visite dans la journée.

Mrs. Todd, puisque tel était le nom de notre nouvelle clientèle, prit congé. Poirot se tourna alors vers moi d'un air sombre.

– Hastings, nous voilà chargés d'une affaire d'un genre nouveau. La disparition de la cuisinière de Clapham!

Jamais, au grand jamais notre ami l'inspecteur Japp ne doit l'apprendre!

Il fit aussitôt chauffer le fer à repasser et entreprit d'ôter délicatement la tache de gras de son costume gris à l'aide d'un morceau de papier buvard. Non sans regret, il remit à plus tard la taille de ses moustaches, et nous nous mîmes en route pour Clapham.

Prince Albert Road était une rue bordée de maisons bourgeoises toutes semblables avec leurs fenêtres garnies de rideaux de dentelle et leur marteau de porte en cuivre soigneusement poli.

Nous sonnâmes au numéro 88 et une jolie petite bonne nous ouvrit. Mrs. Todd sortit dans le hall pour nous accueillir.

– Ne partez pas, Annie, dit-elle à la jeune fille. Monsieur est détective; il voudra certainement vous poser quelques questions.

Sur le visage de la jeune fille apparut un mélange d'inquiétude et de plaisir anticipé.

– Je vous remercie, Madame, murmura Poirot en s'inclinant. J'aimerais en effet interroger tout de suite votre employée... seule, si possible.

On nous fit entrer dans un petit salon et dès que Mrs. Todd eut quitté la pièce – manifestement à contrecœur –, Poirot commença son interrogatoire.

– Mademoiselle Annie, tout ce que vous nous direz sera de la plus grande importance. Vous seule pouvez nous éclairer un peu dans cette affaire. Sans vous, moi-même je ne puis rien.

L'inquiétude disparut du visage de la jeune fille, où le plaisir anticipé était de plus en plus évident.

– Je vous dirai tout ce que je pourrai, Monsieur.

C'est bien, commenta Poirot avec un sourire approbateur. Bon, tout d'abord, quelle est votre opinion? Vous êtes une jeune fille d'une intelligence remarquable. Cela se voit tout de suite. Alors, comment expliquez-vous la disparition d'Eliza?

Ainsi encouragée, Annie se mit à parler de façon volubile.

– Les proxénètes, Monsieur. Je le dis depuis le début!

Eliza me mettait toujours en garde contre eux. « N'accepte jamais de renifler du parfum ou de manger des bonbons, même si le type a l'air d'un monsieur comme il faut! » C'est ce qu'elle disait. Et maintenant, ils l'ont enlevée! J'en suis sûre. A mon avis, ils l'ont expédiée par bateau en Turquie ou dans un de ces pays d'Orient où j'ai entendu dire qu'ils aiment les femmes rondes.

Poirot réussit à garder son air grave.

– Mais dans ce cas – après tout, c'est une idée! –, aurait-elle envoyé chercher sa malle?

– Ma foi, je ne sais pas, Monsieur. Elle a besoin de ses affaires, même dans ces pays étrangers.

– Qui est venu prendre sa malle? Un homme?

– La compagnie Carter Paterson, Monsieur.

– Est-ce vous qui avez emballé ses affaires?

– Non, Monsieur. Sa malle était déjà prête et ficelée.

– Ah! Voilà qui est intéressant. Cela signifie qu'en quittant la maison mercredi, elle avait déjà décidé de ne pas revenir. Vous êtes bien de cet avis, n'est-ce pas?

– Oui, Monsieur, répondit Annie, l'air quelque peu déconcerté. Je n'y avais pas pensé... Mais cela pourrait tout de même être à cause de proxénètes, n'est-ce pas, Monsieur? ajouta-t-elle d'un air songeur.

– Certainement! répondit Poirot avec gravité avant de poursuivre. Partagiez-vous la même chambre?

– Non, Monsieur. Nous avions chacune la nôtre.

– Eliza vous avait-elle confié qu'elle n'était pas entièrement satisfaite de cette place? Etiez-vous heureuses, ici, toutes les deux?

– Elle n'a jamais parlé de partir. C'est une bonne maison...

La jeune fille semblait hésiter.

– Parlez librement, lui dit Poirot avec douceur. Je ne répéterai rien à votre patronne.

– Bien sûr, Madame est une drôle de femme... Mais la nourriture est bonne. Et on n'est pas rationné. Un plat chaud au dîner, de bons desserts, autant de beurre qu'on veut... D'ailleurs, si Eliza voulait changer de maison, elle ne serait jamais partie comme ça; j'en suis sûre. Elle aurait donné son mois de préavis. Madame pourrait lui retirer un mois de salaire pour avoir fait ça!

– Et le travail? Il n'est pas trop dur?

– Eh bien, Madame est un peu maniaque... toujours à regarder dans les coins et à chercher la poussière. Et puis il y a la pensionnaire – « l'hôte payant », comme ils l'appellent. Mais il n'est là que pour le petit déjeuner et le dîner, comme Monsieur. Ils restent toute la journée à la City.

– Vous aimez votre patron?

– Il n'est pas embêtant... un peu radin, peut-être, mais on ne l'entend pas souvent.

– Vous ne vous souvenez pas, je présume, de la dernière chose qu'a dite Eliza avant de partir?

– Si, si. « S'il revient des pêches cuites de la salle à manger, nous les mangerons au dîner, avec du bacon et des pommes de terre frites ». C'est ce qu'elle m'a dit. Elle raffolait des pêches cuites. Je ne serais pas surprise qu'ils l'aient attirée avec ça.

– Le mercredi était-il son jour de sortie habituel?

– Oui. Elle avait le mercredi et moi le jeudi.

Poirot posa quelques autres questions à la jeune fille, puis se déclara satisfait. Annie prit congé et Mrs. Todd se précipita dans la pièce, le regard brillant de curiosité. Elle avait été très vexée, j'en étais convaincu, de n'avoir pas pu assister à notre entretien avec la jeune fille. Cependant, Poirot prit soin d'atténuer son amertume.

– Il est difficile, expliqua-t-il, pour une femme d'une intelligence exceptionnelle comme vous, Madame, de supporter patiemment les méthodes détournées que nous, pauvres détectives, sommes obligés d'employer. Se montrer patient devant la bêtise est très pénible pour les esprits vifs.

Ayant ainsi chassé avec tact le ressentiment qu'aurait pu éprouver Mrs. Todd, il amena la conversation sur son mari et apprit de cette façon qu'il travaillait pour une société de la City et ne serait pas de retour avant six heures.

– Il est certainement très préoccupé par cette histoire invraisemblable? Est-ce que je me trompe?

– Lui! Il ne se fait jamais de souci, déclara Mrs. Todd. « Eh bien, trouve une autre cuisinière, ma chère. » Voilà tout ce qu'il m'a dit. Il est si flegmatique que cela me rend folle, parfois. « Une ingrate », a-t-il conclu. « Nous en voilà débarrassés. »

– Et les autres occupants de la maison, Madame?

– Vous voulez parler de Mr. Simpson, notre hôte payant? Lui, dans la mesure où on lui sert son petit déjeuner et son dîner, il ne se soucie de rien.

– Quelle profession exerce-t-il?

– Il travaille dans une banque.

Mrs. Todd mentionna le nom de l'établissement et j'eus un léger sursaut, car cela me rappelait un des articles que j'avais lus le matin dans le *Daily Blare.*

– C'est un homme jeune?

– Vingt-huit ans, je crois. Un garçon tranquille.

– J'aimerais avoir un court entretien avec lui; et avec votre époux, aussi, si vous n'y voyez pas d'inconvénient. Je reviendrai donc dans la soirée. Entre-temps, si je puis me permettre ce conseil, vous devriez vous reposer un peu, Madame. Vous paraissez fatiguée.

– Et pour cause! D'abord le souci que me donne Eliza, et puis j'ai passé presque toute la journée d'hier à faire les soldes, et vous savez ce que c'est, Monsieur Poirot! Entre une chose et l'autre et tout le travail que j'ai à la maison, parce que bien sûr, Annie ne peut pas tout faire... – elle va d'ailleurs sûrement me donner sa démission, après ce qui s'est passé – enfin, avec tout cela, je suis épuisée!

Poirot murmura quelques mots de sympathie à la brave femme et nous prîmes congé.

– C'est une curieuse coïncidence, déclarai-je, mais l'employé de banque en fuite, Davis, travaillait dans la même banque que Simpson. Ne pourrait-il, à votre avis, y avoir un rapport?

Poirot sourit.

– D'un côté, un employé sans scrupule et, de l'autre, une cuisinière qui disparaît. Il est difficile d'imaginer un rapport entre les deux, à moins que Davis n'ait rendu visite à Simpson, ne soit tombé amoureux de la cuisinière et ne l'ait persuadée de prendre la fuite avec lui!

Je me mis à rire, mais Poirot demeura grave.

– Il aurait pu faire pire, dit-il d'un ton de reproche. N'oubliez pas, Hastings, que si l'on part en exil, une bonne cuisinière peut être plus utile qu'une jolie compagne!

Il se tut un instant avant de poursuivre.

« C'est une curieuse affaire, pleine d'éléments contradictoires. Cela m'intéresse... oui, cela m'intéresse beaucoup.

Dans la soirée, nous retournâmes au 88 Prince Albert Road et interrogeâmes Todd et Simpson. Le premier était un homme d'une quarantaine d'années, au visage émacié et à l'expression mélancolique.

– Oui, oui, dit-il d'un ton vague, Eliza. Oui. Une bonne cuisinière. Et économe. J'ai un souci poussé de l'économie.

– Voyez-vous une raison à ce départ si soudain? lui demanda Poirot.

– Oh! les domestiques, vous savez... Ma femme se fait trop de mauvais sang. Elle s'use la santé à force de s'en faire.

« Trouve une autre cuisinière, ma chère. » C'est ce que je lui ai dit. « Trouves-en une autre. » Il n'y a que ça à faire. Inutile de se lamenter. Cela ne change rien.

Mr. Simpson ne nous fut pas d'un plus grand secours. C'était un jeune homme à lunettes, calme et effacé.

– J'ai dû la voir à l'occasion, répondit-il d'un ton vague. Une femme d'un certain âge, c'est cela? Evidemment, c'est toujours l'autre que je vois : Annie. Une gentille fille. Très aimable.

– Est-ce qu'elles s'entendaient bien, toutes les deux?

Mr. Simpson était incapable de le dire. Il supposait que oui.

– Rien d'intéressant de ce côté, mon ami, conclut Poirot lorsque nous pûmes enfin quitter les lieux.

Mrs. Todd nous avait, en effet, longuement retenus pour nous répéter en vociférant et avec encore plus de prolixité tout ce qu'elle nous avait dit le matin même.

– Etes-vous déçu? demandai-je à Poirot. Vous attendiez-vous à apprendre quelque chose?

Il secoua la tête.

– Il y avait bien une possibilité. Mais je n'y croyais pas vraiment.

La suite des événements consista en l'arrivée d'une lettre pour Poirot le lendemain matin. Après l'avoir lue, il me la tendit, rouge d'indignation.

Mrs. Todd a le regret d'informer M. Poirot qu'en fin de compte, elle n'aura pas recours à ses services. Après avoir discuté de cette question avec son époux, elle reconnaît qu'il est ridicule de faire appel à un détective pour une simple histoire de domestique. Elle vous prie de trouver ci-joint un chèque d'une guinée à titre de dédommagement.

– Ah ça! s'écria Poirot, furieux. Et ils pensent qu'ils vont se débarrasser d'Hercule Poirot ainsi! Je consens, à titre de faveur – une très grande faveur – de m'occuper de leur misérable et insignifiante affaire, et ils osent me congédier comme ça! Cette décision vient, j'en suis sûr, de Mr. Todd. Mais je ne suis pas d'accord! Pas d'accord du tout! Cela me coûtera ce qu'il faudra, mais j'éclaircirai ce mystère.

– Oui. Mais comment?

Poirot se calma un peu.

– D'abord, nous allons mettre une annonce dans les journaux. Voyons... oui, quelque chose dans ce goût-là : « Si Eliza Dunn veut bien téléphoner ou se rendre à cette adresse, elle y apprendra une bonne nouvelle. » Faites passer ça dans tous les journaux auxquels vous pouvez penser, Hastings. Pendant ce temps, je vais prendre quelques petits renseignements de mon côté. Allez, allez... Il faut agir aussi vite que possible!

Je ne le revis pas avant le soir, où il consentit à me dire ce qu'il avait fait.

– Je me suis renseigné auprès de la société qui emploie Mr. Todd. Il n'était pas absent mercredi, et l'on ne m'a dit que du bien de lui. Voilà en ce qui le concerne. Quant à Simpson, jeudi il était malade et n'est pas allé travailler à la banque, mais il y était mercredi. Il était modérément ami avec Davis. Rien d'extraordinaire. Il ne semble pas y avoir quoi que ce soit d'intéressant de ce côté-là. Non. Nous devons mettre tous nos espoirs dans l'annonce.

Celle-ci parut dès le lendemain, comme prévu, dans tous les grands quotidiens. Sur les ordres de Poirot, elle devait y rester pendant une semaine. Il portait à cette insignifiante affaire de cuisinière envolée un intérêt tout à fait surprenant, mais je me rendais compte qu'il mettait un point d'honneur à ne pas l'abandonner tant qu'il n'aurait pas réussi à découvrir le fin mot de l'histoire. Dans les jours qui suivirent, on vint lui proposer plusieurs affaires extrêmement intéressantes, mais il les refusa toutes. Tous les matins, il se précipitait sur son courrier, examinait attentivement chaque lettre, puis les reposait avec un soupir.

Cependant, notre patience finit par être récompensée. Le mercredi suivant, six jours après la visite de Mrs. Todd, notre logeuse vint nous annoncer qu'une personne du nom d'Eliza Dunn était en bas.

– Enfin! s'écria Poirot. Mais faites-la monter! Tout de suite! Qu'attendez-vous donc?

Toute penaude, notre logeuse redescendit précipitamment et revint un moment plus tard, suivie de Miss Dunn. Celle-ci répondait bien au signalement qu'on nous en avait donné : grande, corpulente et éminemment respectable d'allure.

– Je suis venue en réponse à l'annonce, expliqua-t-elle. J'ai pensé qu'il y avait peut-être eu une erreur et que vous ne saviez pas que j'avais déjà touché mon héritage.

Poirot étudiait attentivement sa proie. Il lui avança un fauteuil et l'invita à s'asseoir d'un large geste du bras.

– Pour tout vous dire, déclara Poirot, votre dernière patronne, Mrs. Todd, était très inquiète à votre sujet. Elle craignait qu'il ne vous soit arrivé un accident.

Eliza Dunn parut très surprise.

– Elle n'a donc pas reçu ma lettre?

– Pas le moindre mot. (Poirot se tut un instant avant d'ajouter d'un ton engageant). Racontez-moi toute l'histoire, voulez-vous ?

Eliza Dunn n'avait besoin d'aucun encouragement. Elle se lança aussitôt dans un long récit.

– J'étais presque arrivée à la maison, mercredi soir, quand un monsieur m'a arrêtée. Un grand monsieur, avec une barbe et un chapeau haut de forme. « Miss Eliza Dunn ? » m'a-t-il dit. « Oui ? ». « J'ai demandé à vous parler au numéro 88 et l'on m'a dit que vous alliez rentrer d'une minute à l'autre. Miss Dunn, je suis venu d'Australie spécialement pour vous voir. Connaissez-vous le nom de jeune fille de votre grand-mère maternelle ? » « Jane Emmott », ai-je répondu. « C'est exact, m'a-t-il dit. Voilà, Miss Dunn. Bien que vous n'en ayez peut-être jamais entendu parler, votre grand-mère avait une grande amie, Eliza Leech. Cette amie est partie vivre en Australie après avoir épousé un très riche colon. Ses deux enfants sont morts en bas âge et elle a hérité de la fortune de son mari. Elle-même est décédée il y a quelques mois et vous a légué par testament une maison ici, en Angleterre, et une somme d'argent considérable. »

« J'ai failli en tomber à la renverse, poursuivit Miss Dunn. Pendant un moment, je n'y ai pas cru et il a dû s'en rendre compte, car il a souri. " Vous avez raison d'être méfiante, Miss Dunn. Voici mes papiers. " Il m'a tendu une lettre à l'en-tête d'une firme d'avoués de Melbourne – Hurst & Crotchet – et une carte de visite. C'était Mr. Crotchet. " Il y a deux petites clauses restrictives, a-t-il ajouté. Voyez-vous, notre cliente était un peu excentrique. Ce legs ne peut se réaliser que si vous prenez possession de la maison (elle est située dans le Cumberland) avant demain midi. L'autre condition est sans importance... elle stipule simplement que vous ne devez pas être employée de maison. " J'étais consternée. " Oh ! Mr. Crotchet, lui ai-je dit, je suis cuisinière ! On ne vous l'a pas dit à la maison ? " " Mon Dieu, mon Dieu ! s'est-il exclamé. Je n'en avais pas la moindre idée. Je pensais que vous étiez là en tant que dame de compagnie ou de gouvernante. Voilà qui est fâcheux, vraiment très fâcheux. " " Devrai-je renoncer à tout cet argent? " lui ai-je demandé, plutôt angoissée.

« Il a réfléchi un moment, puis il m'a dit : " Il y a toujours des moyens de contourner la loi, Miss Dunn. Nous, les hommes de loi, le savons bien. Dans le cas présent, la solution serait que vous ayez quitté votre place cet après-midi. " " Mais, mon mois de préavis? " ai-je répliqué. " Ma chère Miss Dunn, m'a-t-il dit avec un sourire, vous pouvez parfaitement quitter un employeur à tout moment à condition de renoncer à un mois de gages. Votre patronne comprendra très bien, étant donné les circonstances. Le problème, c'est la question de temps! Il faut absolument que vous preniez le train qui part de King's Cross à onze heures cinq. Je peux vous avancer une dizaine de livres pour le billet, et vous pourrez écrire un mot à votre patronne à la gare. Je le lui porterai moi-même et lui expliquerai toute l'histoire. " Bien entendu, j'ai accepté et, une heure plus tard, j'étais dans le train, si émue que je ne savais plus si j'avais bien toute ma tête. Quand je suis arrivée à Carlisle, je commençais à penser que tout ça n'était qu'une de ces blagues dont on entend parfois parler dans les journaux. Mais je suis allée à l'adresse qu'il m'avait donnée – c'était une étude d'avoués – et ce n'était pas une blague. Il était bien question d'une jolie petite maison et d'une rente de trois cents livres par an. Ces avoués ne savaient pas grand-chose; ils avaient simplement reçu une lettre d'un monsieur de Londres leur disant de me remettre les clés de la maison et £ 150 pour les six premiers mois. Mr. Crotchet m'a envoyé mes affaires, mais il n'y avait pas le moindre mot de Madame. Je suppose qu'elle était en colère contre moi et enviait ma chance. Elle a d'ailleurs gardé ma malle et emballé mes affaires dans du papier. Mais, évidemment, si elle n'a pas eu ma lettre, elle a dû trouver que j'avais de drôles de manières.

Poirot avait écouté cette longue histoire avec attention. Il hocha la tête, l'air entièrement satisfait.

– Merci, Mademoiselle. Il y a eu, en effet, une petite erreur. Permettez-moi de vous dédommager de votre peine. (Il tendit une enveloppe à Miss Dunn.) Vous repartez tout de suite pour le Cumberland? Un petit conseil : n'oubliez pas vos talents de cuisinière. Il est toujours utile d'avoir un métier entre les mains en cas de revers de fortune.

« Plutôt crédule, murmura-t-il lorsque notre visiteuse fut partie; mais peut-être pas plus que la plupart des gens de sa condition. (Son visage prit alors une expression grave.) Venez, Hastings, il n'y a pas une minute à perdre. Allez chercher un taxi pendant que j'écris un mot à Japp.

Poirot attendait sous le porche lorsque je revins avec le taxi.

– Où allons-nous? lui demandai-je avec enthousiasme.

– Tout d'abord, il faut faire porter ce mot par messager spécial.

Cette question réglée, lorsqu'il revint dans le taxi, Poirot donna l'adresse suivante au chauffeur :

– 88 Prince Albert Road, à Clapham.

– C'est donc là que nous allons?

– Mais oui. Encore qu'à franchement parler, je craigne que nous n'arrivions trop tard. Notre oiseau s'est sans doute déjà envolé, Hastings.

– Qui est notre oiseau?

Poirot sourit.

– Le discret Mr. Simpson.

– Quoi! m'exclamai-je.

– Allons, Hastings. Ne me dites pas que tout n'est pas parfaitement clair pour vous?

– On s'est débarrassé de la cuisinière; ça, je l'ai compris, répondis-je, légèrement vexé. Mais pourquoi? *Pourquoi* Simpson chercherait-il à l'éloigner de la maison? Savait-elle quelque chose à son sujet?

– Absolument pas.

– Alors...

– Mais il voulait quelque chose qui était en sa possession.

– De l'argent? L'héritage d'Australie?

– Non, mon ami... quelque chose de bien différent. (Poirot se tut un instant avant d'ajouter d'un ton grave) : *Une vieille malle en fer...*

Je lui jetai un regard de côté. Cette déclaration était si surprenante que je le soupçonnais de se moquer de moi, mais il était parfaitement grave et sérieux.

– Voyons! Il pourrait certainement s'acheter une malle s'il en avait besoin d'une! rétorquai-je.

– Il ne voulait pas d'une malle neuve. Il voulait une malle d'un certain standing. Une malle appartenant à une personne respectable.

– Vraiment, Poirot, vous y allez un peu fort! Vous êtes en train de vous payer ma tête.

Il se tourna vers moi.

– Vous n'avez pas l'intelligence et l'imagination de Mr. Simpson, Hastings. Ecoutez ça : mercredi soir, Simpson éloigne la cuisinière par la ruse que vous savez. Une carte de visite et une feuille de papier à en-tête sont des choses très faciles à se procurer, et il est prêt à payer £ 150 et une année de loyer pour assurer la réussite de son plan. Miss Dunn ne le reconnaît pas; elle se laisse totalement tromper par la barbe, le chapeau et le léger accent colonial. C'est tout pour mercredi... en dehors du menu fait que Simpson s'est mis, en outre, cinquante mille livres de valeurs négociables dans la poche.

– *Simpson?...* Mais c'est *Davis...*

– Si vous voulez bien me laisser poursuivre, Hastings!... Simpson sait que le vol sera découvert jeudi après-midi. Il ne va donc pas travailler à la banque jeudi, mais guette la sortie de Davis à l'heure du déjeuner. Peut-être lui avoue-t-il être l'auteur du vol et lui dit-il qu'il est prêt à lui rendre les valeurs... en tout cas, il réussit à convaincre Davis de le suivre jusqu'à Clapham. C'est le jour de congé de la domestique et il se trouve que Mrs. Todd est sortie pour faire les soldes; il n'y a donc personne dans la maison. Quand le vol sera découvert et qu'on s'apercevra de la disparition de Davis, la conclusion sera évidente. C'est Davis le voleur! Simpson, à l'abri de tout soupçon, pourra retourner travailler le lendemain comme l'honnête employé pour lequel il se fait passer.

– Et Davis?

Poirot fit un geste éloquent de la main et secoua lentement la tête.

– Cela paraît trop ignoble pour être vrai; pourtant, quelle autre explication peut-il y avoir, mon ami? La seule difficulté pour un assassin est de se débarrasser du corps... Et Simpson avait déjà tout prévu. J'ai tout de suite été frappé par le fait que, bien qu'en partant, Eliza Dunn ait eu manifestement l'intention de rentrer le soir même (témoin sa réflexion sur les pêches cuites), sa malle était toute prête quand on est venu la prendre. C'est Simpson qui a demandé à Carter Paterson d'aller la chercher le vendredi et c'est lui qui l'avait ficelée le jeudi après-midi. Quels soupçons cela pouvait-il éveiller? Une domestique s'en va et envoie chercher sa malle; elle est étiquetée et adressée à son nom, sans doute à quelque gare proche de Londres. Le samedi après-midi, sous son déguisement d'Australien, Simpson va l'y chercher, il y colle une nouvelle étiquette et la réexpédie ailleurs, toujours avec la mention « à laisser à la consigne ». Lorsque les autorités commenceront, pour d'excellentes raisons, à se poser des questions et l'ouvriront, elles pourront seulement apprendre que c'est un colonial barbu qui l'a expédiée de quelque gare de jonction près de Londres. Rien ne permettra de deviner qu'elle est partie du 88 Prince Albert Road... Ah! nous voilà arrivés.

Les pronostics de Poirot étaient exacts. Simpson était parti deux jours plus tôt. Mais il ne devait pas échapper aux conséquences de son acte criminel. Grâce aux appels lancés à la radio, on le retrouva à bord de l'*Olympia*, en route pour l'Amérique.

Une malle en fer adressée à Mr. Henry Wintergreen ne tarda pas à attirer l'attention des responsables des services de chemin de fer à Glasgow. Lorsqu'elle fut ouverte, on y découvrit le corps du malheureux Davis.

Poirot n'encaissa jamais le chèque d'une guinée de Mrs. Todd. Il le fit encadrer et l'accrocha au mur de notre petit salon.

– C'est pour moi un petit rappel, Hastings. Il ne faut jamais mépriser un fait en apparence insignifiant et de prime abord sans intérêt. Une domestique qui disparaît d'un côté, un meurtre de sang-froid de l'autre... Ce fut un de mes sujets d'enquête les plus passionnants.

LE MYSTÈRE DES CORNOUAILLES

– Mrs. Pengelley, annonça notre logeuse avant de se retirer discrètement.

Bien des gens qu'on ne se serait jamais attendu à voir entreprendre pareille démarche, venaient consulter Poirot, mais, à mon avis, la femme qui se tenait d'un air intimidé sur le seuil de la pièce, tripotant d'une main nerveuse son boa, était bien le genre de personne dont la visite surprenait le plus. Elle était si totalement insignifiante! Maigre et terne, âgée d'une cinquantaine d'années, elle était vêtue d'un manteau et d'une jupe garnis de soutaches, portait une chaîne en or autour du cou, et un chapeau particulièrement laid surmontait ses cheveux gris. Dans une petite ville de province, on croise tous les jours dans la rue une centaine de Mrs. Pengelley.

Poirot s'avança vers elle et l'accueillit aimablement, conscient de son embarras.

– Veuillez vous asseoir, Madame, je vous en prie. Mon collaborateur, le capitaine Hastings.

Mrs. Pengelley s'assit en murmurant d'une voix mal assurée :

– Etes-vous M. Poirot, le détective?

– Pour vous servir, Madame.

Mais notre visiteuse était toujours muette. Elle soupira, se tordit les mains et s'empourpra de plus en plus.

– Puis-je faire quelque chose pour vous, Madame?

– Eh bien, je pensais... enfin... voyez-vous...

– Continuez, Madame; je vous en prie, continuez.

Mrs. Pengelley, ainsi encouragée, se ressaisit.

– Voilà, Monsieur Poirot... Je ne veux pas avoir affaire à la police. Non, pour rien au monde, je n'irais trouver la police! Et, cependant, quelque chose me préoccupe affreusement. Mais je ne sais pas si je devrais...

Elle se tut brusquement.

– Je n'ai rien à voir avec la police, lui dit Poirot. J'enquête strictement à titre privé.

Ce dernier mot retint l'attention de Mrs. Pengelley.

– Privé... c'est ce qu'il me faut. Je ne veux pas que cela s'ébruite ou qu'on en parle dans les journaux. Ils ont une façon si ignoble de dire les choses... après ça, la famille ne peut plus jamais marcher la tête droite. Et ce n'est pas comme si j'avais une certitude... C'est simplement une pensée horrible qui m'est venue, mais je ne peux plus la chasser de mon esprit. (Elle se tut un instant pour reprendre son souffle.) Et, aussi bien, je suis affreusement injuste envers ce pauvre Edward. De tels soupçons sont ignobles de la part d'une épouse. Mais, de nos jours, on lit tant d'histoires atroces de ce genre dans les journaux.

– Si je puis me permettre... est-ce de votre mari que vous voulez parler?

– Oui.

– Et vous le soupçonnez de... quoi, au juste?

– Je n'ose même pas le dire, Monsieur Poirot. Mais *c'est vrai* qu'on raconte des histoires de ce genre dans les journaux... et ces malheureux qui ne se doutent même de rien!

Je commençais à désespérer d'entendre un jour la brave femme en venir au fait, mais la patience de Poirot ne semblait pas se laisser entamer par la terrible épreuve qui lui était imposée.

– Parlez sans crainte, Madame. Pensez à la joie qui sera la vôtre si nous arrivons à prouver que vos soupçons ne sont pas justifiés.

– C'est vrai... tout vaut mieux que cette pénible incertitude. Oh! Monsieur Poirot, j'ai l'horrible sentiment qu'on est en train de *m'empoisonner.*

– Qu'est-ce qui vous fait penser cela?

Sa réticence l'abandonnant enfin, Mrs. Pengelley se lança dans une description détaillée de symptômes

qui auraient davantage intéressé son médecin traitant.
– Douleurs et nausées après les repas, dites-vous? murmura Poirot d'un air songeur. Vous êtes sans doute suivie par un médecin, Madame? Qu'en pense-t-il?
– Il dit qu'il s'agit d'une gastrite aiguë, Monsieur Poirot. Mais je vois bien qu'il est perplexe; d'ailleurs, il modifie sans cesse le traitement, mais rien n'y fait.
– Lui avez-vous parlé de vos... craintes?
– Non, bien sûr, Monsieur Poirot. Cela risquerait de s'ébruiter. Et peut-être s'agit-il bien d'une gastrite. N'empêche qu'il est très étrange que, chaque fois qu'Edward s'absente pour le week-end, je me sente de nouveau parfaitement bien. Même Fréda l'a remarqué... ma nièce, Monsieur Poirot. Et puis, il y a cette bouteille de désherbant qui n'a jamais servi, au dire du jardinier, mais qui est pourtant à moitié vide.
Mrs. Pengelley jeta un regard implorant à Poirot. Il lui sourit d'un air rassurant, puis il prit un bloc-notes et un crayon.
– Soyons précis, Madame. Vous et votre mari demeurez donc...? Où habitez-vous?
– A Polgarwith, une petite bourgade des Cornouailles.
– Vous y vivez depuis longtemps?
– Quatorze ans.
– Et votre famille se compose de vous-même et de votre mari? Pas d'enfants?
– Non.
– Mais une nièce, avez-vous dit, je crois?
– Oui. Fréda Stanton, la fille de l'unique sœur de mon mari. Elle a vécu avec nous ces huit dernières années... jusqu'à il y a une semaine.
– Ah ah! Et que s'est-il passé il y a une semaine?
– Depuis quelque temps, les choses n'allaient plus très bien. Je ne sais pas ce qui lui a pris. Elle est devenue grossière et impertinente, et d'une humeur épouvantable; et, pour finir, un jour, elle a piqué une terrible colère et a fait ses valises pour aller s'installer seule, quelque part en ville. Je ne l'ai pas revue depuis. Il vaut mieux la laisser reprendre ses esprits; c'est ce que dit M. Radnor.

– Qui est M. Radnor?

Mrs. Pengelley parut de nouveau quelque peu gênée.

– Oh! c'est... c'est simplement un ami. Un jeune homme très sympathique.

– Y a-t-il quoi que ce soit entre votre nièce et lui?

– Non, absolument rien, répondit Mrs. Pengelley d'un ton catégorique.

Poirot changea de sujet.

– Vous et votre mari êtes, je présume, assez aisés?

– Oui. Nous avons des revenus confortables.

– L'argent, est-ce le vôtre ou celui de votre mari?

– Oh! tout est à Edward. Moi, je ne possède rien.

– Voyez-vous, Madame, pour être efficaces, il nous faut être brutaux. Il nous faut chercher un motif. Votre mari ne vous empoisonnerait pas juste pour passer le temps! Voyez-vous une raison particulière pour laquelle il pourrait souhaiter se débarrasser de vous?

– Il y a bien cette petite garce blonde qui travaille pour lui, dit Mrs. Pengelley en élevant la voix. Mon mari est dentiste, Monsieur Poirot, et il s'est mis dans la tête qu'il lui fallait absolument une jolie fille coiffée court et en blouse blanche pour marquer ses rendez-vous et lui préparer ses plombages. J'ai entendu dire qu'il s'en est passé de belles, bien qu'évidemment, il me jure ses grands dieux qu'il n'en est rien.

– Cette bouteille de désherbant, Madame... qui l'a achetée?

– Mon mari; il y a environ un an.

– Pour en revenir à votre nièce, a-t-elle des revenus personnels?

– Une rente de cinquante livres par an, je crois. Mais elle serait assez contente de revenir s'occuper de la maison et d'Edward si je le quittais.

– Vous avez donc envisagé de le quitter?

– Je n'ai pas l'intention de le laisser n'en faire qu'à sa guise. Les femmes ne sont plus les esclaves opprimées qu'elles étaient autrefois, Monsieur Poirot.

– Je vous félicite de cet esprit d'indépendance, Madame. Mais, revenons-en aux choses pratiques. Comptez-vous retourner à Polgarwith aujourd'hui?

– Oui. Je ne suis venue que pour la journée. Le train était à six heures, ce matin, et il repart à cinq heures de l'après-midi.

– Bien. Je n'ai rien de très important à faire en ce moment. Je puis donc me consacrer entièrement à cette enquête. Demain, je serai à Polgarwith. Nous pourrions dire que mon ami Hastings que voilà est un de vos parents éloignés, le fils de votre cousin par alliance. Quant à moi, je serais son ami étranger un peu excentrique. Entre-temps, Madame, ne mangez que les aliments préparés par vous-même ou sous votre surveillance. Vous avez une domestique en qui vous avez confiance?

– Jessie est une très brave fille.

– A demain, donc, Madame, et courage!

Poirot raccompagna Mrs. Pengelley jusqu'à la porte et s'inclina, puis il revint d'un air pensif à son fauteuil. Sa concentration n'était pas si grande, cependant, car il ne manqua pas de remarquer à terre deux minuscules brins de plumes arrachées par la femme à son boa dans son agitation. Il les ramassa consciencieusement et alla les déposer dans la corbeille à papiers.

– Que pensez-vous de tout cela, Hastings?

– Une sale histoire, dirai-je.

– Oui, si les soupçons de cette femme sont fondés. Mais le sont-ils vraiment? Malheur au mari qui achète un flacon de désherbant, de nos jours! Si sa femme souffre d'une gastrite et est un peu hystérique, cela suffit à mettre le feu aux poudres.

– Vous pensez que ce n'est rien de plus que cela?

– Ah! Voilà!... Je ne sais vraiment pas, Hastings. Mais cette affaire m'intéresse; elle m'intéresse même énormément. Car, voyez-vous, ce genre d'histoire n'est pas nouveau; d'où l'hypothèse de l'hystérie. Pourtant, Mrs. Pengelley ne me donne pas l'impression d'être une hystérique. Oui, si je ne me trompe, nous nous trouvons en face d'une tragédie humaine des plus poignantes. Dites-moi, Hastings, quels sont, selon vous, les sentiments de Mrs. Pengelley à l'égard de son mari?

– La loyauté luttant contre la peur, répondis-je.

– Pourtant, d'ordinaire, une femme accusera n'importe qui au monde... mais pas son mari. Elle continuera de croire en lui contre vents et marées.

– L'existence de « l'autre femme » ne complique-t-elle pas la situation?

– Si. La jalousie peut très bien transformer l'affection en haine. Mais la haine pousserait Mrs. Pengelley à faire appel à la police; pas à moi. Elle chercherait à déclencher un scandale. Non, non, faisons un peu travailler notre matière grise. Pourquoi est-elle venue me trouver. Pour obtenir la preuve que ses soupçons ne sont pas fondés?... Ou pour s'assurer qu'ils le sont bien? Il y a là quelque chose qui m'échappe; un facteur inconnu. Notre Mrs. Pengelley ne serait-elle pas une magnifique comédienne?... Non, elle était sincère. J'en jurerais; et c'est la raison pour laquelle cette affaire m'intéresse. Regardez les horaires des trains pour Polgarwith, voulez-vous?

Le train le plus pratique était celui qui partait de Paddington à une heure cinquante de l'après-midi et arrivait à Polgarwith un peu après sept heures du soir. Le voyage fut sans histoire et je dus interrompre mon agréable petit somme pour sauter sur le quai désert de la petite gare. Nous allâmes déposer nos sacs au *Duchy Hotel* et, après un léger repas, Poirot proposa une petite visite à ma prétendue cousine.

La maison des Pengelley était située un peu en retrait de la rue, dont elle était séparée par un petit jardin de curé. Une agréable odeur de giroflée et de réséda flottait dans l'air et il semblait difficile d'associer l'idée de violence à ce charme désuet. Poirot sonna et frappa à la porte. Puis, comme personne ne répondait, il sonna de nouveau. Cette fois, au bout d'un moment, une domestique échevelée vint nous ouvrir. Elle avait les yeux rouges et reniflait bruyamment.

– Nous voudrions voir Mrs. Pengelley, lui expliqua Poirot. Pouvons-nous entrer?

La domestique nous dévisagea longuement. Puis, avec un franc-parler inhabituel chez une employée de maison, elle nous dit :

– Vous n'êtes donc pas au courant? Elle est morte. Ça s'est passé ce soir; il y a environ une demi-heure.

Nous restâmes un moment médusés.

– De quoi est-elle morte? lui demandai-je enfin.

– Il y en a qui pourraient le dire, répondit-elle en jetant un rapide coup d'œil par-dessus son épaule. Si c'était pas qu'il faut que quelqu'un reste dans la maison pour veiller Madame, je ferais ma valise et je partirais ce soir même. Mais je ne veux pas la laisser comme ça avec personne pour la veiller. Ce n'est pas à moi de dire quoi que ce soit et je ne dirai rien... mais tout le monde est au courant. Toute la ville en parle. Et si Mr. Radnor n'écrit pas au Ministre de l'Intérieur, quelqu'un d'autre s'en chargera. Le docteur peut bien dire ce qu'il veut. Est-ce que j'ai pas vu de mes propres yeux le patron prendre le flacon de désherbant sur l'étagère, ce soir même? Et est-ce qu'il a pas sursauté quand il s'est retourné et m'a vue en train de le regarder? Et l'assiette de Madame qui était sur la table, prête à lui être apportée! Pas un autre morceau de nourriture ne passera mes lèvres tant que je serai dans cette maison! Même si je dois en mourir.

– Où habite le médecin qui soignait votre patronne?

– Le docteur Adams? Au coin de la rue, dans High Street. La deuxième maison sur la droite.

Poirot se détourna brusquement. Il était très pâle.

– Pour une fille qui ne devait rien dire, elle s'est montrée plutôt loquace, remarquai-je.

Poirot frappa la paume de sa main de son poing fermé.

– Un imbécile! Un criminel imbécile, voilà ce que je suis, Hastings! Je me suis vanté de pouvoir faire fonctionner ma matière grise et j'ai perdu une vie humaine, une vie qui était venue chercher le salut auprès de moi. Je n'aurais jamais cru qu'il arriverait quelque chose en si peu de temps. Que Dieu me pardonne! En fait, je ne pensais même pas qu'il se passerait quoi que ce soit. L'histoire de cette femme me paraissait si peu vraisemblable... Nous voilà arrivés chez le docteur. Voyons ce qu'il va nous dire.

Le docteur Adams était le type même du brave médecin de campagne au visage rougeaud qu'on décrit dans les romans. Il nous reçut poliment, mais, dès que nous eûmes mentionné le but de notre visite, son visage déjà rouge devint cramoisi.

– Des âneries! Ce sont des âneries qu'on raconte! N'étais-je pas là pour la soigner? Une gastrite, une simple gastrite. Cette ville est un nid de commères; toutes ces vieilles colporteuses de ragots se réunissent et inventent. Dieu sait quoi. Elles passent leur temps à lire ces torchons de journaux à scandale et il faut absolument que quelqu'un de leur ville soit victime d'un empoisonnement. Elles voient un flacon de désherbant sur une étagère et hop! voilà leur imagination qui galope! Je connais Edward Pengelley... il n'empoisonnerait pas le chien de sa belle-mère. Et pourquoi irait-il empoisonner sa femme? Pouvez-vous me le dire?

– Il y a peut-être une chose, docteur, que vous ne savez pas.

Très rapidement, Poirot lui relata la visite de Mrs. Pengelley. On ne pouvait pas se montrer plus surpris que le brave homme. Les yeux lui sortaient presque de la tête.

– Bon sang de bonsoir! éructa-t-il. La pauvre femme devait être folle! Pourquoi ne m'a-t-elle rien dit? C'était bien la première chose à faire.

– Pour que vous vous moquiez de ses craintes?

– Pas du tout. Pas du tout. Je pense avoir l'esprit assez ouvert.

Poirot le regarda et sourit. Le brave médecin était apparemment plus troublé qu'il ne voulait l'admettre. Quand nous eûmes quitté sa maison, Poirot éclata de rire.

– Il est aussi têtu qu'une mule, celui-là. Il a décrété qu'il s'agissait d'une gastrite; il ne peut donc s'agir que d'une gastrite! N'empêche qu'il est dans ses petits souliers.

– Que faisons-nous à présent?

– Nous rentrons à l'auberge pour passer une nuit épouvantable dans l'un de vos lits de province, mon ami.

La qualité de la literie en Angleterre est vraiment déplorable!

– Et demain? demandai-je.

– Rien à faire. Nous n'avons plus qu'à rentrer à Londres et attendre la suite des événements.

– Ce n'est pas très excitant, dis-je, déçu. Et supposons qu'il n'y ait pas de suite?

– Il y en aura une; je vous le promets. Notre bon vieux docteur peut délivrer autant de permis d'inhumer qu'il le veut, il ne pourra pas empêcher des centaines de langues d'aller bon train. Et elles ne marcheront pas inutilement, vous pouvez me croire!

Notre train partait à onze heures le lendemain matin. Avant de nous mettre en route pour la gare, Poirot exprima le désir d'aller rendre visite à Miss Fréda Stanton, la nièce dont nous avait parlé la malheureuse Mrs. Pengelley. Nous trouvâmes sans trop de difficulté la maison où elle avait emménagé. En sa compagnie se trouvait un grand jeune homme brun qu'elle nous présenta non sans quelque embarras comme étant Mr. Jacob Radnor.

Miss Fréda Stanton était une ravissante jeune fille au type cornouaillais, avec ses cheveux et ses yeux noirs et ses joues roses. Dans ces mêmes yeux noirs brillait un éclat qui traduisait une nature qu'il ne devait pas faire bon contrarier.

– Pauvre tante, murmura-t-elle lorsque Poirot se fut présenté et lui eut exposé la raison de sa visite. C'est affreusement triste. Depuis ce matin, je regrette de ne pas m'être montrée plus gentille et plus patiente avec elle.

– Tu en as pas mal supporté, Fréda, intervint Radnor.

– Oui, Jacob, mais j'ai un fichu caractère, je le sais. Après tout, ce n'était que sottise de la part de ma tante. J'aurais dû me contenter d'en rire et ne pas y prêter attention. Bien sûr, cette idée que mon oncle l'empoisonnait était absurde. C'est vrai qu'elle se sentait plus mal chaque fois qu'il lui servait quelque chose à manger; mais je suis certaine que c'était psychologique. Elle s'attendait à éprouver des malaises et elle les éprouvait.

– Quelle était la cause exacte de votre mésentente, Mademoiselle?

Miss Stanton jeta un petit coup d'œil hésitant en direction de Radnor. Celui-ci comprit aussitôt.

– Il faut que je me sauve, Fréda. A ce soir. Au revoir, Messieurs; vous vous apprêtez à aller à la gare, je suppose?

Poirot acquiesça et Radnor prit congé.

– Vous êtes fiancés, n'est-ce pas? demanda Poirot à la jeune fille avec un petit sourire malicieux.

Fréda Stanton rougit et admit que c'était vrai, en effet.

– Et c'est bien pour cette raison que ma tante et moi nous heurtions toujours, ajouta-t-elle.

– Elle n'approuvait pas ce mariage?

– Oh! ce n'est pas tellement ça. Mais, voyez-vous, elle...

La jeune fille s'interrompit.

– Oui? lui dit Poirot d'un ton encourageant.

– C'est une chose horrible à dire, maintenant qu'elle est morte. Mais vous ne comprendrez jamais si je ne vous explique pas la situation. Ma tante était follement amoureuse de Jacob.

– Vraiment?

– Oui. N'est-ce pas ridicule? Elle avait cinquante ans passés et il n'en a même pas trente! Mais c'était ainsi. Elle était folle de lui. J'ai finalement été obligée de lui dire que c'était moi qu'il courtisait... et elle a fait une scène terrible. Elle n'en croyait pas un mot et m'a traitée de façon si grossière et injurieuse qu'il n'est pas étonnant que je me sois moi-même emportée. J'en ai discuté avec Jacob et nous avons pensé que le mieux à faire était que je quitte la maison pendant quelque temps, jusqu'à ce qu'elle ait retrouvé ses esprits. Pauvre tante... je suppose qu'elle n'avait plus toute sa tête.

– C'est ce qu'il semblerait, en effet. Merci, Mademoiselle, de m'avoir si bien expliqué la situation.

Je fus un peu surpris de voir que Radnor nous attendait dans la rue.

– Je crois deviner ce que Fréda vous a dit, déclara-t-il. C'était une fâcheuse histoire, fort embarrassante pour moi, comme vous pouvez l'imaginer. Inutile de vous dire que je n'y suis pour rien. Au début, cela m'a fait plaisir parce que je m'imaginais que la vieille femme cherchait à me faciliter les choses auprès de Fréda. Tout cela était absurde... et extrêmement déplaisant.

– Quand comptez-vous vous marier, Miss Stanton et vous?

– Très bientôt, je l'espère. Monsieur Poirot, je vais être franc avec vous. J'en sais un peu plus long que Fréda. Elle croit son oncle innocent. Moi, je n'en suis pas si sûr. Mais je puis vous dire une chose : je n'irai pas raconter ce que je sais. Inutile de réveiller le chat qui dort. Je ne tiens pas à voir l'oncle de ma femme jugé et pendu pour meurtre.

– Pourquoi me dites-vous tout cela?

– Parce que j'ai entendu parler de vous, et je sais que vous êtes un homme astucieux. Il se peut que vous découvriez des preuves de sa culpabilité. Mais, je vous le demande, à quoi cela servirait-il? On ne peut plus rien pour la pauvre femme et elle aurait été la dernière personne à vouloir le scandale; à cette seule idée, elle se retournerait dans sa tombe!

– Vous avez sans doute raison sur ce point. Vous voulez donc que... je garde le silence?

– C'est cela, oui. J'avoue franchement que c'est un point de vue égoïste. Mais j'ai ma vie à faire... et ma petite boutique de tailleur commence à bien marcher.

– La plupart d'entre nous sommes des égoïstes, Mr. Radnor. Mais nous ne sommes pas tous prêts à l'admettre aussi facilement. Je ferai ce que vous me demandez... mais je vous le dis franchement : vous ne parviendrez pas à étouffer l'affaire.

– Pourquoi donc?

Poirot leva un doigt. C'était un jour de marché et nous étions justement à proximité du marché couvert, d'où s'échappait un bourdonnement confus.

– La voix du peuple, voilà pourquoi, Mr. Radnor... Bon, à présent, nous devons courir, si nous ne voulons pas manquer notre train.

– Très intéressant, vous ne trouvez pas, Hastings? me demanda Poirot tandis que le train quittait la gare.

Il avait sorti un petit peigne de sa poche, ainsi qu'une glace microscopique, et il peignait soigneusement ses moustaches dont la symétrie avait été légèrement dérangée par notre course folle.

– C'est peut-être votre avis, répondis-je, maussade. Mais pour moi, tout cela est plutôt sordide et désagréable. Il n'y a même aucun mystère.

– Je suis d'accord avec vous; il n'y a pas le moindre mystère.

– Je suppose que nous devons croire l'histoire extraordinaire que nous a racontée la jeune fille à propos de la toquade de sa tante? Pour ma part, c'est le seul point qui me laisse perplexe. Cette femme avait l'air si respectable...

– Il n'y a rien d'extraordinaire à cela; c'est une chose tout à fait courante. Si vous lisez attentivement les journaux, vous verrez qu'il arrive souvent qu'une femme respectable de cet âge quitte son mari après vingt ans de mariage et abandonne parfois même de nombreux enfants pour unir sa vie à celle d'un homme beaucoup plus jeune qu'elle. Vous admirez les femmes, Hastings; vous vous prosternez devant toutes celles qui sont jolies et ont le bon goût de vous sourire; mais vous n'entendez absolument rien à la psychologie féminine. A l'automne de sa vie arrive toujours un moment de folie où une femme aspire à vivre une aventure romanesque... avant qu'il ne soit trop tard. Et elle ne fait certainement pas exception à la règle parce qu'elle est l'épouse d'un respectable dentiste de province!

– Et vous pensez...

– Qu'un homme intelligent peut profiter d'un tel moment.

– Je ne trouve pas Pengelley si intelligent. Il a toute la ville sur le dos. Et, cependant, je suppose que vous avez raison. Les deux seuls à savoir quelque chose, Radnor et le docteur, veulent tous deux étouffer l'affaire. Il a tout de même réussi cela. J'aurais bien aimé le voir, ce type.

– Rien ne vous en empêche. Retournez là-bas par le premier train et inventez-vous une rage de dents.

Je dévisageai Poirot avec attention.

– J'aimerais bien savoir ce que vous trouvez de si intéressant dans cette affaire.

– Mon intérêt a été éveillé par une réflexion très juste de votre part, Hastings. Après notre entretien avec la domestique, vous avez remarqué que pour quelqu'un qui ne devait rien dire, elle nous en avait dit beaucoup.

– Ah! m'exclamai-je d'un air sceptique avant d'en revenir à ma première critique : mais je me demande bien pourquoi vous n'avez pas essayé de voir Pengelley.

– Mon ami, je lui donne tout juste trois mois. Après cela, je le verrai pendant aussi longtemps que je voudrai... dans le box des accusés.

Pour une fois, je pensais que les pronostics de Poirot se révéleraient inexacts. Le temps passait et il n'y avait aucune nouvelle. D'autres affaires nous occupaient et j'avais presque oublié cette malheureuse histoire lorsqu'un entrefilet dans le journal disant que le ministère de l'Intérieur avait donné l'ordre d'exhumer le corps de Mrs. Pengelley, vint me la rappeler.

Quelques jours plus tard, on ne parlait plus dans les journaux que du « mystère des Cornouailles ». Apparemment, la rumeur ne s'était jamais éteinte et, lorsqu'avaient été annoncées les fiançailles du veuf avec Miss Marks, sa secrétaire, les bavardages avaient repris de plus belle. Finalement, les habitants de la ville avaient envoyé une pétition au ministère de l'Intérieur et le corps avait été exhumé; on y avait découvert une importante quantité d'arsenic. Mr. Pengelly avait été arrêté et accusé du meurtre de sa femme.

Poirot et moi allâmes assister à l'instruction. Les témoignages furent tels qu'on aurait pu s'y attendre. Le docteur Adams reconnut que les symptômes d'un empoisonnement à l'arsenic pouvaient être confondus avec ceux d'une gastrite. L'expert du ministère de l'Intérieur fit part de ses conclusions. La domestique, Jessie, donna avec volubilité une foule de renseignements dont la plupart furent rejetés mais qui renforcèrent néanmoins les présomptions qui pesaient sur le prévenu. Fréda Stanton témoigna que sa tante se sentait plus mal à chaque fois qu'elle mangeait des aliments préparés par son mari. Jacob Radnor raconta comment il était arrivé à l'improviste le jour de la mort de Mrs. Pengelley et avait surpris Pengelley en train de replacer le flacon de désherbant sur l'étagère de l'office, alors que l'assiette de Mrs. Pengelley se trouvait sur la table à proximité. Puis ce fut au tour de Miss Marks, la blonde secrétaire, d'être appelée à la barre; elle fondit en larmes et reconnut qu'elle et son employeur avaient eu des « relations amoureuses » et qu'il lui avait promis de l'épouser s'il arrivait un jour quelque chose à sa femme. Pengelley réserva sa défense et il fut renvoyé devant la cour d'assises.

Jacob Radnor nous raccompagna à pied jusqu'à notre hôtel.

– Vous voyez, Mr. Radnor, lui dit Poirot, j'avais raison. La voix du peuple a parlé... et avec assurance. Il était écrit que cette affaire ne pourrait pas être étouffée.

– Vous aviez raison, en effet, soupira Radnor. Pensez-vous qu'il ait une chance de s'en tirer?

– Ma foi, il a réservé sa défense. Peut-être a-t-il quelque révélation à faire. Entrez avec nous, voulez-vous?

Radnor accepta l'invitation. Je commandai deux whiskies et un chocolat chaud. Cette dernière commande provoqua une certaine consternation chez le serveur et je doutai fort que Poirot se vît jamais servir son chocolat.

– Bien sûr, poursuivit ce dernier, j'ai une assez grande expérience de ce genre d'affaires. Et je ne vois qu'une seule issue pour notre ami.

– Laquelle?

– Que vous signiez ce papier.

Avec la rapidité d'un prestidigitateur, il fit apparaître une feuille de papier écrite.

– Qu'est-ce que c'est? lui demanda Radnor.

– Une confession selon laquelle *vous* reconnaissez avoir tué Mrs. Pengelley.

Il y eut un instant de silence, puis Radnor éclata de rire.

– Vous êtes fou?

– Non, non, mon ami, je ne suis pas fou. Vous êtes venu vous installer ici; vous avez monté une petite affaire; mais vous manquiez d'argent. Mr. Pengelley était riche. Vous avez rencontré sa nièce et vous avez eu l'heur de lui plaire. Mais la petite rente qu'il aurait pu lui servir après son mariage ne vous suffisait pas. Il vous fallait vous débarrasser et de l'oncle et de la tante; alors, la jeune fille hériterait de tout l'argent, puisqu'elle était leur seule parente. Comme vous vous y êtes bien pris! Vous avez fait la cour à cette quinquagénaire sans méfiance jusqu'à ce qu'elle soit devenue votre esclave. Vous avez fait naître dans son esprit des soupçons sur son mari. Elle a découvert tout d'abord qu'il la trompait, puis vous l'avez convaincue qu'il cherchait à l'empoisonner. Vous étiez souvent fourré chez elle; il vous était très facile de mettre vous-même de l'arsenic dans sa nourriture. Mais vous preniez soin de ne jamais le faire quand son mari était absent. Etant femme, elle n'a pas gardé ses soupçons pour elle. Elle en a parlé à sa nièce; et sans doute aussi à des amies. La seule difficulté pour vous consistait à entretenir des rapports avec les deux femmes séparément, et même cela n'était pas si difficile qu'on pourrait le croire. Vous expliquiez à la tante que, pour ne point éveiller les soupçons de son mari, vous deviez faire semblant de courtiser sa nièce. Quant à celle-ci, il ne fallait pas grand-chose pour la convaincre; elle n'aurait jamais considéré sérieusement sa tante comme une rivale.

« Mais Mrs. Pengelley s'est décidée, sans vous consulter, à venir me trouver. Si elle pouvait obtenir la certitude que son mari cherchait à l'empoisonner, elle se sentirait le droit de le quitter et d'unir sa vie à la vôtre, ce qu'elle pensait que vous attendiez d'elle. Mais cela ne vous arrangeait pas du tout. Vous ne vouliez pas d'un détective au milieu... C'est alors que se présente le moment propice. Vous vous trouvez là quand Mr. Pengelley prépare une assiette de potage pour sa femme et vous y introduisez une dose mortelle de poison. Le reste est assez simple. Apparemment soucieux d'étouffer le scandale, vous jetez au contraire insidieusement le trouble dans les esprits. Seulement voilà! C'était compter sans Hercule Poirot, mon jeune ami.

Radnor était d'une pâleur mortelle, mais il s'efforçait encore de le prendre de haut.

– Très intéressant et ingénieux, mais pourquoi me raconter tout cela?

– Parce que, Monsieur, je représente, non pas la loi, mais Mrs. Pengelley. Par égard pour elle, je vous donne une chance de vous enfuir. Signez ce papier et vous aurez vingt-quatre heures d'avance... vingt-quatre heures avant que je ne le remette entre les mains de la police.

Radnor hésitait.

– Vous n'avez aucune preuve.

– Non? Je suis Hercule Poirot, ne l'oubliez pas. Regardez par la fenêtre, Monsieur. Il y a deux hommes dans la rue. Ils ont l'ordre de ne pas vous perdre de vue.

Radnor s'approcha à grands pas de la fenêtre et écarta légèrement l'un des stores. Il recula alors avec un juron.

– Vous voyez, Monsieur? Signez... c'est votre seule chance.

– Quelle garantie ai-je...

– Que je tiendrai ma promesse? La parole d'Hercule Poirot, tout simplement. Alors, vous signez? Bien. Hastings, veuillez être assez aimable pour remonter à moitié le store de gauche. C'est le signal pour nos deux hommes qu'ils peuvent laisser partir Mr. Radnor sans le molester.

Blanc de rage, Radnor se précipita hors de la pièce en jurant à voix basse. Poirot hocha doucement la tête.

– Un poltron! Je le savais.

– Il me semble, Poirot, que vous avez agi d'une façon inadmissible, m'écriai-je, furieux. Vous dites toujours qu'il ne faut pas faire de sentiment. Et voilà que vous laissez échapper un dangereux criminel par pure sensiblerie.

– Ce n'était pas de la sensiblerie, c'était du bon sens, répliqua Poirot. Ne voyez-vous pas, mon ami, que nous n'avons pas l'ombre d'une preuve contre lui? Vais-je me dresser devant douze solides Cornouaillais et leur dire que, *moi,* Hercule Poirot, je *sais* la vérité? Ils me riraient au nez. La seule chance que nous avions était de lui faire peur et d'obtenir une confession de cette façon. Ces deux badauds que j'avais remarqués au-dehors se sont trouvés là au bon moment. Redescendez le store, Hastings, voulez-vous? Il n'y avait en fait aucune raison de le remonter. Cela faisait partie de ma petite mise en scène.

« Bien, bien. A présent, nous devons tenir notre promesse. Vingt-quatre heures, ai-je dit? Un jour de plus pour ce pauvre Mr. Pengelley... mais, au fond, il ne l'a pas volé, car, souvenez-vous, il a trompé sa femme. Je suis un ardent défenseur de la vie de famille, comme vous le savez. Ah! ma foi, vingt-quatre heures... Et après ça? J'ai une très grande confiance en Scotland Yard. Ils retrouveront Radnor, mon ami; ils le retrouveront.

L'ENLÈVEMENT DE JOHNNIE WAVERLY

– Vous devriez comprendre les sentiments d'une mère, répétait Mrs. Waverly pour la sixième fois peut-être.

Elle fixait Poirot d'un regard implorant. Mon ami, toujours plein de compassion pour les mères en détresse, fit un geste rassurant.

– Mais oui, mais oui, je comprends parfaitement. Ayez confiance en Papa Poirot.

– La police..., commença Mr. Waverley.

Sa femme l'interrompit aussitôt.

– Je ne veux plus entendre parler de la police. Nous leur avons fait confiance et regarde ce qui est arrivé! Après tout le bien que j'ai entendu dire de M. Poirot et les résultats merveilleux qu'il a obtenus, je suis sûre qu'il pourra nous aider. Les sentiments d'une mère...

D'un geste éloquent, Poirot l'empêcha de se répéter une nouvelle fois. L'émotion de Mrs. Waverly était manifestement sincère, mais, chose curieuse, celle-ci avait en même temps un air dur et décidé. Lorsque j'appris par la suite qu'elle était la fille d'un riche industriel de l'acier qui, d'une place de commis, s'était élevé à son rang actuel, je compris de qui elle tenait certains traits de son caractère.

Mr. Waverly, quant à lui, était un homme robuste à la face rubiconde et joviale. Il se tenait assis, les jambes écartées, et avait tout à fait l'allure d'un propriétaire terrien.

– Je suppose que vous êtes au courant de cette affaire, Monsieur Poirot?

La question était superflue. Depuis quelques jours, en

effet, les journaux ne parlaient que de l'extraordinaire enlèvement du petit Johnnie Waverly, âgé de trois ans, fils unique et héritier de Marcus Waverly, châtelain de Waverly Court, dans le Surrey, et descendant d'une des plus vieilles familles d'Angleterre.

– J'en connais les grandes lignes, certes, mais racontez-moi tout depuis le début, Monsieur, je vous prie. Et en détail, si vous le voulez bien.

– Je dirai que l'histoire a commencé il y a une dizaine de jours quand j'ai reçu une lettre anonyme – quel procédé infect! – absolument abracadabrante. L'auteur avait l'impudence d'exiger le versement d'une somme de vingt-cinq mille livres – vingt-cinq mille livres, Monsieur Poirot! – faute de quoi, il menaçait de kidnapper Johnnie. J'ai évidemment jeté la lettre dans la corbeille à papiers sans y prêter plus d'attention. Je pensais qu'il s'agissait d'une farce idiote. Cinq jours plus tard, j'en recevais une autre, qui disait : *Si vous ne payez pas, votre fils sera kidnappé le vingt-neuf.* Nous étions le vingt-sept. Ada était inquiète, mais, pour ma part, je me refusais à prendre cette menace au sérieux. Bon sang! nous sommes en Angleterre! Personne ici ne kidnappe des enfants pour obtenir une rançon!

– Ce n'est pas une pratique très courante, en effet, reconnut Poirot. Continuez, Monsieur.

– Ada n'arrêtait pas de me harceler, alors – non sans me sentir un peu ridicule – je suis allé exposer l'affaire à la police. Ils n'ont pas pris cette histoire très au sérieux, pensant, comme moi, qu'il s'agissait de quelque canular. Le vingt-huit, cependant, je recevais une troisième lettre : *Vous n'avez pas payé. Votre fils sera enlevé demain, le vingt-neuf, à midi. Cela vous coûtera cinquante mille livres pour le récupérer.* Je suis alors retourné à Scotland Yard, où, cette fois, ils ont paru plus impressionnés. Convaincus, à présent, que les lettres émanaient d'un déséquilibré et que, vraisemblablement, il tenterait quelque chose à l'heure dite, ils m'ont assuré qu'ils allaient prendre toutes les dispositions nécessaires. L'inspecteur McNeil et un détachement de policers iraient à Waverly le lendemain et prendraient la direction des opérations.

« Je suis donc rentré chez moi rassuré. Malgré tout, nous avions le sentiment d'être déjà en état de siège. J'ai donné ordre de ne laisser entrer aucun inconnu et j'ai interdit à tout le monde de sortir. La soirée s'est déroulée sans incident, mais, le lendemain matin, ma femme ne se sentait vraiment pas bien. Alarmé par son état, j'ai fait venir le Dr Dakers, qui est resté perplexe devant les symptômes. Bien qu'il hésitât à affirmer qu'elle avait été empoisonnée, je voyais bien qu'il en était convaincu. Il m'a assuré que la vie d'Ada n'était pas en danger, mais il m'a dit qu'il lui faudrait un jour ou deux pour se remettre d'aplomb. Imaginez ma stupéfaction lorsque je suis retourné dans ma chambre : un bout de papier était épinglé à mon oreiller! L'écriture était la même que sur les autres, mais, cette fois, il n'y avait que deux mots : *A midi.*

« J'avoue, Monsieur Poirot, qu'à ce moment-là, j'ai vu rouge. Il y avait un complice dans la maison! L'un des domestiques! Je les ai tous fait monter et les ai violemment apostrophés. Mais aucun d'eux n'a voulu parler. C'est Miss Collins, la dame de compagnie de ma femme, qui m'a informé qu'elle avait vu la nurse de Johnnie descendre l'allée furtivement, tôt le matin. Je l'ai interrogée et elle a fondu en larmes. Elle a reconnu avoir laissé l'enfant avec la domestique attachée à la nursery et s'être esquivée un moment pour aller retrouver un ami... un homme. C'est du beau! En tout cas, elle a nié avoir épinglé le mot à mon oreiller. Il se peut qu'elle ait dit la vérité; je ne sais pas. Mais je ne voulais pas prendre le risque que la propre nurse de mon enfant fasse partie du complot. L'un des domestiques était impliqué; ça, j'en étais sûr. Finalement, j'étais dans une telle rage que j'ai mis tout le monde à la porte, la nurse et les autres. Je leur ai donné une heure pour faire leurs valises et quitter la maison.

Le visage naturellement rougeaud de Mr. Waverly était devenu cramoisi, tandis qu'il évoquait sa colère justifiée.

– N'était-ce pas un acte un peu irréfléchi, Monsieur? lui demanda Poirot. Cela aurait pu tout aussi bien faire le jeu de l'ennemi.

Mr. Waverly le considéra avec étonnement.
– Je ne vois pas comment. Les envoyer tous faire leurs bagages, voilà ce que je voulais. J'ai télégraphié à Londres pour qu'on m'en expédie d'autres le soir même. Entre-temps, il n'y aurait dans la maison que des gens en qui je pouvais avoir confiance : ma secrétaire, Miss Collins, qui est aussi la dame de compagnie de ma femme, et Tredwell, le maître d'hôtel, qui était déjà au service de ma famille quand j'étais enfant.
– Et cette Miss Collins? Depuis combien de temps est-elle à votre service?
– Un an exactement. Elle est très précieuse pour moi en tant que secrétaire et c'est aussi une très bonne intendante.
– Et la nurse?
– Elle est à mon service depuis six mois. Elle avait d'excellentes références. N'empêche que je ne l'ai jamais beaucoup aimée, bien que Johnnie lui ait été très attaché.
– Quoi qu'il en soit, je suppose qu'elle était déjà partie quand la catastrophe s'est produite? Peut-être pourriez-vous reprendre votre récit, Monsieur Waverly?
Celui-ci s'exécuta aussitôt.
– L'inspecteur McNeil est arrivé vers dix heures et demie. Les domestiques étaient déjà tous partis. Il s'est déclaré satisfait des dispositions que j'avais prises. Lui-même avait posté plusieurs hommes dans le parc pour surveiller les abords de la maison et il m'a assuré que si tout cela n'était pas un canular, nous devrions mettre la main sur mon mystérieux correspondant.
« Johnnie était à mes côtés et je l'ai emmené avec nous lorsque l'inspecteur et moi-même sommes allés dans ce que nous appelons la salle du conseil. L'inspecteur a fermé la porte à clé. Il y a là une grande horloge à balancier et, tandis que les aiguilles se rapprochaient de midi, je n'ai pas honte de dire que j'étais nerveux comme un chat. Lorsque le mécanisme s'est mis en marche et que le premier coup de midi a sonné, j'ai empoigné Johnnie. J'avais l'impression qu'un homme allait tomber du ciel. Au moment où le dernier coup sonnait, nous

avons entendu du brouhaha à l'extérieur; des cris et un bruit de course. L'inspecteur s'est précipité pour ouvrir la porte-fenêtre et un agent nous a rejoints en courant. " Nous le tenons, chef! criait-il, hors d'haleine. Il se cachait dans les buissons. Il avait du chloroforme sur lui. "

« Nous sommes aussitôt sortis sur la terrasse, où deux agents tenaient un vagabond à mine patibulaire, qui se tortillait en vain pour essayer de leur échapper. L'un des policiers nous a tendu un paquet défait qu'ils avaient arraché à leur prisonnier. Il contenait un tampon d'ouate et un flacon de chloroforme. En voyant cela, j'ai senti mon sang bouillir dans mes veines. Il y avait aussi un mot, qui m'était adressé. Je l'ai aussitôt déplié et y ai lu ceci : *Vous auriez dû payer. Pour récupérer votre fils, cela vous coûtera maintenant cinquante mille livres. En dépit de toutes vos précautions, il a été enlevé le vingt-neuf, comme je vous l'avais dit.*

« J'ai éclaté de rire – un rire de soulagement –, mais, au même moment, j'ai entendu un bruit de moteur et un cri. Je me suis retourné. Une voiture grise, longue et basse, descendait l'allée à une vitesse folle en direction de l'entrée sud du parc. C'était l'homme qui était au volant qui avait crié, mais ce n'est pas cela qui m'a glacé d'horreur. C'est la vue des boucles blondes de Johnnie. L'enfant était à côté de lui dans la voiture.

« L'inspecteur a poussé un juron. " Mais l'enfant était là, il y a une minute! " Il nous a passés en revue; nous étions tous là : Miss Collins, Tredwell et moi-même. " Quand l'avez-vous vu pour la dernière fois, Mr. Waverly? " m'a-t-il demandé.

« Je réfléchis rapidement, essayant de m'en souvenir. Lorsque l'agent nous avait appelés, je m'étais précipité au-dehors avec l'inspecteur, sans plus m'occuper de Johnnie.

« A ce moment-là, le carillon du clocher du village nous a fait sursauter. Avec une exclamation de surprise, l'inspecteur a sorti sa montre. Il était exactement midi. D'un commun accord, nous sommes retournés en courant à la salle du conseil. L'horloge indiquait midi dix. Quelqu'un avait dû déplacer les aiguilles délibérément car, à ma connaissance, elle n'a jamais avancé ni retardé. Elle est toujours à l'heure.

Mr. Waverly se tut. Poirot avait l'air satisfait. Il rectifia la position d'un petit napperon que, dans son agitation, le père avait légèrement déplacé.

– Une gentille petite affaire, obscure et charmante, murmura Poirot. J'accepte avec plaisir de m'en occuper pour vous. Vraiment, tout cela était planifié à merveille.

Mrs. Waverly lui jeta un regard de reproche.

– Mais mon fils! gémit-elle.

Poirot prit de nouveau une expression de profonde compassion.

– Il est en sécurité, Madame. On ne lui fera aucun mal. Soyez certaine que ces misérables en prendront le plus grand soin. N'est-il pas pour eux la dinde... non, la poule aux œufs d'or?

– Monsieur Poirot, je suis convaincue qu'il n'y a qu'une chose à faire : payer. J'y étais tout à fait opposée au début, mais à présent...! Les sentiments d'une mère...

– Nous avons interrompu le récit de Monsieur, se hâta de dire Poirot.

– Je présume que vous savez la suite par les journaux, déclara Mr. Waverly. Bien entendu, l'inspecteur McNeil s'est aussitôt précipité sur le téléphone. On a fait diffuser le signalement de l'homme et de la voiture et, au début, nous avons eu de faux espoirs. Une voiture répondant au signalement et à bord de laquelle se trouvaient un homme et un petit garçon, avait été vue dans différents villages. Elle se dirigeait apparemment vers Londres. A un moment donné, l'homme s'était arrêté et on avait remarqué que l'enfant pleurait et avait manifestement peur de son compagnon. Lorsque l'inspecteur McNeil nous a annoncé que la voiture avait été interceptée et qu'on détenait l'homme et l'enfant, j'ai failli en être malade de soulagement. Vous connaissez la suite. Le petit garçon n'était pas Johnnie et l'homme n'était qu'un fanatique du volant qui, aimant les enfants, avait pris à son bord un gamin qui jouait dans les rues d'Edenswell, un village situé à une vingtaine de kilomètres de chez nous, et lui faisait gentiment faire une promenade en voiture. Grâce à la bévue de la police, si sûre d'elle, il n'y a à présent plus aucune piste. S'ils ne s'étaient pas entêtés à suivre la mauvaise voiture, ils auraient peut-être déjà retrouvé l'enfant!

– Calmez-vous, Monsieur. La police est un organisme fait d'hommes rares et intelligents. L'erreur qu'elle a commise était bien naturelle. Et il faut dire qu'elle a affaire à forte partie. Quant à l'homme qu'on a arrêté dans le parc, j'ai cru comprendre qu'il avait nié tout du long. Il a déclaré qu'on lui avait simplement demandé d'apporter le paquet et la lettre au manoir. L'homme qui les lui a remis lui a donné un billet de dix shillings et lui en a promis un autre s'il les livrait à midi moins dix exactement. Il devait approcher de la maison en traversant le parc sans se faire voir, et frapper à une porte de côté.

– Je n'en crois pas un mot! s'écria Mrs. Waverly avec véhémence. Ce ne sont que des mensonges.

– A vrai dire, cette histoire paraît peu vraisemblable, dit Poirot d'un ton pensif. Mais, pour l'instant, on n'a pas pu prouver que l'homme mentait. J'ai cru comprendre aussi qu'il avait porté une certaine accusation?

Il interrogea Mr. Waverly du regard et celui-ci s'empourpra de nouveau.

– Cet individu a eu l'impertinence de prétendre qu'il reconnaissait en Tredwell l'homme qui lui avait remis le paquet. « Le type avait simplement rasé sa moustache », a-t-il osé dire. Tredwell, qui est né sur nos terres!

L'indignation du châtelain fit sourire Poirot.

– Pourtant, vous-même soupçonnez quelqu'un de votre maison d'avoir été complice de l'enlèvement?

– Oui. Mais pas Tredwell.

– Et vous, Madame? s'enquit Poirot en se tournant brusquement vers Mrs. Waverly.

– Ce n'est pas Tredwell qui a donné à ce vagabond la lettre et le paquet... si quelqu'un les lui a donnés, ce dont je doute. Selon lui, on les lui aurait remis à dix heures. Or, à dix heures, Tredwell était avec mon mari dans le fumoir.

– Avez-vous pu voir le visage de l'homme qui était dans la voiture, Monsieur? Ressemblait-il un tant soit peu à Tredwell?

– Il était trop loin pour que je puisse distinguer ses traits.

– Savez-vous si Tredwell a un frère?

– Il en avait plusieurs, mais ils sont tous morts. Le dernier a été tué pendant la guerre.

– Je n'ai pas encore très bien saisi la configuration du parc de Waverly Court. La voiture se dirigeait vers l'entrée sud, m'avez-vous dit? Y en a-t-il une autre?

– Oui. L'entrée est. Elle est visible de l'autre côté de la maison.

– Je trouve étonnant que personne n'ait vu la voiture pénétrer dans la propriété.

– Il y a une servitude de passage sur un chemin qui mène à une petite chapelle. Beaucoup de voitures traversent le parc. L'homme a dû garer la sienne dans un coin discret et courir jusqu'à la maison au moment où l'on a donné l'alarme et où notre attention était détournée.

– A moins qu'il ne fût déjà à l'intérieur, murmura Poirot d'un air pensif. Y a-t-il un endroit où il aurait pu se cacher?

– Il est vrai que nous n'avons pas vraiment fouillé la maison lorsque l'inspecteur est arrivé. Cela semblait inutile. Je suppose qu'il aurait pu, en effet, être caché dans un coin. Mais, dans ce cas, qui l'aurait laissé entrer?

– Nous y reviendrons plus tard. Une chose à la fois; procédons avec méthode. N'y a-t-il pas une cachette particulière dans la maison? Waverly Court est un vieux manoir et il y a parfois dans les vieux manoirs ce qu'on appelle des « chambres secrètes ».

– Mon Dieu! Il y en a une, en effet! Elle se trouve derrière un des panneaux de l'entrée.

– Près de la salle du conseil?

– Juste à l'extérieur.

– Eh bien voilà!

– Mais personne n'en connaît l'existence en dehors de ma femme et de moi-même.

– Et Tredwell?
– Euh... il se peut qu'il en ait entendu parler.
– Et Miss Collins?
– Je ne lui en ai jamais rien dit.
Poirot réfléchit un instant.
– Eh bien, Monsieur, le mieux serait à présent que je me rende à Waverly Court. Si je viens cet après-midi, cela vous convient-il?
– Oh! le plus tôt possible, je vous en prie, Monsieur Poirot! s'écria Mrs. Waverly. Lisez à nouveau ceci.
Elle mit dans les mains de Poirot la dernière lettre de l'ennemi qu'ils avaient reçue le matin même et qui l'avait décidée à venir trouver mon ami de toute urgence. Elle contenait des indications nettes et précises concernant le paiement de la rançon et se terminait par une menace selon laquelle toute fourberie serait punie par la mort de l'enfant. Il était clair que, chez Mrs. Waverly, l'amour de l'argent luttait contre l'amour maternel; mais ce dernier l'avait enfin emporté.
Poirot la retint un instant après que son mari fut sorti.
– Madame, la vérité, je vous prie. Partagez-vous la confiance qu'a votre époux dans le maître d'hôtel, Tredwell?
– Je n'ai rien contre lui, Monsieur Poirot, et je ne vois pas comment il aurait pu être mêlé à tout cela, mais... à vrai dire, je ne l'ai jamais beaucoup aimé. Jamais!
– Une dernière chose, Madame. Pouvez-vous me donner l'adresse de la nurse de l'enfant?
– 149 Netherall Road à Hammersmith. Vous ne croyez pas...
– Je ne crois jamais rien. Je fais simplement fonctionner ma matière grise. Et quelquefois, quelquefois seulement, j'ai une petite idée.
Après avoir refermé la porte, Poirot revint vers moi.
– Ainsi donc, Madame n'a jamais aimé le maître d'hôtel. Voilà qui est intéressant; n'est-ce pas, Hastings?
Je refusais de me laisser prendre. Poirot m'avait si souvent trompé qu'à présent, je me méfiais. Il y avait toujours un piège quelque part.

Lorsqu'il eut fini de se pomponner, nous nous mîmes en route pour Hammersmith, où nous eûmes la chance de trouver Miss Jessie Withers chez elle. C'était une femme d'environ trente-cinq ans au visage agréable et à l'air décidé. J'avais peine à croire qu'elle pût être mêlée à l'enlèvement. Elle était très vexée de la façon dont elle avait été renvoyée, mais reconnaissait qu'elle avait eu des torts. Elle était fiancée à un peintre-décorateur qui se trouvait par hasard dans les environs et elle s'était échappée un moment pour aller le voir. Cela semblait assez naturel. Je ne comprenais pas bien où Poirot voulait en venir, ni l'intérêt de ses questions, qui concernaient, pour la plupart, la vie et l'emploi du temps quotidien de la nurse à Waverly Court. Je m'ennuyai franchement pendant tout le temps de l'entretien et je fus ravi quand Poirot se décida enfin à partir.

– Un kidnapping est très facile à réaliser, me fit-il remarquer tandis qu'il hélait un taxi dans Hammersmith Road et lui demandait de nous conduire à Waterloo. Cet enfant aurait pu être enlevé le plus aisément du monde n'importe quand au cours des trois dernières années.

– Je ne vois pas en quoi cette constatation peut nous aider, répliquai-je froidement.

– Au contraire, elle nous aide énormément. Enormément!... Hastings, si vous devez mettre une épingle de cravate, du moins piquez-la bien au milieu. Elle est trop à droite d'au moins deux millimètres.

Waverly Court était un beau manoir ancien, récemment restauré avec goût. Mr. Waverly nous montra la salle du conseil, la terrasse et les différents endroits qui présentaient un intérêt pour l'enquête. Enfin, à la demande de Poirot, il appuya sur un ressort dissimulé dans le mur, un panneau se déplaça sur le côté et nous nous engageâmes dans un étroit passage qui conduisait à la chambre secrète.

– Vous voyez, commenta Waverly. Il n'y a rien, ici.

La petite pièce était pratiquement vide et il n'y avait pas même une empreinte de pas à terre. Lorsque Waverly nous eut laissés seuls, je rejoignis Poirot, qui examinait le plancher dans un coin.

– Que dites-vous de cela, mon ami? me demanda-t-il.

J'aperçus quatre traces de pattes d'animal très rapprochées.

– Un chien! m'écriai-je.

– Un chien de très petite taille, Hastings.

– Un loulou de Poméranie?

– Plus petit que ça.

– Un caniche nain? suggérai-je sans grande conviction.

– Plus petit encore. Une espèce inconnue des clubs canins.

Je le dévisageai avec curiosité. Il avait les yeux brillants d'excitation et une expression satisfaite.

– J'avais raison, murmura-t-il. Je savais que j'avais raison. Venez, Hastings.

Nous rejoignîmes Mr. Waverly dans l'entrée. Au moment où le panneau se refermait derrière nous, une jeune femme sortit d'une des pièces situées un peu plus loin dans le couloir. Mr. Waverly nous la présenta.

– Miss Collins.

Miss Collins devait avoir une trentaine d'années; elle était vive et alerte, avait des cheveux d'un blond terne et portait de petites lunettes à monture dorée.

A la demande de Poirot, nous passâmes dans un petit salon et il lui posa de nombreuses questions sur les domestiques et en particulier sur Tredwell, le maître d'hôtel. Elle reconnut qu'elle ne l'aimait pas.

– Il prend toujours de grands airs, expliqua-t-elle.

Poirot en vint alors à la question de la nourriture absorbée par Mrs. Waverly le 28 au soir. Miss Collins déclara qu'elle avait mangé les mêmes mets en haut, dans ses appartements, et n'avait ressenti aucun malaise. Comme elle s'apprêtait à sortir, je poussai Poirot du coude.

– Le chien, lui chuchotai-je.

– Ah oui! le chien! s'écria-t-il avec un large sourire. Y a-t-il un chien ici, Mademoiselle?

– Il y a deux chiens de chasse, dans le chenil.

– Je veux dire, un tout petit.

– Non... rien de tel.

Poirot la laissa partir. Puis, tout en appuyant sur la sonnette, il me dit :

– Elle ment, cette aimable Miss Collins. J'en ferais peut-être autant à sa place. Bon, au maître d'hôtel, maintenant.

Tredwell était un homme à l'allure très digne. Il nous exposa avec une parfaite assurance sa version des faits, qui était, en gros, la même que celle de Mr. Waverly, et reconnut qu'il était au courant de l'existence de la chambre secrète.

Lorsqu'il se fut retiré, toujours avec ses airs de pontife, je regardai Poirot. Il avait l'air perplexe.

– Quelle conclusion tirez-vous de tout cela, Hastings?

– Et vous?

– Comme vous devenez prudent! Mais jamais votre matière grise ne fonctionnera si vous ne la stimulez pas! Allons, j'arrête de vous taquiner. Tirons nos déductions ensemble. Qu'est-ce qui nous donne particulièrement à réfléchir dans tout cela?

– Une chose m'a frappée, répondis-je. Pourquoi l'homme qui a kidnappé l'enfant est-il sorti par l'entrée sud plutôt que par l'entrée est où personne ne l'aurait vu?

– C'est une excellente question, Hastings. Absolument excellente. Je vous en pose moi-même une autre. Pourquoi avoir prévenu les Waverly de ce rapt? Pourquoi ne pas avoir simplement kidnappé l'enfant et demandé ensuite une rançon?

– Parce que les ravisseurs espéraient obtenir la rançon sans avoir à passer à l'action.

– Tout de même; il y avait peu de chances que l'argent soit versé sur une simple menace.

– Ils voulaient d'autre part attirer l'attention sur cette heure précise – midi – de façon à ce que, pendant que le vagabond se ferait prendre, le vrai coupable puisse sortir de sa cachette et emmener l'enfant sans se faire remarquer.

– Cela ne change rien au fait qu'ils se compliquaient la tâche, alors qu'il eût été si facile, en ne précisant pas de date, d'attendre une occasion propice et d'enlever l'enfant en voiture au cours d'une de ses promenades avec la nurse.

– Oui... oui, admis-je, sceptique.

– Tout cela n'était qu'une mise en scène. Examinons maintenant la question sous un autre angle. Tout tend à prouver qu'il y avait un complice à l'intérieur de la maison. Premièrement : le mystérieux empoisonnement de Mrs. Waverly. Deuxièmement : la lettre épinglée sur l'oreiller. Troisièmement le déplacement des aiguilles de l'horloge de dix minutes... autant de choses faites de l'intérieur. Et, quatrième point que vous n'avez peut-être pas remarqué : il n'y avait pas un grain de poussière dans la chambre secrète. On l'avait balayée.

« Bon, nous avons donc quatre personnes dans la maison. Nous pouvons exclure la nurse, puisque cela ne peut pas être elle qui a balayé la chambre secrète, encore qu'elle aurait pu faire tout le reste. Quatre personnes, donc : Mr. et Mrs. Waverly, Tredwell, le maître d'hôtel, et Miss Collins. Prenons tout d'abord Miss Collins. Il n'y a pas grand-chose à en dire, si ce n'est que nous avons très peu de renseignements sur elle, que c'est manifestement une jeune femme intelligente, et qu'elle n'est ici que depuis un an.

– Elle a menti à propos du chien, m'avez-vous dit, rappelai-je à Poirot.

– Ah oui! le chien, dit-il en esquissant un curieux petit sourire. Passons à Tredwell. Il y a plusieurs raisons de le soupçonner. Tout d'abord, le vagabond déclare que c'est lui qui lui a remis le paquet au village.

– Mais Tredwell a un alibi sur ce point.

– Soit. Néanmoins, il aurait pu empoisonner Mrs. Waverly, épingler le mot sur l'oreiller, avancer l'horloge et balayer la chambre secrète. D'un autre côté, il est né ici et a toujours été au service des Waverly. Il paraît peu vraisemblable qu'il soit complice de l'enlèvement de l'enfant de la maison. C'est impensable!

– Alors?

– Il nous faut procéder de façon logique, aussi absurde que cela puisse paraître. Nous envisagerons donc brièvement le cas de Mrs. Waverly. Elle est riche; c'est elle qui a de la fortune. C'est d'ailleurs avec son argent que cette propriété a été restaurée. Elle n'aurait donc aucune raison de kidnapper son fils pour se verser une rançon à elle-même. En revanche, son mari, lui, est dans une position différente. Il a une femme riche. Ce n'est pas la même chose que d'être riche soi-même. Et, à vrai dire, j'ai le sentiment que la brave dame ne lâche pas facilement son argent, à moins d'une très bonne raison. Mais Mr. Waverly, cela se voit tout de suite, est un bon vivant.

– C'est impossible! bredouillai-je.

– Pas du tout. Qui a renvoyé les domestiques? Mr. Waverly. Il peut très bien avoir écrit les lettres lui-même, drogué sa femme, avancé l'horloge et forgé un excellent alibi pour son fidèle serviteur Tredwell. Celui-ci n'a jamais aimé Mrs. Waverly. Il est dévoué à son maître et prêt à lui obéir aveuglément. En fait, ils étaient trois dans le complot. Waverly, Tredwell et un ami de Waverly. L'erreur que la police a commise est de n'avoir pas prêté davantage attention à l'homme à la voiture grise dont le passager n'était pas le bon enfant. C'est lui le troisième homme. Il ramasse un enfant dans un village des environs, un garçon à boucles blondes. Il entre dans la propriété par l'entrée est, traverse le parc au bon moment en agitant la main et en criant, puis ressort par l'entrée sud. Ils n'ont pas pu voir son visage, ni le numéro de la voiture, donc pas le visage de l'enfant non plus. Ensuite, il prend la route de Londres, entraînant la police sur une fausse piste. Auparavant, Tredwell a fait son travail en demandant à un individu d'aspect louche d'apporter le paquet et la lettre. Son maître a pour lui un alibi tout prêt pour le cas improbable où l'homme le reconnaîtrait malgré sa fausse moustache. Quant à Mr. Waverly, dès que l'alerte est donnée et que l'inspecteur se précipite au-dehors, il se dépêche de cacher l'enfant dans la chambre secrète avant de sortir à son tour. Un peu plus tard, quand l'inspecteur est reparti et que Miss Collins n'est pas dans les parages, il lui est facile d'emmener l'enfant avec sa propre voiture dans quelque endroit sûr.

– Et le chien? demandai-je. Et le mensonge de Miss Collins?

– Ça, c'était une petite plaisanterie à ma façon. Je lui ai demandé s'il y avait un petit chien dans la maison et elle a répondu non; mais il y en a sans nul doute dans la nursery... En peluche! Voyez-vous, Mr. Waverly avait mis quelques jouets dans la chambre secrète pour amuser Johnnie et le faire tenir tranquille...

– Avez-vous découvert quelque chose, Monsieur Poirot? s'enquit Mr. Waverly en faisant irruption dans la pièce. Avez-vous une idée de l'endroit où l'enfant a pu être emmené?

Poirot lui tendit une feuille de papier.

– Voici l'adresse.

– Mais cette feuille est vierge!

– Parce que c'est à vous d'y inscrire l'adresse.

– Qu'est-ce que... commença Mr. Waverly, dont le visage s'était empourpré.

– Je sais tout, Monsieur. Je vous donne vingt-quatre heures pour restituer l'enfant. Vous n'aurez qu'à faire appel à votre ingéniosité pour expliquer sa réapparition. Sinon, Mrs. Waverly sera mise au courant de la façon dont les choses se sont réellement passées.

Mr. Waverly s'effondra dans un fauteuil et enfouit son visage dans ses mains.

– Il est avec ma vieille nourrice, à quinze kilomètres d'ici. Il y est heureux et très bien soigné.

– J'en suis certain. Si je doutais que vous soyez un bon père, je ne serais pas prêt à vous donner votre chance.

– Le scandale...

– Exactement. Votre nom est respecté depuis des générations. Ne le compromettez plus, à l'avenir. Bonsoir, Mr. Waverly. Ah! au fait, un petit conseil : n'oubliez jamais de balayer dans les coins!

LE ROI DE TRÈFLE

La réalité dépasse la fiction! m'exclamai-je en reposant le *Daily Newsmonger.*

Cette réflexion, j'en conviens, n'était pas très originale; elle irrita même mon ami. Penchant sa tête en forme d'œuf sur le côté, le petit homme chassa un grain de poussière imaginaire de son pantalon au pli impeccable.

– Comme c'est profond! remarqua-t-il. Quel penseur est mon ami Hastings?

Sans me montrer froissé par cette ironie insultante, je tapotai le journal que je venais de reposer.

– Avez-vous lu le *Daily Newsmonger* de ce matin?

– Oui. Et après l'avoir lu, je l'ai soigneusement replié. Je ne l'ai pas jeté à terre comme vous l'avez fait, avec votre absence déplorable d'ordre et de méthode.

(C'est le pire défaut de Poirot. L'Ordre et la Méthode sont ses dieux et il va même jusqu'à leur attribuer sa réussite.)

– Vous avez donc lu le récit du meurtre d'Henry Reedburn, l'imprésario? C'est ce qui m'a inspiré cette réflexion. Non seulement la réalité dépasse la fiction, mais elle est même encore plus spectaculaire. Jugez plutôt : une famille de braves petits bourgeois anglais, les Oglander, le père, la mère, le fils et la fille, la famille type parfaite de ce pays; les hommes vont tous les jours à la ville; les femmes s'occupent de la maison; ils mènent une petite vie paisible et monotone. Et tout à coup, hier soir, alors qu'ils jouaient tranquillement au bridge dans le salon de leur coquette maison de banlieue de Streatham, *Daisymead*, la porte-fenêtre s'ouvre violemment et une femme entre en chancelant dans la pièce. Sur sa robe de satin gris s'étale une tache rougeâtre. Elle murmure un seul mot : « Meurtre! », avant de s'écrouler à terre sans connaissance. Ils croient la reconnaître, d'après les photos qu'ils ont vues d'elle : il s'agirait de Valérie Saintclair, la célèbre danseuse qui fait fureur à Londres depuis quelque temps.

– Cette éloquence est-elle la vôtre ou celle du *Daily Newsmonger?* s'enquit Poirot.

– Le *Daily Newsmonger* allait vraisemblablement être mis sous presse et n'a pu donner qu'un bref exposé des faits. Mais les possibilités de mise en scène de cette histoire me sont aussitôt apparues.

Poirot hocha la tête d'un air pensif.

– La nature humaine ne va pas sans la comédie. Le tout est de savoir où celle-ci commence. On se trompe souvent. Souvenez-vous-en. Quoi qu'il en soit, je m'intéresse également à cette affaire, car je vais vraisemblablement avoir à m'en occuper.

– Vraiment?

– Oui. Un homme m'a téléphoné ce matin et m'a demandé un rendez-vous pour le prince Paul de Mauranie.

– Je ne vois pas le rapport.

– Vous ne lisez donc pas vos jolis petits journaux anglais à scandale? Ceux qui sont pleins d'histoires grotesques et de « on dit ». Regardez.

Je suivis son petit doigt boudiné le long des lignes et lus ceci : « ... le prince étranger et la célèbre danseuse sont-ils réellement fiancés?... La jeune femme aime-t-elle sa nouvelle bague de diamants? »

– Mais revenons-en à votre récit dramatique, me dit Poirot. Mlle Saintclair vient de s'évanouir sur le tapis du salon de *Daisymead*; vous vous en souvenez?

Je haussai les épaules et repris l'exposé des faits.

– A la suite des premières paroles prononcées par la jeune femme lorsqu'elle a repris connaissance, les deux hommes de la famille Oglander sont sortis, l'un à la recherche d'un médecin pour s'occuper d'elle, car elle avait manifestement subi un terrible choc, et l'autre, pour se rendre au commissariat; de là, après avoir raconté son histoire, il a accompagné la police à *Mon Désir*, la magnifique villa de Mr. Reedburn, qui se trouve à proximité de *Daisymead*. Ils y ont découvert le célèbre imprésario – qui, soit dit en passant, ne jouit pas d'une excellente réputation – étendu à terre dans la bibliothèque, le crâne fendu en deux comme une coquille de noix.

– Je vous ai coupé vos effets, remarqua Poirot d'un ton aimable. Je vous prie de m'en excuser... Ah! voilà le prince.

Notre distingué visiteur nous fut annoncé sour le nom de comte Féodor. C'était un grand jeune homme à l'air étrange et agité; il avait le menton fuyant, la célèbre bouche des Mauranberg et de grands yeux noirs au regard brûlant.

– Monsieur Poirot?

Mon ami s'inclina.

– Monsieur, je suis affreusement bouleversé; plus que je ne pourrais l'exprimer par des paroles...

Poirot leva une main.

– Je comprends votre inquiétude. Mlle Saintclair est une amie très chère, je crois?

Le prince répondit simplement :

– J'ai l'espoir d'en faire ma femme.

Poirot se redressa dans son fauteuil et ouvrit tout grands les yeux.

– Je ne serai pas le premier membre de ma famille à faire un mariage morganatique. Mon frère Alexandre a lui aussi défié l'Empereur. Nous vivons en des temps plus modernes où les anciens préjugés de classe n'ont plus cours. D'ailleurs, Mlle Saintclair est mon égale par le rang. Vous avez certainement entendu parler de ses origines?

– On raconte bien des histoires romantiques à son sujet, ce qui n'est pas rare dans le cas d'une danseuse célèbre. Certains disent que c'est la fille d'une domestique irlandaise, et d'autres, que sa mère était une grande duchesse russe.

– La première version est, bien entendu, absolument fausse, déclara le jeune homme avec véhémence. Seule la seconde est vraie. Valérie, bien qu'elle soit tenue au secret, me l'a laissé entendre. D'ailleurs, elle en donne la preuve de mille façons sans s'en rendre compte. Je crois à l'hérédité, Monsieur Poirot.

– Moi aussi je crois à l'hérédité, dit Poirot d'un ton pensif. J'ai d'ailleurs vu des choses bien étranges dans ce domaine. Moi qui vous parle... Mais, venons-en au fait. Qu'attendez-vous de moi, Prince? Que craignez-vous? Je puis parler librement, n'est-ce pas? Y a-t-il quelque raison d'impliquer Mlle Saintclair dans ce meurtre? Elle connaissait Reedburn, bien sûr.

– Oui. Il se disait amoureux d'elle.

– Et elle?

– Elle ne voulait pas en entendre parler.

Poirot dévisagea le jeune homme avec attention.

– Avait-elle des raisons d'en avoir peur?

Le jeune homme hésita.

– Il s'est produit un incident. Connaissez-vous Zara, la voyante?

– Non.

– Elle est fantastique. Vous devriez aller la consulter un de ces jours. Valérie et moi sommes allés la voir la semaine dernière. Elle nous a tiré les cartes. Elle a parlé pour Valérie d'ennuis... de nuages noirs; puis elle a retourné la dernière carte, la carte de couverture, comme on l'appelle. C'était le roi de trèfle. Elle a dit alors à Valérie : « Faites attention. Un homme vous tient en son pouvoir. Vous avez peur de lui; il vous met en grand danger. Voyez-vous de qui je veux parler? » Valérie était tout pâle. Elle a hoché la tête et a répondu . « Oui, oui, je vois. » Nous sommes partis très peu de temps après. Les derniers mots de Zara pour Valérie ont été : « Méfiez-vous du roi de trèfle. Un danger vous mencace! » J'ai questionné Valérie, mais elle n'a rien voulu me dire. Elle m'a assuré que tout allait bien. Mais, après ce qui s'est passé hier soir, je suis plus convaincu que jamais que c'est

Reedburn qu'elle a vu dans le roi de trèfle et que c'est lui l'homme dont elle avait peur.

Le prince se tut brusquement.

« Vous comprendrez donc mon agitation quand j'ai ouvert les journaux ce matin. A supposer que Valérie, dans un accès de folie... oh! non! c'est impossible.

Poirot se leva et tapota doucement l'épaule du jeune homme.

– Calmez-vous, je vous en prie. Et faites-moi confiance.

– Irez-vous à Streatham? Je pense qu'elle y est encore; à *Daisymead*... terrassée par le choc.

– J'y vais sur-le-champ.

– J'ai tout arrangé, par l'intermédiaire de l'ambassade. Vous aurez accès partout.

– Nous allons donc nous mettre en route. Hastings, vous m'accompagnez? Au revoir, Prince.

Mon Désir était une villa luxueuse, extrêmement moderne et confortable. On y accédait par une courte allée, et de splendides jardins s'étendaient derrière la maison sur près de deux hectares.

Dès que Poirot eut mentionné le nom du prince Paul, le maître d'hôtel qui nous avait ouvert nous emmena sur les lieux du crime. La bibliothèque était une pièce magnifique qui occupait toute une aile et avait une fenêtre à chaque bout, donnant, l'une sur l'allée et le devant de la maison, et l'autre, sur les jardins. C'était dans le renfoncement de cette dernière qu'avait été découvert le corps. Il avait été enlevé un moment plus tôt, une fois le travail de la police terminé.

– C'est ennuyeux, murmurai-je. Qui sait quels indices ils ont pu effacer?

Mon ami sourit.

– Allons! Allons! Combien de fois devrais-je vous dire que les indices viennent de *l'intérieur*? C'est dans la matière grise que se trouve la solution de toute énigme.

Il se tourna vers le maître d'hôtel.

– Je suppose qu'en dehors du fait qu'on a enlevé le corps, rien n'a été touché dans la pièce?

– Non, Monsieur. Elle est exactement comme la police l'a trouvée hier soir.

– Ces rideaux, je vois qu'ils occupent toute la largeur du renfoncement. Il y a les mêmes à l'autre fenêtre. Étaient-ils tirés hier soir?

– Oui, Monsieur. Je les tire tous les soirs.

– Dans ce cas, Mr. Reedburn a dû les rouvrir lui-même?

– Je le suppose, Monsieur.

– Saviez-vous que votre maître attendait une visite hier soir?

– Il ne me l'a pas précisé, Monsieur. Mais il a donné l'ordre qu'on ne le dérange pas après le dîner. Voyez, Monsieur, cette porte-fenêtre donne sur la terrasse qui longe le côté de la maison. Il peut avoir fait entrer quelqu'un par là.

– Etait-ce dans ses habitudes?

Le maître d'hôtel toussota discrètement.

– Je le crois, oui, Monsieur.

Poirot s'approcha de la porte en question. Elle était fermée à clé. Il l'ouvrit et sortit sur la terrasse qui rejoignait l'allée sur la droite, sur la gauche, elle aboutissait à un mur de briques rouges.

– Le verger, Monsieur, expliqua le maître d'hôtel. On y entre par un portail situé un peu plus loin, mais nous le fermons à clé tous les soirs à six heures.

Poirot hocha la tête et revint dans la bibliothèque, suivi du maître d'hôtel.

– N'avez-vous rien entendu hier soir?

– Seulement des voix dans la bibliothèque, un peu avant neuf heures. Mais cela n'avait rien d'extraordinaire, d'autant plus que l'une d'elles était une voix de femme. Évidemment, une fois que nous nous sommes tous trouvés dans l'aile réservée au personnel, à l'autre bout de la maison, nous ne pouvions plus rien entendre. Et puis, vers onze heures, la police est arrivée.

– D'après les voix, combien y avait-il de personnes?

– Je ne saurais le dire, Monsieur. J'ai simplement remarqué une voix de femme.

– Ah!

– Je vous demande pardon, Monsieur, mais le docteur Ryan est encore dans la maison; désirez-vous le voir?

Nous acceptâmes avec empressement et, quelques minutes plus tard, le docteur, un quinquagénaire jovial, nous rejoignit et donna à Poirot tous les renseignements dont celui-ci avait besoin. Reedburn était étendu près de la fenêtre, la tête à côté du siège en marbre. Il avait deux blessures, l'une entre les yeux et l'autre, celle qui lui avait été fatale, sur l'arrière de la tête.

– Était-il étendu sur le dos?

– Oui. Voilà la marque.

Il indiqua une petite tache sombre par terre.

– Le coup sur l'arrière de la tête n'aurait-il pas pu être provoqué par la chute?

– Impossible. Quelle qu'ait été l'arme utilisée, elle a pénétré dans le crâne de plusieurs centimètres.

Poirot regardait pensivement devant lui. Dans l'embrasure de chaque fenêtre se trouvait un siège en marbre sculpté dont les bras se terminaient par une tête de lion. Une lueur apparut dans les yeux de Poirot.

– Supposons qu'il soit tombé en arrière sur cette tête de lion et, de là, ait glissé à terre. Cela ne pourrait-il pas provoquer une blessure semblable à celle que vous m'avez décrite?

– Si. Mais la position dans laquelle il était étendu rend cette hypothèse impossible. D'ailleurs, il ne manquerait pas d'y avoir des traces de sang sur le marbre du siège.

– A moins qu'on ne les ait fait disparaître?

Le docteur haussa les épaules.

– C'est peu vraisemblable. Quel intérêt aurait-on à donner à un accident l'apparence d'un meurtre?

– C'est vrai, admit Poirot. A votre avis, l'un des deux coups aurait-il pu être porté par une femme?

– Oh! c'est tout à fait hors de question! Vous pensez à Mlle Saintclair, je suppose?

– Je ne pense à personne en particulier tant que je n'ai aucune certitude, répliqua Poirot.

Il reporta alors son attention sur la porte-fenêtre ouverte et le docteur déclara :

– C'est par ici que Mlle Saintclair s'est enfuie. On aperçoit *Daisymead* entre les arbres. Certes, il y a des maisons plus proches de l'autre côté de la route, sur le devant, mais bien qu'elle se trouve à quelque distance, *Daisymead* est la seule maison visible de ce côté-ci.

– Je vous remercie de votre amabilité, Docteur, dit Poirot.

– Venez, Hasting, nous allons suivre les pas de Mlle Saintclair.

Poirot m'entraîna au fond du jardin, qui était fermé par un portail en fer; nous traversâmes une petite pelouse et nous trouvâmes bientôt devant le portillon qui donnait sur l'arrière de *Daisymead*, une petite maison sans prétention entourée d'environ deux mille mètres carrés de terrain. Un petit escalier conduisait à une porte-fenêtre. Poirot me l'indiqua d'un mouvement de tête.

– C'est par là que Mlle Saintclair est entrée. Mais, pour nous qui ne sommes pas aussi pressés, il est préférable de passer par la porte d'entrée.

Une domestique nous ouvrit et nous conduisit dans le salon, puis elle alla chercher Mrs. Oglander. Manifestement, la pièce n'avait pas été touchée depuis la veille au soir. On n'avait pas retiré les cendres de la cheminée, la table de bridge se trouvait toujours au milieu et l'on voyait encore les mains des quatres joueurs, celle du mort retournée et les trois autres face contre table. La pièce était surchargée de bibelots de pacotille, et de nombreux portraits de famille, plus laids les uns que les autres, étaient accrochés au mur.

Poirot les examina avec plus d'indulgence que moi et en redressa un ou deux qui étaient légèrement de travers.

– La famille, c'est un lien très fort, commenta-t-il. Le sentiment remplace la beauté.

J'acquiesçai tout en considérant un tableau de famille représentant un homme moustachu, une femme à grand chignon relevé, un robuste garçon et deux petites filles enrubannées de façon ridicule. Pensant qu'il devait s'agir d'un ancien portrait de la famille Oglander, je l'étudiai avec intérêt.

La porte s'ouvrit alors et une jeune femme entra. Ses cheveux noirs étaient tirés en arrière, elle portait une veste sport de couleur beige et une jupe en tweed.

Elle nous interrogea du regard et Poirot s'avança vers elle.

– Miss Oglander? Je regrette de vous déranger, surtout après les heures que vous venez de connaître. Tout cela a dû être bien pénible.

– Assez désagréable, en effet, admit la jeune femme d'un ton neutre.

Je commençais à penser que Miss Oglander manquait tellement d'imagination qu'elle était totalement insensible aux éléments dramatiques de l'affaire. J'en eus la confirmation en l'entendant poursuivre.

– Veuillez excuser l'état de cette pièce. Les domestiques perdent la tête si facilement.

– C'est ici que vous vous trouviez hier soir, n'est-ce pas? lui demanda Poirot.

– Oui, après dîner nous jouions au bridge, lorsque...

– Excusez-moi... depuis combien de temps jouiez-vous?

Miss Oglander réfléchit.

– Je serais incapable de le dire. Il devait être dix heures du soir. Tout ce que je sais, c'est que nous avions déjà fait plusieurs manches.

– Et vous-même étiez assise à quelle place?

– Face à la fenêtre. Je jouais avec ma mère et venais de demander un sans-atout quand, soudain, la porte-fenêtre s'est ouverte et Mlle Saintclair a fait irruption dans la pièce en titubant.

– Vous l'avez reconnue?

– Son visage m'était vaguement familier.

– Elle est encore ici, je crois?

– Oui, mais elle ne veut voir personne. Elle est encore très abattue.

– Je pense qu'elle me recevra. Voulez-vous lui dire que je suis ici à la demande expresse du prince Paul de Mauranie?

Il me sembla que la mention du nom d'une altesse royale avait quelque peu ébranlé le calme imperturbable de Miss Oglander; cependant, elle quitta la pièce sans un mot. Elle revint presque aussitôt pour dire que Mlle Saintclair nous recevrait dans sa chambre.

Elle nous conduisit à l'étage, jusqu'à une chambre à coucher spacieuse et claire. Une femme était étendue sur un divan près de la fenêtre; elle tourna la tête à notre entrée. Le contraste entre Miss Oglander et elle me frappa aussitôt, d'autant plus que, le teint et les traits, elles n'étaient pas si dissemblables... mais quelle différence! Dans ses moindres gestes, ses moindres regards, Valérie Saintclair exprimait le drame, et il émanait d'elle un charme romantique envoûtant. Elle portait une longue robe de chambre de flanelle rouge, un vêtement très ordinaire, certes, mais qui, sur elle, se parait d'une saveur exotique et ressemblait à une tunique orientale de couleur éclatante.

Ses grands yeux noirs s'attachèrent à ceux de Poirot.

– Vous venez de la part de Paul?

Sa voix était en harmonie avec son physique, chaude et pleine de langueur.

– Oui, Mademoiselle. Je suis ici pour le servir... ainsi que vous.

– Que désirez-vous savoir?

– Tout ce qui s'est passé hier soir. Mais absolument *tout*!

La jeune femme eut un sourire las.

– Pensez-vous que je mentirais? Je ne suis pas sotte. Je me rends bien compte qu'il vaut mieux dire la vérité. Cet homme qui est mort détenait un secret me concernant. Il m'a menacée de le révéler. Par amour pour Paul, j'ai tenté de conclure un accord avec lui. Je ne pouvais pas prendre le risque de perdre Paul... Maintenant qu'il est mort, je ne crains plus rien. Mais, malgré tout, je ne l'ai pas tué.

Poirot secoua la tête en souriant.

– Il est inutile de me préciser cela, Mademoiselle. A présent, racontez-moi ce qui s'est passé hier soir.

– Je lui avais offert de l'argent et il semblait prêt à traiter avec moi. Il m'avait donné rendez-vous hier soir à neuf heures à *Mon Désir*. Je connaissais l'endroit pour y être déjà venue. Je devais passer par la porte-fenêtre de la bibliothèque de façon que les domestiques ne me voient pas.

– Excusez-moi, Mademoiselle, mais n'étiez-vous pas effrayée de vous y rendre seule, la nuit?

Était-ce un effet de mon imagination? La jeune femme parut hésiter un instant avant de répondre.

– Peut-être l'étais-je. Mais, voyez-vous, je ne pouvais demander à personne de m'accompagner. Et j'étais désespérée. Reedburn m'a fait entrer dans la bibliothèque. Oh! cet homme! Je suis contente qu'il soit mort! Il s'est diverti à mes dépens, comme un chat joue avec une souris. Il m'a accablée de sarcasmes. Je l'ai imploré à genoux. Je lui ai offert tous les bijoux que je possède. En vain! Puis il m'a fait part de ses conditions. Peut-être pouvez-vous deviner ce qu'elles étaient. J'ai refusé. Je lui ai dit ce que je pensais de lui. Je me suis emportée. Mais il gardait son sourire impassible. Puis, comme je me taisais enfin, j'ai entendu un bruit... cela venait de derrière le rideau de la fenêtre. Il l'a entendu aussi. Il s'en est approché à grands pas et l'a écarté d'un geste brusque. Un homme se cachait derrière, un homme à l'aspect effrayant, une sorte de vagabond. Il a frappé Mr. Reedburn... il l'a frappé de nouveau, et Mr. Reedburn s'est écroulé à terre. Le vagabond s'est alors précipité sur moi avec ses mains tachées de sang. J'ai réussi à lui échapper, je me suis glissée au-dehors par la fenêtre et me suis enfuie à toutes jambes. J'ai alors aperçut les lumières de cette maison et j'ai couru dans cette direction. Le store était levé et j'ai vu des gens qui jouaient au bridge. je suis entrée comme une folle dans la pièce. J'ai simplement eu le temps de murmurer : « Meurtre! », puis tout s'est obscurci...

– Merci, Mademoiselle. Cela a dû vous causer un terrible choc. Pour en revenir à ce vagabond, pourriez-vous me le décrire? Vous souvenez-vous de la façon dont il était habillé?

– Non... tout s'est passé si vite! Mais je reconnaîtais cet homme n'importe où. Son visage est gravé dans ma mémoire.

– Une dernière question, Mademoiselle. Les rideaux de

l'autre fenêtre, celle qui donne sur l'allée, étaient-ils tirés?

Pour la première fois, le visage de la danseuse prit une expession perplexe. Elle semblait faire un effort pour se souvenir de ce détail.

– Eh bien, Mademoiselle?

– je pense... je suis presque certaine... oui, j'en suis certaine? Ils n'étaient *pas* tirés.

– C'est curieux, étant donné que les autres l'étaient. Enfin, cela n'a pas grande importance. Comptez-vous rester ici longtemps, Mademoiselle?

– Le docteur pense que je serai en état de rentrer en ville demain.

La jeune femme jeta un regard circulaire sur la pièce. Miss Oglander était repartie.

– Ces gens sont très gentils, mais nous n'appartenons pas au même monde. Je les choque. Et, pour ma part, eh bien, je n'aime pas beaucoup la bourgeoisie.

Une légère note d'amertume perçait dans sa voix.

Poirot hocha la tête.

– Je comprends. J'espère que je ne vous ai pas trop fatiguée avec mes questions?

– Pas du tout. je n'ai que trop hâte que Paul sache la vérité.

– Bien. Je vous souhaite le bonjour, Mademoiselle.

Comme nous quittions la pièce, Poirot s'arrêta et s'empara d'une paire d'escarpins en cuir verni.

– Ce sont les vôtres, Mademoiselle?

– Oui. On vient de les nettoyer et de me les rapporter.

– Tiens! murmura Poirot tandis que nous descendions ensemble l'escalier. Les domestiques ne sont pas si troublés puisqu'ils ont pensé à nettoyer les chaussures, quoiqu'ils aient oublié de retirer les cendres de la cheminée. Ma fois, mon ami, il semblait, au début, y avoir un ou deux points intéressants, mais je crains fort, oui, je crains fort, que nous ne devions considérer cette enquête comme terminée. Tout me paraît très clair.

– Et l'assassin?

– Hercule Poirot ne donne pas la chasse aux vagabonds, répondit mon ami d'un ton grandiloquent.

Miss Oglander vint à notre rencontre dans le hall.
– Si vous voulez bien attendre une minute au salon, Mère aimerait vous parler.
On n'avait toujours pas remis de l'ordre dans la pièce et Poirot rassembla distraitement les cartes posées sur la table, puis il les battit de ses petites mains parfaitement soignées.
– Savez-vous ce que je pense, mon ami?
– Non, répondis-je, impatient d'entendre la suite.
– Je pense que Miss Oglander a eu tort de demander un sans-atout. Elle aurait dû se contenter de trois piques.
– Poirot! Vous exagérez!
– Mon Dieu, je ne peux pas sans cesse parler de sang et de foudre!
Brusquement, il se redressa.
– Hastings... Hastings! Regardez! Il manque le roi de trèfle!
– Zara! m'écriai-je.
– Hein?
Il ne semblait pas avoir saisi mon allusion. D'un geste machinal, il remit les cartes en paquet et les rangea dans leur étui. Son visage avait une expression sévère.
– Hastings, dit-il enfin. Moi, Hercule Poirot, j'ai failli commettre une grave erreur... une très grave erreur.
Je le regardai, impressionné, mais sans comprendre.
– Il nous faut repartir de zéro, Hastings. Oui, il nous faut repartir de zéro. Mais, cette fois, nous ne nous tromperons pas.
Il fut interrompu par l'entrée d'une belle femme d'une cinquantaine d'années. Elle tenait quelques livres de comptes à la main. Poirot s'inclina devant elle.
– Dois-je comprendre, Monsieur, que vous êtes un ami... de... euh... Mlle Saintclair?
– C'est, plus exactement, un de ses amis qui m'envoie, Madame.
– Oh! je vois. Je pensais que, peut-être...
Poirot fit brusquement un geste en direction de la fenêtre.

– Le store n'était pas baissé, hier soir?

– Non. Je suppose que c'est pour cela que Mlle Saintclair a vu la lumière.

– Il y avait un beau clair de lune, il me semble. Je m'étonne que vous-même, qui étiez assise face à la fenêtre, ne l'ayez pas vue approcher.

– Nous étions sans doute trop pris par le jeu. Il ne nous est encore jamais rien arrivé de ce genre.

– Je veux bien le croire, Madame. Et je vais vous rassurer. Mlle Saintclair a l'intention de repartir demain.

– Oh! s'exclama l'aimable femme, dont le visage s'éclaira.

– Quant à moi, je vous souhaite le bonjour, Madame.

Une domestique nettoyait les marches du perron lorsque nous passâmes la porte d'entrée. Poirot lui demanda :

– Est-ce vous qui avez nettoyé les chaussures de la jeune femme qui est là-haut?

La domestique secoua la tête.

– Non, Monsieur. Je ne pense pas qu'elles aient été nettoyées.

– Alors, qui l'a fait? demandai-je à Poirot tandis que nous rejoignions la route.

– Personne. Elles n'avaient pas besoin d'être nettoyées.

– J'admets que de marcher sur la route ou dans l'allée par une belle nuit étoilée ne suffirait pas à les salir. Mais après avoir traversé le jardin, elles devraient au moins être poussiéreuses et tachées d'herbe.

– Oui, répondit Poirot avec un curieux petit sourire. Je suis d'accord : dans ce cas, elles devraient être sales.

– Mais...

– Gardez patience pendant une petite demi-heure encore, mon ami. Nous retournons à *Mon Désir.*

Le maître d'hôtel parut surpris de nous revoir, mais il nous laissa retourner dans la bibliothèque sans faire de difficultés.

– Eh! Ce n'est pas la bonne fenêtre, criai-je à Poirot en

le voyant se dirriger vers celle qui donnait sur l'allée.

– Ce n'est pas mon avis. Regardez.

Il montrait du doigt la tête de lion en marbre. Dessus, on pouvait voir une petite tache plus claire. Il m'indiqua alors une tache semblable sur le parquet ciré.

– Quelqu'un a donné un coup de poing à Reedburn entre les deux yeux. Il est tombé en arrière, sur cette avancée de marbre, puis a glissé à terre. Après ça, on l'a traîné jusqu'à l'autre fenêtre et on l'a étendu devant, mais pas tout à fait dans la même position, comme le docteur me l'a fait remarquer.

– Mais pourquoi? C'était absolument inutile.

– Au contraire. C'était indispensable. D'ailleurs, c'est ce qui dévoile l'identité de l'assassin... bien que, soit dit en passant, il n'ait eu aucunement l'intention de tuer Reedburn; on peut donc difficilement le qualifier d'assassin. Ce doit être un homme très fort!

– Parce qu'il a traîné le corps d'un bout à l'autre de la pièce?

– Pas précisément... Cette affaire est vraiment très intéressante. Mais j'ai bien failli faire des sottises.

– Vous voulez dire que l'enquête est terminée? Que vous savez tout?

– Oui.

Un détail me revint brusquement à l'esprit.

– Non! m'écriai-je. Il y a une chose que vous ignorez!

– Laquelle?

– Vous ignorez où se trouve le roi de trèfle manquant!

– Vraiment? Oh! c'est très drôle. Très, très drôle, mon ami.

– Pourquoi?

– Parce qu'il est *dans ma poche*!

Il l'en sortit d'un geste large du bras.

– Oh! dis-je, quelque peu déconfit. Où l'avez-vous trouvé? Ici?

– Cela n'avait rien d'extraordinaire. On ne l'avait pas sorti avec les autres cartes; tout simplement. Il était resté dans la boîte.

– Hum! N'empêche que cela vous a donné une idée, non?

– Oui, mon ami. Je présente mes respects à Sa Majesté.

– Et à Mme Zara!

– Ah oui! A cette brave femme, aussi.

– Bon. Que faisons-nous à présent?

– Nous allons retourner en ville. Mais il faut d'abord que j'aie un petit entretien avec une certaine dame, à *Daisymead.*

Ce fut la même domestique qui nous ouvrit.

– Ils sont tous à table, Monsieur... à moins que ce ne soit Miss Saintclair que vous désiriez voir; mais elle se repose.

– J'aimerais seulement parler un instant à Mrs. Oglander. Voulez-vous aller la prévenir?

La domestique nous conduisit au salon. En passant devant la salle à manger, j'entrevis la tablée familiale, complétée par deux hommes robustes et massifs, dont l'un était moustachu et l'autre barbu et moustachu.

Quelques minutes plus tard, Mrs. Oglander entra dans la pièce et jeta un regard interrogateur à Poirot, qui s'inclina.

– Madame, dans mon pays, nous avons beaucoup de respect et de tendresse pour la mère. La mère de famille est tout pour nous!

Cette entrée en matière surprit quelque peu Mrs. Oglander.

– C'est la raison pour laquelle je suis revenu, poursuivit Poirot. Pour apaiser l'inquiétude d'une mère. On ne découvrivra pas l'identité du meurtrier de Mr. Reedburn. N'ayez crainte. C'est moi, Hercule Poirot, qui vous le dis. J'ai vu juste, n'est-ce pas? Ou est-ce une épouse que je dois rassurer?

Il y eut un long silence. Mrs. Oglander dévisageait Poirot avec attention. Puis elle dit d'une voix calme :

– J'ignore comment vous le savez... mais vous avez vu juste, en effet.

Poirot hocha la tête avec gravité.

– Ce sera tout, Madame. Mais ne craignez rien. Vos

policiers anglais n'ont pas les yeux d'Hercule Poirot.

Il tapota du bout de l'ongle le portrait de famille accroché au mur.

– Vous aviez une autre fille, Madame. Est-elle morte?

Il y eut à nouveau un moment de silence, pendant que Mrs. Oglander scrutait le visage de Poirot.

– Oui, elle est morte, répondit-elle enfin.

– Ah! dit vivement Poirot. Nous devons retourner en ville à présent. Me permettez-vous de remettre le roi de trèfle dans le paquet? Ce fut votre seule erreur. Vous comprenez, avoir joué au bridge pendant une heure avec seulement cinquante et une cartes... pour une personne connaissant un tant soit peu ce jeu, c'est impossible! Au revoir, madame.

– Ça y est, mon ami, me dit Poirot tandis que nous nous dirigions vers la gare, vous avez tout compris.

– Je n'ai rien compris du tout! Qui a tué Reedburn?

– John Oglander junior. J'hésitais entre le père et le fils, mais je me suis décidé pour le fils, celui-ci étant le plus jeune et le plus fort. C'était obligatoirement l'un des deux, à cause de la fenêtre.

– La fenêtre?

– Oui. Il y a quatre issues à la bibliothèque : deux portes et deux fenêtres; mais, évidemmant, une suffisait. Trois d'entre elles donnaient directement ou indirectement sur le devant de la maison. Le drame devait, en apparence, se dérouler près de la fenêtre donnant sur l'arrière pour faire croire que c'était par hasard que Valérie Saintclair était venue à *Daisymead*. En réalité, bien sûr, elle s'est évanouie et John Oglander l'a transportée sur ses épaules. C'est la raison pour laquelle j'ai dit que l'assassin devait être un homme fort.

– Y étaient-ils allés ensemble?

– Oui. Vous vous souvenez de l'hésitation de Valérie lorsque je lui ai demandé si elle n'avait pas eu peur de se rendre seule à *Mon Désir*. En fait, John Oglander l'y a accompagnée, ce qui, j'imagnine, n'a pas arrangé l'humeur de Reedburn. Ils se sont disputés et c'est sans doute à cause d'une insulte lancée à Valérie qu'Oglander l'a frappé. Vous connaissez la suite.

– Mais pourquoi cette histoire de partie de bridge?

– Parce que, jouer au bridge, cela suppose quatre personnes. Un simple détail comme celui-là est très convaincant. Qui aurait pensé que, pendant toute la soirée, il n'y avait eu que trois personnes dans la pièce?

J'étais encore perplexe.

– Il y a une chose que je ne comprends pas. Qu'est-ce que les Oglander ont à voir avec la danseuse Valérie Saintclair!

– Ah! Je m'étonne que vous n'ayez pas fait le rapprochement. Pourtant, vous avez longuement regardé le tableau accroché au mur; plus longuement que moi. La deuxième fille de Mrs. Oglander est peut-être morte aux yeux de sa famille, mais le monde entier la connaît sous le nom de Valérie Saintclair!

– Quoi!

– N'avez-vous pas remarqué la ressemblance, lorsque vous avez vu les deux sœurs ensemble?

– Non, avouai-je. J'ai au contraire, été frappé par l'incroyable différence qu'il y avait entre les deux jeunes femmes.

– C'est parce que votre esprit romanesque est trop sensible aux impressions extérieures, mon cher Hastings. Mais toutes deux ont pratiquement les mêmes traits. Le même teint, aussi. Ce qui est à noter, c'est que Valérie a honte de sa famille et que sa famille a honte d'elle. Toutefois, se trouvant en danger, elle a fait appel à son frère et, lorsque les choses ont mal tourné, ils se sont tous serré les coudes d'une façon extraordinaire. La force des liens du sang est une chose merveilleuse. Ce sont tous d'excellents acteurs dans cette famille. C'est de là que Valérie tient son talent d'artiste. Comme le prince Paul, je crois à l'hérédité! Ils ont même réussi à me tromper, moi. Sans un heureux hasard et la question-piège par laquelle j'ai amené Mrs. Oglander à contredire la description que m'avait faite sa fille des places qu'occupaient les joueurs, la famille Oglander aurait mis Hercule Poirot lui-même en échec.

– Que comptez-vous dire au prince Paul?

– Qu'il est impossible que Valérie ait été l'auteur du meurtre, et que je doute fort qu'on retrouve jamais le vagabond. Je lui dirai aussi de transmettre mes compliments à Zara. Avouez que c'est une curieuse coïncidence! Je pense que j'appellerai cette petite affaire « l'aventure du roi de trèfle ». Qu'en pensez-vous, mon ami?

LA MINE PERDUE

Je reposai mon carnet de chèques en soupirant.

– C'est curieux, remarquai-je, mais mon découvert n'a jamais l'air de diminuer.

– Et cela ne vous dérange pas? Moi, si j'avais le moindre découvert, je n'en fermerais pas l'œil de la nuit.

– Votre compte se porte bien, je suppose, rétorquai-je amèrement.

– Mon solde se montre à quatre cent quarante-quatre livres, quatre shillings et quatre *pence*, me dit Poirot avec une certaine complaisance. Un joli chiffre, n'est-ce pas?

– Votre directeur de banque doit avoir du tact. Il connaît manifestement votre passion pour la symétrie. Pourquoi ne pas investir, disons, trois cents livres dans la Compagnie pétrolière du Porc-épic? D'après la publicité qui est parue dans les journaux d'aujourd'hui, ils garantissent un dividende de cent pour cent l'année prochaine.

– Très peu pour moi, répondit Poirot en secouant la tête. Je n'aime pas prendre de risques. Je préfère les placements sûrs : les obligations, les bons du Trésor, les rentes convertibles...

– N'avez-vous donc jamais fait de spéculation?

– Non, mon ami, répondit Poirot, le regard sévère. Les seuls titres que je possède, qui ne soient pas des valeurs dites de tout repos, ce sont quatorze mille actions dans la Société des Mines de Birmanie.

Poirot se tut, mais je voyais bien, à son air, qu'il ne demandait qu'à poursuivre.

– Oui? dis-je d'un ton encourageant.

– Et, pour ces actions, je n'ai pas déboursé un sou. Non, ce fut la récompense du travail de ma matière grise. Aimeriez-vous connaître l'histoire?

– Bien sûr.

– Ces mines sont situées en Birmanie, à l'intérieur des terres, à environ trois cents kilomètres de Rangoon. Elles ont été découvertes par les chinois au XVe siècle et exploitées jusqu'au moment des luttes intestines, pour être finalement abandonnées en 1868. Les Chinois extrayèrent le riche plomb argentifère de la couche supérieure du gisement, qu'ils fondirent uniquement pour l'argent qu'il contenait, laissant se perdre de grosses quantités de scories de plomb. Les Anglais s'en rendirent vite compte lorsqu'ils commencèrent à prospecter le sous-sol birman, mais étant donné que l'ancien chantier d'extraction s'était rempli de matières inertes et d'eau, toutes les tentatives entreprises pour retrouver le gisement se révélèrent infructueuses. De nombreux groupes de chercheurs furent envoyés par des consortiums, ils creusèrent sur des kilomètres et des kilomètres, mais en vain. Toutefois, le représentant de l'un de ces consortiums retrouva la trace d'une famille chinoise qui était censée posséder des plans indiquant l'emplacement de la mine. Le chef de la famille était alors un certain Wu Ling.

– Quel passionnant roman d'aventures... commerciales!

N'est-ce pas? Voyons, mon ami, il peut y avoir des histoires captivantes sans qu'il soit forcément question de filles à chevelure d'or d'une beauté sans pareille... Non, je me trompe; ce sont les cheveux roux qui vous émeuvent. Vous vous souvenez...

– Poursuivez votre histoire, dis-je un peu trop vivement.

– Wu Ling, donc, fut contacté. C'était un honorable marchand, très respecté dans la province où il vivait. Il reconnut aussitôt être en possession des documents en question et se montra entièrement d'accord pour les vendre, mais il refusa de traiter avec des subalternes.

Finalement, il fut décidé qu'il se rendrait en Angleterre pour rencontrer les membres du conseil d'administration d'une importante société.

« Wu Ling fit la traversée sur l'*Assunta*, qui arriva à Southampton par un froid et brumeux matin de novembre. L'un des membres du conseil d'administration, Mr. Pearson, se rendit à Southampton pour l'accueillir, mais en raison du brouillard, son train fut considérablement retardé et, lorsqu'il y arriva, Wu Ling avait déjà débarqué et pris un train spécial pour Londres. Mr. Pearson s'en retourna fort ennuyé car il ignorait dans quel hôtel le Chinois comptait descendre. Dans la journée, cependant, Wu Ling appela les bureaux de la Compagnie pour dire qu'il était descendu au *Russell Square Hotel*. Il se sentait un peu fatigué par ce long voyage, mais il affirma qu'il serait en forme pour se rendre à la réunion du conseil qui devait avoir lieu le lendemain.

« Cette réunion était prévue pour onze heures. Comme Wu Ling n'était toujours pas là à onze heures et demie, le secrétaire appela son hôtel. En réponse à ses questions, on lui dit que le Chinois était sorti avec un ami vers dix heures et demie. Il était clair qu'il avait l'intention de se rendre à la réunion, mais la matinée passa sans qu'il parût. Il était possible, évidemment, que, ne connaissant pas Londres, il se fût perdu, mais à minuit, il n'était toujours pas rentré à son hôtel. Sérieusement inquiet, Mr. Pearson remit alors l'affaire entre les mains de la police. Le lendemain on ne l'avait toujours pas retrouvé, mais le surlendemain en fin d'après-midi, un corps fut repêché dans la Tamise; c'était celui du malheureux Chinois. Cependant, pas plus sur lui que dans ses bagages, restés à l'hôtel, on ne trouva trace des papiers concernant la mine.

« C'est à ce moment-là, mon ami, que j'entre en scène. je reçus en effet la visite de Mr. Pearson. Bien qu'il fût bouleversé par la mort du Chinois, son principal souci était de retrouver les papiers qui avaient motivé la visite de Wu Ling en Angleterre. La police, pour sa part, se souciait uniquement de mettre la main sur le meurtrier, la récupération des documents était pour elle d'un intérêt secondaire. En fait, ce que Pearson me demandait, c'était de collaborer avec la police tout en agissant dans l'intérêt de la Compagnie.

« J'acceptai sans me faire prier. Il était clair que je pouvais orienter mes recherches de deux côtés différents : d'une part, les employés de la Compagnie qui étaient au courant de la venue du Chinois; et, d'autre part, les passagers de l'*Assunta* à qui il avait pu parler de sa mission.

Je commençai par ces derniers, estimant que mon champ d'investigation était plus restreint de ce côté-là. Il se trouva que j'avais eu la même idée que l'inspecteur Miller qui était officiellement chargé de l'affaire, un homme très différent de notre ami Japp, très imbu de sa personne, mal élevé et tout à fait insupportable. Nous interrogeâmes ensemble les officiers du paquebot, mais ils n'avaient pas grand-chose à dire. Wu Ling était pratiquement resté seul pendant tout le voyage. Il ne s'était lié d'amitié qu'avec deux autres passagers, un Européen désargenté du nom de Dyer, qui n'avait pas très bonne réputation, et un jeune employé de banque du nom de Charles Lester, qui rentrait de Hong Kong. Nous eûmes la chance de pouvoir obtenir une photo des deux hommes. Il semblait évident que si l'un des deux pouvait être impliqué dans cette affaire, c'était Dyer. On le savait en relation avec une bande d'escrocs chinois et c'était donc un suspect de premier ordre.

« Nous nous rendîmes ensuite au *Russell Square Hotel*, où les employés de la réception reconnurent aussitôt la photo de Wu Ling. Nous leurs montrâmes ensuite celle de Dyer, mais, à notre grande déception, le chasseur déclara sans la moindre hésitation que ce n'était pas l'homme qui était venu à l'hôtel le matin de la mort du Chinois. A tout hasard, je lui montrai alors la photo de Lester et, à ma grande surprise, il le reconnut aussitôt.

« – Oui, Monsieur, m'assura-t-il. C'est l'homme qui est venu à dix heures et demie en demandant à voir Mr. Wu Ling et qui est ressorti avec lui un moment après.

« Notre enquête progressait. Nous décidâmes alors d'interroger Charles Lester. Il parut sincèrement surpris et désolé en apprenant la mort du Chinois et se mit à notre entière disposition. Sa version des faits était la suivante : comme convenu avec Wu Ling, il s'était présenté à son hôtel à dix heures et demie, mais il ne l'avait pas vu. Le domestique de ce dernier était venu lui expliquer que son maître avait dû sortir, et lui avait proposé de le conduire auprès de lui. Sans méfiance, Lester avait accepté et le Chinois avait appelé un taxi. Ils avaient roulé pendant quelque temps en direction des quais. Mais soudain, sans doute pris de soupçons, Lester avait fait arrêter le taxi et en était descendu malgré les protestations du domestique. C'était tout ce qu'il pouvait nous dire.

« Satisfaits en apparence, nous le remerciâmes et prîmes congé. En fait, son histoire ne tarda pas à se révéler quelque peu inexacte. Pour commencer, Wu LIng n'avait pas de domestique avec lui, pas plus sur le bateau qu'à l'hôtel. Ensuite, le chauffeur de taxi qui avait transporté les deux hommes ce matin-là se présenta de lui-même au commissariat et affirma que, loin d'être descendu en route, Lester et le Chinois s'étaient fait conduire tous deux à une maison louche de Limehouse, en plein cœur du quartier chinois. L'endroit en question était plus ou moins connu comme une fumerie d'opium de bas étage. Les deux hommes y étaient entrés; environ une heure plus tard, l'Anglais, qu'il reconnaissait d'après la photo, en était ressorti, seul. Il était très pâle et paraissait malade. Il lui avait demandé de le conduire à la station de métro la plus proche.

« La police prit des renseignements sur Charles Lester et découvrit que, bien que jouissant d'une excellente réputation, il était couvert de dettes à cause de sa passion secrète du jeu. Évidemment, nous ne perdions pas Dyer de vue pour autant. Il se pouvait qu'il se fût fait passer pour Lester. Mais cette hypothèse se révéla sans fondement. Son alibi pour toute la journée en question était absolument inattaquable. Comme on pouvait s'y attendre, le propriétaire de la fumerie d'opium nia avec un aplomb tout oriental avoir jamais vu Charles Lester ou avoir reçu deux messieurs chez lui ce matin-là. En tout cas, la police avait tort de croire qu'on y fumait de l'opium.

« Si bien intentionnés fussent-elles, ses dénégations n'aidèrent en rien Charles Lester. Il fut arrêté pour le meurtre de Wu Ling. On fouilla toutes ses affaires, mais on n'y découvrit aucun papier se rapportant à la mine. Le propriétaire de la fumerie d'opium fut, lui aussi, arrêté, mais la rapide perquisition effectuée chez lui ne donna strictement rien. Pas la moindre boulette d'opium pour récompenser le zèle de la police.

« Pendant ce temps, mon ami, Mr. Pearson, se rongeait les sangs. Il arpentait ma chambre de long en large en se lamentant à haute voix.

« – Voyons! vous devez bien avoir une idée, Monsieur Poirot! ne cessait-il de me répéter. Vous avez sûrement une idée!

« – Des idées, je n'en manque pas, en effet, répondis-je prudemment au bout d'un moment. Seulement voilà! elles mènent toutes dans des directions différentes.

« – Par exemple?

« – Par exemple... le chauffeur de taxi. Qui nous dit qu'il a bien emmené les deux hommes à cette maison? Voilà une première idée. Ensuite... est-ce bien dans cette maison qu'ils sont allés? Supposons qu'ils se soient fait déposer devant, aient traversé la maison et soient sortis par une autre porte pour aller ailleurs...

« Cette hypothèse frappa Mr. Pearson.

« – Et alors, vous restez là assis à réfléchir? Ne pourrions-nous pas plutôt passer à l'action?

« Cet homme était impatient de nature, vous comprenez.

« – Monsieur, lui répondis-je avec dignité, ce n'est pas à Hercule Poirot de parcourir les rues nauséabondes de Limehouse comme un petit chien errant. Rassurez-vous. Mes agents sont au travail.

« Le lendemain, j'avais des nouvelles pour lui. Les deux hommes étaient bien entrés dans la maison en question, mais leur véritable destination était une gargote en bordure du fleuve. On les y avait vus entrer et Lester en ressortir seul un moment plus tard.

« Figurez-vous, Hasting, qu'une idée tout à fait invraisemblable vint alors à l'esprit de Mr. Pearson. Il tenait absolument à ce que nous nous rendions nous-mêmes dans cette gargote et y menions notre petite enquête. Je protestai, l'implorai, mais il ne voulut rien savoir. Il suggéra que nous nous déguisions. Il essaya même de me persuader de... de... – je n'ose le dire – raser ma moustache! Mais oui, rien que ça! Je lui fis remarquer que cette idée était absurde et ridicule. On ne détruit pas les belles choses sans motif valable. D'ailleurs, je ne vois pas pourquoi un Belge à moustache n'aurait pas autant envie de voir le monde et de fumer l'opium qu'un Belge sans moustache.

« Il finit donc par céder sur ce point, mais il persista néanmoins dans son projet. Lorsque je le vis arriver ce soir-là... Mon Dieu, quel spectacle! Il était vêtu d'un caban, son menton était sale et mal rasé, et il portait un cache-col répugnant qui offensait l'odorat. Le comble, figurez-vous, c'est qu'il était ravi. Vraiment, les Anglais sont complètement fous! Il apporta quelques modifications à mon apparence extérieure et je le laissai faire. A quoi bon discuter avec un fou? Puis nous nous mîmes en route... Pouvais-je le laisser partir seul, déguisé comme un enfant qui va jouer aux charades?

– Non, bien sûr.

– Mais reprenons notre histoire... Nous arrivâmes donc à la gargote et, là, Mr. Pearson se mit à baragouiner un anglais des plus étranges. Voulant se faire passer pour un loup de mer, il parlait de gaillard d'avant, de marins d'eau douce et je ne sais quoi. Nous nous trouvions dans une petite pièce basse de plafond, pleine de Chinois. Nous mangeâmes des mets très particuliers. Ah, Dieu mon estomac! (Poirot mit la main sur cette partie de son anatomie avant de poursuivre.) Puis le propriétaire s'approcha de nous, un Chinois au sourire diabolique.

« – Vous n'aimez pas trop notre cuisine, Messieurs, nous dit-il avec un accent grotesque. Venez goûter quelque chose de meilleur. Une petite pipe, ça vous dit?

« Mr. Pearson me donna un grand coup de pied sous la table – il avait aussi mis des bottes de marin! – avant de répondre :

« – Pour ma part, je ne dis pas non. Montrez-nous le chemin.

« Le Chinois sourit et nous conduisit à une cave, nous fit passer par une trappe, descendre quelques marches et en remonter quelques autres pour déboucher dans une pièce garnie de divans et de coussins des plus confortables. Nous nous allongeâmes et un jeune Chinois nous enleva nos bottes. Ce fut le meilleur moment de la soirée. Puis on nous apporta les pipes et on fit chauffer devant nous les boulettes d'opium. Nous fîmes alors semblant de fumer de de sombrer dans un sommeil plein de rêves. Mais dès que nous nous retrouvâmes seuls, Mr. Pearson m'appela tout doucement et se mit à avancer à quatre pattes. Je l'imitai aussitôt et nous arrivâmes dans une seconde pièce où il y avait d'autres personnes endormies, puis une troisième, et une quatrième, où nous surprîmes deux hommes en grande conversation. Nous restâmes derrières le rideau et tendîmes l'oreille. Ils parlaient de Wu Ling.

« – Où sont les papiers? demanda bientôt l'un d'eux.

« – C'est Mr. Lester qui les a pris, répondit l'autre, un Chinois, reconnaissable à son accent. Il m'a dit : " Mets-les à l'abri, dans un endroit où la police ira pas les chercher. "

« – Oui, mais il s'est fait épingler, reprit le premier.

« – On le relâchera. La police est pas sûr que c'est lui le coupable.

« Cette conversation se poursuivit un moment, puis nous entendîmes les deux hommes approcher, et nous retournâmes en toute hâte à nos lits.

« – Nous ferions mieux de sortir d'ici, me dit Pearson au bout de quelques minutes. Cet endroit est malsain.

« – Je suis bien de votre avis, Monsieur, lui répondis-je. La comédie a bien assez duré!

« Nous réussîmes à ressortir sans encombre, en laissant une somme généreuse pour notre séance. Lorsque nous fûmes loin de Limehouse, Mr. Pearson poussa un grand soupir et déclara :

« – Je suis content d'en être sorti! Mais nous avons appris quelque chose d'intéressant.

« – C'est bien vrai, reconnus-je. Et je pense que nous n'aurons pas de mal à trouver ce que nous cherchons, après la mascarade de ce soir..

« Nous n'en eûumes aucun, en effet, ajouta Poirot en conclusion.

Je n'arrivais pas à croire que c'était la fin de l'histoire et je le considérai d'un œil rond.

– Mais... mais où étaient les documents? finis-je par demander.

– Dans sa poche, tout simplement.

– Dans la poche de qui?

– De Mr. Pearson, parbleu!

Devant mon air ahuri, Poirot poursuivit calmement :

– Vous n'avez pas encore compris? Mr. Pearson, comme Charles Lester, était couvert de dettes. Comme Charles Lester, il aimait jouer. Il a donc conçu le projet de voler les papiers à Wu Ling. Il est bien allé à sa rencontre à Southampton, mais il est rentré à Londres avec lui et l'a aussitôt emmené à Limehouse. Il y avait du brouillard ce jour-là; l'homme ne pouvait pas voir où ils allaient. J'imagine que Pearson s'y rendait assez souvent pour fumer l'opium et s'y était ainsi fait des amis d'un genre particulier. Je ne pense pas qu'il ait eu l'intention de tuer Wu Ling. Ce qu'il voulait, c'était qu'un de ses amis chinois se fasse passer pour lui et touche à sa place l'argent que devait lui rapporter la vente des documents. Jusque-là, tout allait bien! mais, dans l'esprit oriental, il était infiniment plus simple de tuer Wu Ling et de jeter son corps dans le fleuve, et les complice de Pearson appliquèrent leurs propres méthodes sans le consulter. Imaginez la peur bleue de Pearson lorsqu'il s'en rendit compte. Quelqu'un pouvait l'avoir vu dans le train avec Wu Ling... C'est que le meurtre est autre chose qu'un simple enlèvement!

« Son salut dépend alors du Chinois qui va se faire

passer pour Wu Ling au *Russel Square Hotel*. Il suffit que le corps ne soit pas découvert trop tôt ! Wu Ling lui a sans doute parlé de son rendez-vous du lendemain avec Charles Lester. Pearson voit là un merveilleux moyen de détourner les soupçons de la police. Charles Lester sera la dernière personne à avoir été vue en compagnie de Wu Ling. Le mystificateur a pour ordre de se présenter à lui comme le domestique de Wu Ling et de l'amener le plus rapidement possible à Limehouse. Là, on offre vraisemblablement à Lester un verre contenant une drogue quelconque, de façon à ce que, en reprenant ses esprits une heure plus tard, il n'ait qu'un très vague souvenir de ce qui s'est passé. C'est si bien le cas, dès qu'il apprend la mort de Wu Ling, Lester prend peur et nie carrément être allé jusqu'à Limehouse.

« Évidemment, cela fait le jeu de Pearson. Mais croyez-vous que celui-ci soit satisfait ? Non. Je l'inquiète et il décide alors de renforcer les soupçons qui pèsent déjà sur Lester. Il met donc au point cette mascarade compliquée, pensant que je serai totalement dupe. Ne vous ai-je pas dit il y a un instant qu'il était comme un enfant jouant aux charades ? Eh bien, je joue mon rôle jusqu'au bout et il rentre chez lui en se frottant les mains. Mais, le lendemain matin, l'inspecteur Miller se présente à son appartement. On trouve les papiers sur lui ; tout est terminé. Il n'a plus qu'à regretter amèrement de s'être permis de jouer au plus fin avec Hercule Poirot !... En fait, cette affaire n'a présenté pour moi qu'une seule difficulté.

– Laquelle ? m'enquis-je avec curiosité.

– Convaincre l'inspecteur Miller ! Quel animal, celui-là ! A la fois bête et têtu. Et, pour finir, c'est lui qui a été couvert de gloire.

– Quel dommage ! m'exclamai-je.

– Enfin, moi j'en ai retiré des compensations. Les autres membres du conseil d'administration de la Société des Mines de Birmanie m'ont donné quatorze mille actions à titre de modeste récompense pour mes services. Pas si mal, hein ?

« Néanmoins, quand vous aurez de l'argent à placer, je

vous en prie, Hastings, tenez-vous-en strictement aux placements traditionnels. Rien ne prouve que ce qu'on lit dans les journaux soit vrai. Les membres du conseil d'administration de la Compagnie du Porc-Épic... ce sont peut-être autant de Mr. Pearson!

LA SUCCESSION LEMESURIER

Mon ami Poirot et moi avons enquêté sur bien des affaires; mais aucune, je pense, ne peut être comparée à l'extraordinaire série de rebondissements qui retint notre attention pendant plusieurs années et dont Poirot fut appelé à élucider la dernière énigme. C'est un soir, pendant la guerre, que l'histoire de la famille Lemesurier éveilla notre intérêt pour la première fois. Poirot et moi nous étions retrouvés depuis peu, renouant les liens d'amitié qui nous unissaient en Belgique. Il s'était occupé d'une petite affaire pour le compte du ministère de la Guerre – à l'entière satisfaction de celui-ci, d'ailleurs –, et nous venions de dîner au *Carlton* en compagnie d'un officier d'état-major qui avait encensé Poirot pendant tout le repas. L'officier d'état-major avait dû nous quitter précipitamment pour un autre rendez-vous et nous avions tranquillement terminé notre café avant de partir à notre tour.

Au moment où nous quittions la salle, une voix familière m'interpella et, en me retournant, j'aperçus le capitaine Vincent Lemesurier, un jeune homme que j'avais connu en France, assis à une table en compagnie d'un homme plus âgé. Leur ressemblance laissait à penser qu'ils étaient de la même famille. C'était bien le cas, en effet : mon jeune ami nous présenta son oncle, Hugo Lemesurier.

Je ne connaissais pas intimement le capitaine Lemesurier, un garçon sympathique et un peu rêveur, mais j'avais entendu dire qu'il appartenait à une famille huppée aux origines lointaines, propriétaire d'un château du XVIe siècle dans le Northumberland datant d'avant la Réforme. Poirot et moi n'étions pas pressés et, à la demande du jeune homme, nous nous assîmes à leur table et bavardâmes agréablement avec eux pendant un moment. Hugo Lemesurier était un homme d'une quarantaine d'années aux épaules un peu voûtées et à l'allure de savant; il était chimiste et faisait actuellement, à ce qu'il nous dit, des recherches pour le compte du gouvernement.

Notre conversation fut interrompue par un grand jeune homme brun qui s'approcha de notre table à grands pas, l'air visiblement agité.

– Dieu merci, je vous ai trouvés! s'exclama-t-il en s'adressant à nos deux amis.

– Que se passe-t-il, Roger?

– Ton père, Vincent. Une mauvaise chute. Un jeune cheval...

Nous n'entendîmes pas la suite, car il entraîna Vincent Lemesurier à l'écart.

Quelques instants plus tard, nos deux amis prirent congé précipitamment. Le père de Vincent avait fait une très mauvaise chute en essayant un jeune cheval et l'on ne pensait pas qu'il survivrait jusqu'au lendemain. Vincent était devenu tout pâle en apprenant la nouvelle. En un sens, cela m'avait surpris car, d'après les quelques confidences qu'il m'avait faites en France, j'avais cru comprendre que lui et son père ne s'entendaient pas particulièrement bien, et cette démonstration d'affection filiale avait de quoi surprendre.

Le jeune homme brun qu'on nous avait présenté comme un cousin, Roger Lemesurier, était resté en arrière et nous avions quitté le restaurant ensemble.

– Curieuse affaire, commenta le jeune homme. Elle intéresserait certainement Monsieur Poirot. J'ai entendu parler de vous, Monsieur Poirot... Par Higginson. (C'était l'officier d'état-major qui nous avait invités à dîner.) Il dit que vous êtes un as en matière de psychologie.

– J'étudie la psychologie, en effet, reconnut mon ami avec une prudente réserve.

– Avez-vous vu le visage de mon cousin? Il avait l'air

complètement assommé. Et savez-vous pourquoi? C'est à cause d'un sort qui aurait été jeté à la famille. Aimeriez-vous en savoir davantage?

– Ce serait très aimable à vous de me raconter toute l'histoire, répondit Poirot.

Roger Lemesurier jeta un coup d'œil à sa montre.

– J'ai tout mon temps. Je dois les retrouver à King's Cross. Voilà, Monsieur Poirot. La famille Lemesurier est de souche très ancienne. Il y a bien longtemps, au Moyen Age, un de nos ancêtres avait des doutes sur la fidélité de sa femme. Il la surprit un jour dans une situation compromettante et, bien qu'elle l'eût assuré de son innocence, le vieux baron Hugo ne voulut rien entendre. Quelque temps après, elle eut un enfant – un fils – et il déclara que l'enfant n'était pas de lui et jura ses grands dieux qu'il n'hériterait pas de sa fortune. J'ai oublié ce qu'il leur fit exactement – quelque douceur à la façon médiévale, comme les emmurer vivants –; quoi qu'il en soit, il tua le fils et la mère, et celle-ci mourut en proclamant son innocence et en jetant un sort aux Lemesurier. Cette malédiction était la suivante : pas un seul fils aîné ne pourrait hériter du patrimoine familial. Le temps passa et la preuve fut faite de l'innocence de la malheureuse. Je crois que le baron Hugo prit le cilice et finit ses jours à genoux dans une cellule de moine. Mais ce qu'il y a de curieux, c'est que, de ce jour, pas un seul fils aîné n'a jamais hérité de son père. L'héritage est allé à un frère de celui-ci, un neveu, un enfant cadet, mais jamais à un fils aîné. Le père de Vincent était le second d'une famille de cinq garçons dont l'aîné est mort en bas âge. Evidemment, pendant toute la guerre, Vincent a été convaincu que s'il y avait un autre maudit dans la famille, ce ne pouvait être que lui. Mais, chose étrange, ses deux jeunes frères ont été tués et lui-même s'en est tiré sans une égratignure.

– Cette histoire de famille est fort intéressante, dit Poirot d'un ton pensif. Mais, à présent, son père se meurt et c'est lui, en qualité de fils aîné, qui doit hériter?

– Exactement. La malédiction a perdu son pouvoir; elle n'a pas résisté à la vie moderne.

Poirot secoua la tête, comme s'il déplorait le ton léger du jeune homme. Celui-ci consulta de nouveau sa montre et déclara qu'il était temps pour lui de partir.

Nous eûmes la suite de l'histoire le lendemain en apprenant la mort tragique du capitaine Vincent Lemesurier. Il voyageait dans le train postal en direction du nord et, au cours de la nuit, il avait vraisemblablement ouvert la portière et sauté sur la voie. On estimait que le choc provoqué par l'accident de son père, venant s'ajouter à la commotion due aux éclatements d'obus, était la cause de cet accès de folie. Les journaux mentionnaient la curieuse superstition qui régnait dans la famille Lemesurier et le fait que le nouvel héritier était un oncle du jeune homme, Ronald Lemesurier, dont le fils unique avait été tué sur la Somme.

Je pense que ce fut notre rencontre fortuite avec le jeune Vincent la veille de sa mort qui nous fit porter un intérêt particulier au destin tragique de cette famille. Deux ans plus tard, en effet, nous ne manquâmes pas de noter le décès de Ronald Lemesurier, qui était d'ailleurs invalide à l'époque où il avait hérité des biens de la famille. L'héritier suivant était son frère John, un homme d'une santé florissante, dont le fils était à Eton.

Il n'y avait pas de doute qu'une malédiction pesait sur les Lemesurier. L'été suivant, le jeune garçon se tua accidentellement avec une arme. Quelque temps après, son père mourut subitement à la suite d'une piqûre de guêpe, transmettant l'héritage au plus jeune des cinq frères, Hugo, que nous nous souvenions d'avoir rencontré au *Carlton* le soir de la mort tragique du jeune Vincent.

En dehors des réflexions que nous avait inspirées cette extraordinaire série de malheurs, nous ne nous étions pas intéréssés d'une façon personnelle à l'histoire de la famille Lemesurier, mais l'heure approchait pour nous d'y prendre une part plus active.

Un matin, on nous annonça la visite de « Mrs. Lemesurier ». C'était une grande femme énergique d'une trentaine d'années, chez qui l'on sentait une forte détermination et un solide bon sens. Elle parlait avec un léger accent américain.

– Monsieur Poirot? Je suis ravie de faire votre connaissance. Vous avez rencontré mon ami, Hugo Lemesurier, il y a bien des années, mais je doute que vous vous en souveniez.

– Je m'en souviens parfaitement, Madame. C'était au *Carlton.*

– Quelle mémoire! Monsieur Poirot, je suis très inquiète.

– A propos de quoi, Madame?

– De mon fils aîné... J'ai deux garçons : Ronald, qui a huit ans, et Gérald, qui en a six.

– Poursuivez, Madame : qu'est-ce qui vous inquiète à propos du petit Ronald?

– Monsieur Poirot, au cours des six derniers mois, il a échappé de justesse à la mort à trois reprises : la première fois, il a failli se noyer – c'était l'été dernier, quand nous étions tous en Cornouailles –; la deuxième fois, c'est lorsqu'il est tombé de la fenêtre de la nursery; et la troisième, c'est à cause d'une intoxication alimentaire.

Peut-être le visage de Poirot exprimait-il trop bien ses pensées, car Mrs. Lemesurier ajouta vivement :

« Evidemment, vous devez me trouver ridicule et penser que je dramatise.

– Pas du tout, Madame. On comprend très bien qu'une mère puisse être bouleversée par de tels incidents, mais je vois mal en quoi je puis vous aider. Je ne suis pas le Bon Dieu et ne puis contrôler les vagues; pour la fenêtre de la nursery, je vous conseillerais d'y mettre des barreaux; quant à la nourriture... rien ne vaut les soins d'une mère.

– Mais pourquoi ces choses-là arrivent-elles à Ronald et pas à Gérald?

– Le hasard, Madame. Simplement le hasard.

– Vous croyez?

– Qu'en pensez-vous, Madame? Vous et votre époux?

Une ombre passa sur le visage de Mrs. Lemesurier.

– Hugo ne m'est d'aucun secours; il ne veut même pas

m'écouter. Comme vous l'avez peut-être entendu dire, une malédiction péserait sur la famille, en vertu de quoi aucun fils aîné ne pourrait hériter, et Hugo y croit. Il passe son temps à étudier l'histoire de la famille et il est extrêmement superstitieux. Lorsque je lui fais part de mes craintes, il me répond simplement que c'est à cause de cette malédiction et qu'on ne peut rien y faire. Mais moi je viens des Etats-Unis, Monsieur Poirot, et, là-bas, nous ne croyons guère aux sortilèges. Nous aimons penser qu'ils sont l'apanage des familles de vieille souche; cela donne une sorte de cachet, vous comprenez. Pour ma part, quand j'ai rencontré Hugo, je tenais un petit rôle dans une comédie musicale et ce prétendu sortilège attaché à sa famille m'a fascinée. Toutefois, je veux bien qu'on raconte ce genre d'histoire à la veillée, mais lorsqu'il s'agit de ses propres enfants... J'adore mes deux fils, Monsieur Poirot. Je ferais n'importe quoi pour eux.

– Vous refusez donc de croire à cette légende familiale, Madame?

– Une légende peut-elle scier une racine de lierre?

– Que voulez-vous dire? s'exclama Poirot tandis qu'un profond étonnement se peignait sur son visage.

– J'ai dit : est-ce qu'une légende – ou un fantôme, si vous préférez – peut scier une racine de lierre? Je ne parle pas de ce qui s'est passé en Cornouailles. N'importe quel enfant peut partir trop loin à la nage et se trouver en difficulté... encore que Ronald sache nager depuis l'âge de quatre ans. Mais pour la question du lierre, c'est différent. Les deux garçons sont des petits polissons. Ils ont découvert un jour qu'ils pouvaient descendre de leur chambre et y monter en s'accrochant au lierre. Ils le faisaient constamment, jusqu'au jour où le lierre a cédé sous le poids de Ronald – Gérald était absent à l'époque – et où il est tombé. Heureusement, il ne s'est pas fait bien mal. Mais je suis sortie pour examiner le lierre : la racine était sciée, Monsieur Poirot; délibérément sciée.

– Ce que vous affirmez là est très grave, Madame... Vous dites que votre plus jeune fils n'était pas à la maison à cette époque-là?

– C'est exact.
– Et au moment de l'intoxication alimentaire, était-il toujours absent ?
– Non. Ils étaient là tous les deux.
– C'est sérieux, murmura Poirot. Puis-je vous demander, Madame, qui vit sous votre toit ?
– Miss Saunders, la gouvernante des enfants, et John Gardiner, le secrétaire de mon mari...
Mrs. Lemesurier se tut, comme si elle hésitait à poursuivre.
– Et qui d'autre, Madame ?
– Le major Roger Lemesurier que vous avez, je crois, rencontré le même soir que mon mari, fait d'assez fréquents séjours chez nous.
– Ah oui... C'est un cousin, il me semble ?
– Un cousin éloigné, oui. Il n'appartient pas à la même branche de la famille. Néanmoins, c'est à présent le plus proche parent de mon mari. C'est un homme charmant et nous avons tous beaucoup d'affection pour lui. Les garçons l'adorent.
– Est-ce lui qui leur a appris à grimper au lierre ?
– C'est possible. Il les incite bien souvent à faire des bêtises.
– Madame, je vous prie de m'excuser pour ce que je vous ai dit tout à l'heure. Je crois, à présent, que le danger est réel et que je peux vous aider. Je suggérerais donc que vous nous invitiez tous deux chez vous pour quelque temps. Votre époux n'y verra pas d'inconvénient ?
– Oh non ! Mais il estimera que tout cela est inutile. Cela me rend folle de le voir accepter sans réagir l'idée que son enfant doit mourir.
– Reprenez votre calme, Madame. Voyons. Nous allons mettre au point notre visite de façon méthodique.

Ainsi fut fait et, le lendemain même, nous étions en route vers le nord. Poirot était plongé dans une rêverie dont il sortit brusquement pour faire cette réflexion :
– C'est d'un train comme celui-ci que Vincent Lemesurier est tombé ?
Il insista quelque peu sur le mot *tombé*.

– Vous ne soupçonnez tout de même pas quelque malveillance? lui demandai-je.

– N'avez-vous pas, Hastings, été frappé par le fait que certaines des morts survenues dans la famille Lemesurier auraient pu être, dirons-nous, provoquées? Celle de Vincent, par exemple. Et celle du jeune homme qui faisait ses études à Eton; un accident causé par le maniement d'une arme à feu est toujours ambigu. Supposons que le petit Ronald, en tombant de la fenêtre de sa chambre, se soit tué. Qui aurait pu soupçonner qu'il ne s'agissait pas d'un accident? Mais pourquoi ne s'en prendrait-on qu'à cet enfant-là? A qui profite sa mort? A son jeune frère, un enfant de sept ans! C'est absurde!

– On a peut-être l'intention de se débarrasser ensuite du deuxième? hasardai-je, sans trop savoir qui était ce *on*.

Poirot secoua la tête. Cette hypothèse ne le satisfaisait pas.

– Une intoxication alimentaire, murmura-t-il d'un air pensif. Une ingestion d'atropine produirait les mêmes symptômes. Oui, notre présence là-bas est vraiment nécessaire.

Mrs. Lemesurier nous accueillit avec enthousiasme. Elle nous emmena ensuite dans le bureau de son mari et nous laissa avec lui. Il avait beaucoup changé depuis la dernière – et seule – fois que nous l'avions vu. Il était encore plus voûté et avait le teint étrangement terreux. Il écouta Poirot lui expliquer la raison de notre présence dans la maison.

– Je reconnais bien là le sens pratique de Sadie! s'exclama-t-il enfin. Je suis ravi de vous avoir quelque temps chez nous, Monsieur Poirot, et je vous remercie d'être venu; mais... ce qui est écrit est écrit. Il faut expier la faute. Nous, les Lemesurier, le savons bien... Pas un d'entre nous ne peut échapper à son destin.

Poirot parla de la racine de lierre sciée, mais Hugo Lemesurier parut peu impressionné.

– C'est sans doute une négligence de la part du jardinier... Oui, oui, il y a peut-être un instrument, mais la cause est très claire; et je vous dirai ceci, Monsieur Poirot : l'échéance n'est plus très loin.

Poirot le dévisagea avec attention.

– Pourquoi dites-vous cela?

– Parce que je suis moi-même condamné. Je suis allé trouver un médecin l'année dernière. Je souffre d'une maladie incurable... la fin ne devrait plus tarder; mais, avant que je meure, Ronald sera emporté; c'est Gérald qui héritera.

– Et s'il arrivait aussi quelque chose à votre second fils?

– Il ne lui arrivera rien; aucune malédiction ne pèse sur lui.

– Mais si cela se produisait? insista Poirot.

– L'héritier suivant est mon cousin Roger.

Nous fûmes interrompus par l'entrée d'un homme grand et bien bâti, aux cheveux frisés d'un roux flamboyant, qui tenait à la main une liasse de papiers.

– Nous verrons cela plus tard, Gardiner, lui dit Hugo Lemesurier avant d'ajouter à notre intention : mon secrétaire, Mr. Gardiner.

L'homme s'inclina, murmura quelques paroles aimables et ressortit. En dépit de son physique agréable, quelque chose en lui me déplaisait. Je le dis à Poirot un moment plus tard tandis que nous faisions le tour du magnifique jardin à la française et, chose surprenante, il se montra du même avis.

– Oui, oui, Hastings, vous avez raison. Moi non plus, je ne l'aime pas. Il est trop bien de sa personne. Je dirais que c'est le genre délicat qui répugne à se salir les mains. Ah! voilà les enfants!

Mrs. Lemesurier approchait avec ses deux garçons. C'étaient de beaux enfants; le cadet était brun comme sa mère et l'aîné roux – presque rouge – et bouclé. Ils nous serrèrent la main gentiment et, en quelques minutes, Poirot fit leur conquête. On nous présenta ensuite Miss Saunders, une femme insipide et sans âge. Nous connaissions à présent toute la maisonnée.

Pendant quelques jours, nous menâmes une vie agréable et notre vigilance de tout instant ne fut pas récompensée. Les garçons jouaient gaiement et tout semblait normal. Le quatrième jour après notre arrivée, le major Roger Lemesurier vint s'installer pour quelque temps. Je le trouvai peu changé, aussi insouciant et jovial que par le passé, avec cette même tendance à tout prendre à la légère. Il était manifestement très aimé des garçons, qui l'accueillirent avec des hurlements de joie et l'entraînèrent aussitôt dans le jardin pour jouer aux indiens. Je remarquai que Poirot les avait discrètement suivis.

Le lendemain, toute la famille, y compris les garçons, était invitée pour le thé chez Lady Claygate, qui possédait la propriété voisine de celle des Lemesurier. Mrs. Lemesurier nous proposa de les y accompagner, mais parut assez soulagée lorsque Poirot déclina cette invitation en déclarant que nous préférions rester à la maison.

Dès que tout le monde fut parti, Poirot se mit au travail. Il me faisait penser à un terrier à l'affût. Il fouilla méthodiquement toute la maison jusque dans les moindres recoins, mais si discrètement, cependant, qu'il réussit à ne pas attirer l'attention. Toutefois, ses recherches terminées, il paraissait encore insatisfait. Nous prîmes le thé sur la terrasse avec Miss Saunders, la gouvernante, qui n'avait pas été invitée.

– Cela va amuser les garçons, murmura-t-elle de sa voix atone. Mais j'espère qu'ils sauront se tenir et ne piétineront pas les plates-bandes ou ne s'approcheront pas des abeilles...

Poirot s'immobilisa, sa tasse à la main. On aurait dit un homme qui vient d'apercevoir un revenant.

– Des abeilles?

– Oui, Monsieur Poirot; des abeilles. Trois ruches. Lady Claygate en est très fière...

– Des abeilles! s'exclama de nouveau Poirot.

Il se leva d'un bond et se mit à arpenter la terrasse de long en large en se tenant la tête. Je ne comprenais pas en quoi le simple fait de mentionner des abeilles avait pu le mettre dans un tel état.

A cet instant, nous entendîmes la voiture. Poirot était debout devant la porte d'entrée lorsque toute la famille en descendit.

– Ronald s'est fait piquer, annonça Gérald d'une voix excitée.

– Ce n'est rien, dit Mrs. Lemesurier. La plaie n'a même pas enflé. Nous avons mis de l'ammoniaque dessus.

– Fais-moi voir ça, mon bonhomme, dit Poirot au jeune Ronald. Où t'es-tu fait piquer?

– Ici, sur le côté du cou, répondit le garçonnet d'un ton important. Mais ça ne fait pas mal. Papa m'a dit : « Ne bouge pas... tu as une abeille dans le cou. » Je n'ai pas bougé et il l'a chassée, mais elle m'a d'abord piqué. Ça ne m'a pas vraiment fait mal – C'était comme une simple piqûre d'épingle – et je n'ai pas pleuré parce que je suis grand et que, l'année prochaine, j'irai à l'école.

Poirot examina le cou de l'enfant, puis s'écarta. Il me prit alors le bras et me chuchota à l'oreille :

– Ce soir, mon ami, ce soir nous avons un petit travail à faire! Mais n'en parlez à personne.

Il refusa de m'en dire davantage et, toute la soirée, je fus dévoré de curiosité. Il se retira assez tôt et je l'imitai. Pendant que nous montions l'escalier, il me prit par le bras et me donna ses instructions :

– Ne vous déshabillez pas. Attendez un peu, éteignez votre lampe et venez me rejoindre ici.

Je fis ce qu'il m'avait demandé et, un moment plus tard, je le rejoignis sur le palier. D'un geste, il m'imposa le silence et nous nous faufilâmes sans bruit jusqu'à l'aile réservée aux enfants. Ronald occupait, seul, une petite chambre. Nous y entrâmes tout doucement et nous installâmes à notre poste d'observation dans le coin le plus sombre. La respiration de l'enfant était forte et régulière.

– Il dort profondément, chuchotai-je.

Poirot hocha la tête.

– On l'a drogué.

– Pourquoi?

– Pour qu'il ne crie pas quand...

– Quand quoi? demandai-je, comme Poirot se taisait.

– Quand on enfoncera la seringue hypodermique, mon ami! Mais, chut, ne parlons plus... encore que je ne pense pas qu'il se passe quoi que ce soit avant un moment.

Poirot se trompait, cependant. Dix minutes à peine s'étaient écoulées lorsque la porte s'ouvrit tout doucement et que quelqu'un entra dans la pièce. J'entendis une respiration précipitée, un bruit de pas qui s'approchaient du lit, puis un déclic soudain. Le faisceau d'une petite lampe de poche éclaira l'enfant endormi, mais l'intrus était encore invisible dans l'ombre. De la main droite, il sortit une seringue tandis que, de la gauche, il tâtait le cou de l'enfant...

Poirot et moi bondîmes en même temps. La lampe roula à terre et nous luttâmes un moment dans le noir avec l'intrus. Il avait une force extraordinaire. Nous finîmes cependant par en venir à bout.

– La lampe, Hastings, me dit Poirot. Il faut que je voie son visage... encore que je craigne fort de savoir qui c'est.

« Moi aussi », pensai-je tandis que je tâtonnais dans l'obscurité pour trouver la lampe. Un moment, j'avais soupçonné le secrétaire, poussé par ma profonde antipathie pour cet homme, mais à présent, j'étais sûr que celui à qui profiterait la mort de ses deux jeunes cousins était le monstre que nous traquions.

Mon pied heurta la lampe. Je la ramassai et l'allumai, et son faisceau éclaira le visage de... Hugo Lemesurier, le père du garçonnet!

Je faillis en lâcher la lampe.

– Pas possible! murmurai-je d'une voix rauque. Pas possible!

Lemesurier était inconscient. Poirot et moi le transportâmes jusqu'à sa chambre et l'étendîmes sur son lit. Poirot se pencha alors pour lui retirer doucement ce qu'il tenait dans la main droite. C'était une seringue hypodermique.

– Qu'y a-t-il dedans? demandais-je en frissonnant. Du poison?

– De l'acide formique, je pense.

– De l'acide formique?

– Oui. Obtenu sans doute en distillant des fourmis

rouges. Il était chimiste, ne l'oubliez pas. La mort aurait été attribuée à la piqûre de guêpe.

– Mon Dieu! murmurai-je. Son propre fils! Et vous vous attendiez à ça?

Poirot hocha la tête avec gravité.

– Oui. C'est un malade mental, incontestablement. J'imagine que l'histoire de la famille est devenue une véritable obsession pour lui. C'est son ardent désir de toucher l'héritage qui l'a poussé à commettre toute cette série de meurtres. L'idée lui est peut-être venue pour la première fois pendant qu'il voyageait en train avec Vincent, la fameuse nuit. Il ne pouvait pas supporter que la prédiction ne se réalise pas. Le fils de Ronald était déjà mort, et Ronald lui-même se mourait. Ils sont de santé fragile dans cette famille. C'est lui qui a manigancé l'accident avec le fusil et – chose que je viens seulement de comprendre – c'est aussi lui qui a provoqué la mort de son frère John par l'injection d'acide formique dans sa veine jugulaire. Il avait alors réalisé son ambition et se trouvait à la tête du patrimoine familial. Mais son triomphe a été de courte durée; il a appris qu'il était atteint d'un mal incurable. Et il avait cette idée fixe de fou que le fils aîné d'un Lemesurier ne pouvait pas hériter. Je le soupçonne d'être à l'origine de l'accident de baignade; c'est lui qui a encouragé son fils à s'éloigner vers le large. Ayant manqué son coup cette fois-là, il a scié la racine de lierre et mis ensuite du poison dans la nourriture de l'enfant.

– Diabolique! murmurai-je en frissonnant. Et si bien planifié!

– Oui, mon ami, rien n'est plus surprenant que l'extraordinaire logique des fous... si ce n'est la non moins extraordinaire incohérence des sains d'esprit! J'imagine que ce n'est que récemment qu'il a basculé de l'autre côté; pour commencer, il y avait de la méthode dans sa folie...

– Quand je pense que j'ai soupçonné Roger... ce type formidable.

– C'est normal, mon ami. Nous savions qu'il avait lui aussi voyagé avec Vincent, la fameuse nuit. Nous savions également que c'était lui qui devait hériter après Hugo et ses fils. Mais notre supposition n'était pas confirmée par les faits. Le lierre a été scié alors que seul le petit Ronald se trouvait à la maison; or, l'intérêt de Roger était que les *deux* enfants meurent. De la même manière, ce n'est que la nourriture de Ronald qui a été empoisonnée. Et, aujourd'hui, lorsqu'ils sont rentrés et que je me suis rendu compte que le père du garçonnet était le seul à pouvoir témoigner qu'il s'était fait piquer, cela m'a rappelé l'autre mort due à une piqûre de guêpe... et j'ai compris!

Hugo Lemesurier mourut quelques mois plus tard à la clinique psychiatrique où on l'avait fait interner. Sa veuve se remaria un an après avec John Gardiner, le secrétaire. Ronald hérita des terres de son père et, à l'heure actuelle, il vit encore et se porte comme un charme.

– Voilà encore une illusion envolée, fis-je remarquer à Poirot. Vous avez chassé avec brio la prétendue malédiction qui pesait sur les Lemesurier.

– Je n'en suis pas sûr, répondit Poirot d'un air pensif. Je n'en suis pas sûr du tout.

– Que voulez-vous dire?

– Mon ami, je vous répondrai par un seul mot : *rouge!*

– Vous voulez parler de sang? demandai-je, éberlué, en baissant la voix.

– Vous avez toujours la même imagination et le même goût du mélodrame, Hastings! Non, je veux parler de quelque chose de beaucoup plus prosaïque... la couleur de cheveux du petit Ronald Lemesurier... Et de Mr. Gardiner... Vous saisissez?

COMMENT POUSSENT DONC VOS FLEURS?

Hercule Poirot rassembla son courrier en un petit paquet bien net devant lui. Il prit ensuite la lettre du dessus, en examina l'adresse un instant, puis il détacha délicatement le rabat de l'enveloppe avec un petit coupe-papier qu'il gardait sur sa table du petit déjeuner spécialement pour cet usage, et en sortit le contenu. A l'intérieur se trouvait une autre enveloppe, soigneusement cachetée à la cire rouge et portant la mention « personnel et confidentiel ».

Les sourcils d'Hercule Poirot remontèrent légèrement sur son visage ovoïde.

– Patience! Nous y arrivons, murmura-t-il en se servant de nouveau du petit coupe-papier.

La deuxième enveloppe contenait une lettre rédigée d'une écriture tremblante et pointue. Plusieurs mots y étaient soulignés d'un gros trait.

Hercule Poirot la déplia et la lut. Cette lettre portait, elle aussi, en en-tête, la mention « personnel et confidentiel ». En haut à droite figurait l'adresse de l'expéditeur – *Rosebank*, Charman's Green, Buck – et la date – 21 mars –, et le texte était le suivant :

Cher Monsieur Poirot,

Je me permets de vous écrire sur la recommandation d'une vieille amie très chère qui sait quel souci et quelle détresse m'accablent depuis quelque temps. Toutefois, cette amie n'en connaît pas les raisons profondes – que j'ai préféré garder entièrement pour moi –, cette affaire étant strictement confidentielle. Mon amie m'assure que vous êtes la discrétion même et que je n'ai pas à craindre une intervention de la police, qui, si mes soupçons s'avèrent fondés, me serait très désagréable. Mais il se peut, bien sûr, que je me trompe totalement. Je n'ai plus l'esprit assez clair, aujourd'hui – souffrant d'insomnie et des séquelles d'une grave maladie contractée l'hiver dernier – pour mener moi-même mon enquête. Je n'en ai ni les moyens ni la capacité. Par ailleurs, j'insiste une fois de plus sur le fait qu'il s'agit d'une affaire de famille très délicate et que, pour bien des raisons, je vous demanderai peut-être de l'étouffer. Si j'ai une certitude sur les faits, je pourrai prendre moi-même la situation en main, ce qui me paraîtrait préférable. J'espère avoir été claire sur ce point. Si vous voulez bien vous charger de cette enquête, pourriez-vous avoir l'obligeance de me le faire savoir à l'adresse indiquée ci-dessus ?

Veuillez agréer, cher Monsieur, l'expression de mes sentiments distingués.

Amélia BARROWBY.

Poirot relut la lettre et, de nouveau, il haussa légèrement les sourcils. Il la mit ensuite de côté et passa à l'enveloppe suivante.

A dix heures précises, il entra dans la pièce où Miss Lemon, sa secrétaire particulière, attendait ses instructions pour la journée. Miss Lemon avait quarante-huit ans et un physique peu engageant. Elle faisait penser à un sac d'os rassemblés au hasard. Sa passion pour l'ordre était presque aussi grande que celle de Poirot lui-même et, bien qu'elle fût parfaitement capable de réfléchir, elle ne le faisait jamais à moins d'en recevoir l'ordre.

Poirot lui tendit le courrier du jour.

– Veuillez avoir la bonté, Mademoiselle, d'envoyer une lettre de refus rédigée dans les termes appropriés en réponse à toutes ces demandes.

Miss Lemon passa en revue les différentes lettres, gribouillant au fur et à mesure un petit signe hiéroglyphique sur chacune d'elles. Ces mentions étaient lisibles d'elle seule et rédigée dans un code qui lui était propre :

« pommade », « gifle », « ron-ron », « bref », etc. Lorsqu'elle eut fini, elle hocha la tête, puis la releva, attendant d'autres instructions.

Poirot lui tendit la lettre d'Amélia Barrowby. Elle l'extirpa de sa double enveloppe, la lut et jeta un regard interrogateur à son patron.

– Oui, Monsieur?

Son crayon était déjà pointé au-dessus de son bloc-sténo.

– Que pensez-vous de cette lettre, Miss Lemon?

Avec un léger froncement de sourcils, Miss Lemon reposa son crayon et relut la demande d'Amélia Barrowby.

Le contenu d'une lettre ne signifiait rien pour elle, sinon la nécessité de composer une réponse appropriée. Il était très rare que son patron fit appel à elle en tant qu'être humain plutôt qu'en sa qualité de secrétaire et lorsqu'il le faisait, cela l'ennuyait quelque peu car, si c'était une machine quasiment parfaite, elle se désintéressait totalement des questions humaines. Sa véritable passion dans la vie était la mise au point d'un système de classement idéal à côté duquel tous les autres n'auraient plus qu'à tomber dans l'oubli. Elle en rêvait même la nuit. Toutefois, Miss Lemon pouvait parfaitement faire preuve d'intelligence pour les questions purement humaines et Poirot le savait bien.

– Alors? lui demanda-t-il.

– Une vieille femme, commenta-t-elle brièvement.

Elle ajouta une expression quelque peu argotique signifiant que Mrs. Barrowby avait peur.

– Ah! Vous pensez qu'elle n'est pas rassurée? dit Poirot.

Miss Lemon, qui estimait que Poirot vivait depuis assez longtemps en Grande-Bretagne pour comprendre son argot, ne répondit pas. Elle jeta un bref coup d'œil à la double enveloppe.

– Très secrète, poursuivit-elle. Et elle ne vous dit rien du tout.

– Oui, répondit Poirot. Je m'en suis moi-même rendu compte.

Miss Lemon attendait à nouveau avec espoir, la main

levée au-dessus de son bloc-sténo. Cette fois, Poirot répondit à son attente.

– Dites-lui que je lui ferai l'honneur de venir moi-même la voir aux date et heure qui lui conviendront, à moins qu'elle ne préfère venir me consulter ici. Ne tapez pas la lettre à la machine; écrivez-la à la main.

– Bien, Monsieur.

Poirot lui tendit le reste du courrier.

– Ce sont des factures.

Miss Lemon les tria rapidement de ses mains efficaces.

– Je les paierai toutes sauf ces deux-là.

– Pourquoi ces deux-là? Elles ne contiennent pas d'erreur.

– Elles proviennent de sociétés avec lesquelles vous n'êtes en relation que depuis peu. Cela fait mauvais effet de payer trop rapidement quand on vient juste d'ouvrir un compte; on dirait qu'on cherche à faire bonne impression pour obtenir un crédit par la suite.

– Ah! murmura Poirot. Je m'incline devant votre connaissance supérieure des commerçants britanniques.

– Je n'ignore pratiquement rien d'eux, déclara Miss Lemon d'un ton sévère.

La lettre destinée à Amélia Barrowby avait été dûment écrite et envoyée, mais la réponse ne venait toujours pas. Peut-être, pensa Hercule Poirot, la vieille dame avait-elle éclairci elle-même la situation. Il était cependant surpris que, dans ce cas, elle ne lui eût pas envoyé un mot courtois pour l'informer qu'elle n'avait plus besoin de ses services.

Ce fut cinq jours plus tard que Miss Lemon, après avoir reçu les instructions du jour, dit à Poirot :

– La Miss Barrowby à qui nous avons écrit, pas étonnant qu'elle n'ait pas répondu. Elle est morte.

– Ah! murmura Poirot. Elle est morte.

C'était plus une question qu'une réponse.

Ouvrant son sac à main, Miss Lemon en sortit une coupure de journal :

– J'ai vu ça dans le métro et je l'ai arraché.

Approuvant mentalement le fait que, bien que Miss Lemon eût employé le terme « arraché », elle avait soigneusement découpé ce qui l'intéressait avec des ciseaux, Poirot lut la publication parue dans la rubrique « Etat-Civil » du *Morning Post.*

Le 26 mars – de façon brutale – à Rosebank, *Charman's Grenn, Amélia Jane Barrowby est décédée à l'âge de soixante-treize ans. Ni fleurs ni couronnes, à la demande de la défunte.*

Poirot relut les trois lignes et murmura comme pour lui-même : *de façon brutale.*

– Si vous voulez bien prendre une lettre, Miss Lemon? ajouta-t-il ensuite d'un ton vif.

Le crayon était déjà prêt à courir sur le papier. Tout en pensant aux finesses d'un système de classement parfait, Miss Lemon prit rapidement et correctement en sténo le texte dicté .

Chère Miss Barrowby,

Je n'ai pas reçu de réponse de votre part, mais étant donné que je me trouverai à proximité de Charman's Green vendredi, je viendrai vous rendre visite ce jour-là et nous pourrons discuter plus en détail de l'affaire dont vous m'avez parlé dans votre lettre.

Veuillez agréer, etc.

– Soyez aimable de taper cette lettre tout de suite. Si vous la postez ce matin, elle devrait parvenir à Charman's Green ce soir.

Le lendemain, une lettre arriva au second courrier de la matinée, dans une enveloppe bordée de noir.

Cher Monsieur,

En réponse à la lettre que vous avez adressée à ma tante, Miss Barrowby, je vous informe que celle-ci est décédée le 26. L'affaire dont vous parlez n'a donc plus d'importance.

Je vous prie d'agréer, cher Monsieur, l'assurance de mes sentiments distingués.

Mary DELAFONTAINE.

Poirot esquissa un sourire.

– *Plus d'importance...* C'est ce que nous allons voir. En avant! Direction : Charman's Green.

La maison *Rosebank* semblait bien porter son nom, ce qui n'est pas le cas pour la plupart des habitations de classe et de caractère semblables.

Hercule Poirot s'arrêta au milieu de l'allée qui conduisait à la porte d'entrée, pour jeter un regard admiratif aux jolies plates-bandes qui la bordaient. Il y avait là des rosiers qui promettaient une belle floraison d'ici quelques mois, des jonquilles, des tulipes précoces et des jacinthes bleues. Il remarqua que la dernière plate-bande était partiellement bordée de coquillages.

« Comment, est-ce, déjà, cette ronde que chantent les petits Anglais? »

Madame Mary, comme c'est joli!
Comment poussent donc vos fleurs?
Au cœur des coquilles de clovisses et des petites [clochettes,
Avec, tout autour, de jolies soubrettes.

« Il n'y en a peut-être pas tout autour, pensa Poirot, mais voilà du moins une jolie soubrette pour donner un sens à cette petite ronde. »

La porte d'entrée s'était ouverte et une jeune domestique en coiffe et tablier blancs considérait d'un air hésitant cet étranger à grosse moustache qui parlait tout seul au milieu de l'allée. Comme Poirot l'avait remarqué, c'était une jolie petite servante aux yeux bleus tout ronds et aux joues roses.

Poirot souleva poliment son chapeau et lui dit :

– Excusez-moi, mais est-ce bien ici que vit Miss Amélia Barrowby?

La jeune fille eut un léger sursaut et ses yeux s'arrondirent davantage.

– Oh! Monsieur, vous n'êtes pas au courant? Elle est morte. C'est arrivé si brutalement. Mardi soir.

Elle hésitait, tiraillée entre deux instincts : le premier,

la méfiance à l'égard d'un étranger; le second, le plaisir si cher aux gens de son espèce de s'étendre sur des sujets tels que la maladie et la mort.

– Je suis sidéré d'apprendre cette nouvelle, dit Poirot hypocritement. J'avais rendez-vous avec elle aujourd'hui. Mais peut-être pourrais-je voir l'autre dame qui vit ici?

La petite bonne sembla hésiter.

– La patronne? Ma foi, vous pourriez peut-être la voir, mais je ne sais pas si elle acceptera de vous recevoir.

– Elle me recevra, déclara Poirot en tendant sa carte.

Son ton autoritaire fit son effet. La jeune fille recula et fit entrer Poirot dans un petit salon situé à droite de l'entrée. Puis, la carte de visite à la main, elle partit chercher sa patronne.

Poirot jeta un regard circulaire sur la pièce. C'était un petit salon meublé de façon tout à fait conventionnelle – papier peint crème bordé, en haut, d'une frise, cretonnes de couleur indéfinie, coussins et rideaux roses, et une foule de petites statuettes et autres bibelots en porcelaine. Il n'y avait rien de particulier dans la pièce qui indiquât une personnalité bien définie.

Soudain, Poirot, qui avait les sens acérés, sentit des yeux posés sur lui. Il fit volte-face, et découvrit une jeune fille debout sur le seuil de la porte-fenêtre, une jeune fille de petite taille au teint olivâtre, aux cheveux d'un noir de jais et au regard soupçonneux.

Elle rentra dans la pièce et, tandis que Poirot s'inclinait, elle lui demanda d'un ton brusque :

– Pourquoi êtes-vous venu?

Poirot ne répondit pas. Il se contenta de lever les sourcils.

– Vous n'êtes pas avocat? Si?

Son anglais était bon, mais on ne pouvait pas la prendre un instant pour une Anglaise.

– Pourquoi devrais-je en être un, Mademoiselle?

La jeune fille regarda Poirot d'un air sombre.

– Je pensais que vous en étiez peut-être un et que vous étiez venu pour me dire qu'elle ne savait pas ce qu'elle faisait. J'ai entendu parler de ce genre de choses : l'intimidation. C'est bien comme ça que cela s'appelle, non?

Mais c'est faux! Elle voulait que j'hérite de son argent et je l'aurai. S'il le faut, même, je prendrai un avocat. L'argent est à moi. Elle l'a écrit dans son testament et il en sera ainsi.

Elle était hideuse, le menton projeté en avant, les yeux étincelants de colère.

La porte s'ouvrit et une grande femme entra.

– Katrina!

La jeune fille se tassa sur elle-même, rougit, marmonna quelques mots et sortit par la porte-fenêtre.

Poirot se tourna vers la nouvelle venue qui, d'un seul mot, avait pris si efficacement la situation en main. Il y avait dans sa voix de l'autorité et du mépris en même temps qu'une pointe d'ironie. Poirot comprit aussitôt que c'était la maîtresse de maison, Mary Delafontaine.

– Monsieur Poirot? Je vous ai écrit. Vous n'avez pas dû recevoir ma lettre.

– A vrai dire, j'étais absent de Londres.

– Oh! je vois. Cela explique tout. Mais il faut que je me présente. Je suis Mrs. Delafontaine. Et voici mon mari. Miss Barrowby était ma tante.

Mr. Delafontaine était entré si discrètement que son arrivée était passée inaperçue. C'était un homme de haute stature aux cheveux grisonnants et à l'air indécis. Il se tripotait le menton nerveusement et jetait de fréquents coups d'œil à sa femme, attendant manifestement qu'elle prenne l'initiative de la conversation.

– Je suis absolument navré de venir vous importuner en plein deuil, dit Poirot.

– Vous ne pouviez pas le deviner, répondit Mrs. Delafontaine. Ma tante est morte mardi soir. Cela s'est produit de façon tout à fait inattendue.

– Oui, tout à fait inattendue, renchérit Mr. Delafontaine. Un rude coup, ajouta-t-il en regardant la porte-fenêtre par laquelle était sortie la jeune étrangère.

– Je vous prie à nouveau de m'excuser, dit Poirot. Et je vais vous laisser.

Il fit un pas en direction de la porte.

– Un instant, s'écria Mr. Delafontaine. Vous aviez... euh... rendez-vous avec Tante Amélia, dites-vous?

– C'est exact.
– Peut-être pourriez-vous nous dire de quoi il s'agissait, suggéra Mrs. Delafontaine. Si nous pouvons faire quoi que ce soit...
– C'était une question d'ordre personnel, répondit Poirot. Je suis détective, ajouta-t-il simplement.
Mr. Delafontaine renversa la statuette en porcelaine qu'il tripotait. Quant à sa femme, elle paraissait intriguée.
– Détective? Et vous aviez rendez-vous avec Tante Amélia? C'est incroyable! (Mrs. Delafontaine regardait fixement Poirot.) Ne pouvez-vous nous en dire un peu plus long, monsieur Poirot? C'est... c'est si extraordinaire.
Poirot resta silencieux un moment avant de déclarer en choisissant ses mots.
– Il m'est difficile, Madame, de savoir ce que je dois faire.
– Dites-moi, intervint Mr. Delafontaine. Elle n'a pas parlé de Russes, non?
– De Russes?
– Oui, vous savez... les Bolchos, les Rouges et tout ça.
– Ne sois pas ridicule, Henry, lui dit sa femme.
Mr. Delafontaine sembla se tasser sur lui-même.
– Désolé... désolé... je me posais simplement la question.
Mary Delafontaine regarda Poirot droit dans les yeux. Les siens étaient très bleus, de la couleur des myosotis.
– Si vous pouviez nous en dire davantage, monsieur Poirot, je vous en serais très reconnaissante. Je vous assure que j'ai de... bonnes raisons de vous le demander.
Mr. Delafontaine paraissait inquiet.
– Allons, Mary... Cela ne veut peut-être rien dire.
Cette fois encore, sa femme le fit taire d'un regard.
– Alors, monsieur Poirot?
Lentement, gravement, Hercule Poirot secoua la tête négativement. Il la secouait avec un regret manifeste, mais il la secouait tout de même.
– Pour l'instant, Madame, répondit-il, je crains de ne rien pouvoir vous dire.

Il s'inclina, ramassa son chapeau et se dirigea vers la porte. Mary Delafontaine le rejoignit dans l'entrée. Arrivé sur le perron, il s'arrêta et la regarda.

– Vous aimez votre jardin, je pense, Madame?

– Moi? Oui. Je passe beaucoup de temps à m'en occuper.

– Je vous fais mes compliments.

Poirot s'inclina de nouveau et descendit l'allée qui conduisait au portail. Au moment où il passait celui-ci et tournait sur la droite, il jeta un coup d'œil en arrière et enregistra deux impressions : un visage au teint olivâtre l'observait d'une fenêtre du premier étage et un homme à la démarche raide et militaire faisait les cent pas sur le trottoir d'en face.

Hercule Poirot hocha la tête.

– C'est évident. Il y a anguille sous roche. Que dois-je donc faire à présent?

La décision qu'il prit le conduisit au bureau de poste le plus proche. De là, il passa plusieurs coups de téléphone, dont le résultat s'avéra satisfaisant. Il prit ensuite le chemin du commissariat de police de Charman's Green, où il demanda à voir l'inspecteur Sims.

L'inspecteur Sims était un grand gaillard aux manières cordiales.

– Monsieur Poirot? C'est ce qu'il me semblait. Je viens d'avoir un coup de téléphone du sergent-chef. Il m'a dit que vous deviez passer. Venez dans mon bureau.

Après avoir fermé la porte, l'inspecteur indiqua une chaise à Poirot, s'installa à son tour, et interrogea du regard son visiteur.

– Vous êtes très rapide, monsieur Poirot. Vous venez nous voir à propos de cette affaire de *Rosebank* avant même que nous sachions si elle nécessite une enquête. Comment êtes-vous au courant?

Poirot sortit la lettre qu'il avait reçue et la tendit à l'inspecteur. Ce dernier la lut avec un intérêt manifeste.

– Intéressant, commenta-t-il. L'ennui, c'est que cela peut vouloir dire bien des choses. Dommage qu'elle n'ait pas été un peu plus explicite. Cela nous aurait aidés dans notre tâche actuelle.

– Ou vous n'auriez pas eu besoin d'aide.
– Que voulez-vous dire?
– Qu'elle serait peut-être encore en vie.
– Vous allez aussi loin que ça? Ma foi... vous avez peut-être raison.
– Je vous en prie, inspecteur, racontez-moi ce qui s'est passé. Je ne sais rien du tout.
– C'est très simple. La vieille dame s'est sentie mal après le dîner mardi soir. Etat très alarmant. Convulsions, spasmes et je ne sais quoi. Ils ont envoyé chercher le docteur. Mais quand il est arrivé, elle était déjà morte. La cause apparente serait une crise cardiaque. Mais le toubib n'était pas satisfait. Il hésitait à se prononcer et il a pris des gants avec la famille, mais il leur a bien fait comprendre qu'il ne pouvait pas délivrer de permis d'inhumer. Pour ce qui est de la famille, voilà où en sont les choses. Ils attendent le résultat de l'autopsie. Nous en sommes un peu plus loin. Le toubib nous a tout de suite fait part de ses soupçons, lui et le médecin légiste ont procédé à l'autopsie ensemble, et le résultat ne fait aucun doute. La vieille dame a succombé à l'absorption d'une dose massive de strychnine.
– Ah! ah!
– Eh oui! C'est une sale affaire. Le problème, c'est de savoir qui la lui a donnée. Elle a dû lui être administrée très peu de temps avant que survienne la mort. La première hypothèse était qu'on l'a mélangée à sa nourriture au dîner, mais, franchement, cela paraît impossible. Ils ont mangé de la soupe d'artichauts, servie dans une soupière, un pain de poisson et de la tarte aux pommes. Miss Barrowby, Mr. Delafontaine et Mrs. Delafontaine. Miss Barowby avait une sorte de garde-malade – une fille à moitié russe –, mais elle ne mangeait pas à table avec la famille. Elle avait droit aux restes qui revenaient de la salle à manger. Il y a aussi la domestique, mais c'était son soir de sortie. Elle a laissé la soupe sur le fourneau et le pain de poisson dans le four; la tarte aux pommes était froide. Tous trois ont mangé la même chose et, en dehors de cela, je ne pense pas qu'on puisse faire ingurgiter de la strychnine à quelqu'un de cette façon. C'est terriblement

amer. Le toubib m'a dit que ça se sentait, même dans une solution à un millième ou quelque chose comme ça.

– Dans le café?

– C'est déjà plus faisable, mais la vieille dame n'en buvait jamais.

– Je vois ce que vous voulez dire. La difficulté paraît, en effet, insurmontable. Qu'a bu Miss Barrowby au repas?

– De l'eau.

– De mieux en mieux!

– C'est un sacré casse-tête, hein?

– Est-ce qu'elle avait de l'argent, cette vieille dame?

– Elle était assez riche, je crois. Bien sûr, nous n'avons pas encore de détails précis. En revanche, les Delafontaine ne roulent pas sur l'or, d'après ce que j'ai compris. La vieille dame participait à l'entretien de la maison.

Poirot esquissa un petit sourire.

– Vous soupçonnez donc les Delafontaine. Lequel des deux?

– Je ne dis pas que je les soupçonne particulièrement. Mais voilà les faits; c'étaient ses seuls parents et sa mort leur rapporte une jolie somme, j'en suis sûr. Nous connaissons tous la nature humaine!

– Parfois inhumaine... oui, c'est tout à fait vrai. Et la vieille dame n'a rien bu ou mangé d'autre?

– Eh bien, à vrai dire...

– Ah! voilà! Je sentais bien que vous ne m'aviez pas tout dit. La soupe, le pain de poisson, la tarte aux pommes... bagatelles! Nous arrivons enfin au nœud de l'affaire.

– Je ne sais pas. Mais il se trouve que la vieille demoiselle prenait un cachet avant les repas. Pas une pilule ou un comprimé, vous savez; une de ces gélules en papier de riz qui contiennent de la poudre. Un médicament tout à fait bénin pour la digestion.

– Magnifique. Rien n'est plus simple que de remplir une gélule de strychnine et de la mettre à la place d'une autre. Cela descend avec une gorgée d'eau et l'on ne sent pas le goût.

– C'est juste. L'ennui, c'est que c'est la jeune fille qui lui a donné sa gélule.

– La Russe?

– Oui. Katrina Rieger. Elle servait de femme de peine-garde-malade à Miss Barrowby. Celle-ci était d'ailleurs très exigeante, je crois. Apportez-moi ci, apportez-moi ça, frottez-moi le dos, donnez-moi mon médicament, faites un saut chez le pharmacien, et le tout à l'avenant. Vous savez comment sont les vieilles dames... Elles ne font pas ça par méchanceté, mais ce qu'il leur faut, c'est une sorte d'esclave!

Poirot sourit.

– Mais voilà le hic, poursuivit l'inspecteur Sims. En ce qui concerne la fille, cela ne colle pas très bien. Pourquoi irait-elle l'empoisonner? Miss Barrowby morte, elle perd sa place; or, il n'est pas facile pour elle d'en trouver une autre; elle n'a aucun diplôme, aucune formation.

– N'empêche, déclara Poirot, que si la boîte de cachets traînait sur une table, n'importe qui dans la maison aurait pu opérer la substitution.

– Nous ne négligeons pas cette possibilité, monsieur Poirot. Je peux vous dire que nous menons notre petite enquête; discrètement, si vous voyez ce que je veux dire. Pour savoir quand l'ordonnance a été établie, où était généralement rangé ce médicament, etc. La patience et de gros travaux de débroussaillage, c'est grâce à cela que nous arriverons à nos fins. Il y a aussi le notaire de Miss Barrowby. J'ai rendez-vous avec lui demain. Et son banquier. Il reste encore beaucoup à faire.

Poirot se leva.

– Faites-moi plaisir, inspecteur Sims, tenez-moi au courant de l'évolution de l'enquête. Vous me feriez là une très grande faveur. Voici mon numéro de téléphone.

– Mais certainement, monsieur Poirot. Deux têtes valent mieux qu'une; et, d'ailleurs, il est tout à fait normal que vous soyez tenu au courant, étant donné que vous avez reçu cette lettre.

– Vous êtes trop aimable, inspecteur.

Poirot serra poliment la main de l'inspecteur et prit congé.

Il reçut un coup de téléphone le lendemain après-midi.

– Allô, monsieur Poirot? Inspecteur Sims à l'appareil. Les choses commencent à prendre tournure en ce qui concerne l'affaire dont vous et moi avons parlé.

– Vraiment? Racontez-moi cela, je vous prie.

– Eh bien, ceci est l'élément numéro un... et pas des moindres : Miss B. a laissé un petit héritage à sa nièce et légué tout le reste à K. à titre de remerciement pour sa gentillesse et ses bons soins... c'est ce qui était écrit. Voilà qui change pas mal de choses.

Une image surgit dans l'esprit de Poirot. Celle d'un visage renfrogné disant d'une voix passionnée : « L'argent est à moi. Elle l'a écrit dans son testament et il en sera ainsi. » Cet héritage ne serait pas une surprise pour Katrina; elle était déjà au courant.

– Elément numéro deux, poursuivit l'inspecteur Sims : personne d'autre que K. n'a touché à la gélule.

– Vous en êtes sûr?

– La jeune fille elle-même ne le nie pas. Qu'en pensez-vous?

– C'est extrêmement intéressant.

– Il ne nous reste plus qu'une chose à découvrir : la façon dont elle s'est procuré de la strychnine. Cela ne devrait pas être très difficile.

– Mais, pour l'instant, vous n'y êtes pas encore arrivé?

– J'ai tout juste commencé à m'en occuper. L'enquête judiciaire n'a eu lieu que ce matin.

– Qu'est-ce que ça a donné?

– Elle a été remise à huitaine.

– Et la jeune demoiselle K.?

– Je l'ai fait mettre en détention préventive. Je ne veux pas prendre de risques. Elle pourrait avoir dans le pays des amis douteux qui pourraient essayer de l'en faire sortir.

– Non, dit Poirot. Je ne pense pas qu'elle ait des amis.

– Vraiment? Qu'est-ce qui vous fait dire cela, monsieur Poirot?

– C'est simplement une impression. Il n'y a pas d'autres éléments nouveaux?

– Rien qui soit strictement en rapport avec cette affaire. Il semblerait que Miss B. ait un peu spéculé en bourse ces derniers temps et qu'elle y ait perdu pas mal d'argent. J'ignore pourquoi elle l'a fait, mais je ne vois pas en quoi cela pourrait intéresser notre enquête; pour le moment, en tout cas.

– Non, vous avez sans doute raison. Eh bien, je vous remercie infiniment. C'est très aimable à vous de m'avoir téléphoné.

– Pas du tout. Je suis un homme de parole. J'ai bien vu que cette affaire vous intéressait. Qui sait? Vous serez peut-être en mesure de me donner un coup de main avant la fin.

– Cela me ferait très plaisir. Il se peut que je puisse vous aider; par exemple, en dénichant un ami de cette jeune fille, Katrina.

– Je croyais vous avoir entendu dire qu'elle n'avait pas d'amis? remarqua l'inspecteur Sims, surpris.

– Je me trompais, répondit Poirot. Elle en a un.

Avant que l'inspecteur ait pu le questionner, Poirot avait raccroché.

Le visage grave, il se dirigea vers la pièce où Miss Lemon était installé devant sa machine à écrire. En voyant son patron approcher, elle retira ses mains du clavier et lui jeta un regard interrogateur.

– Je voudrais, lui dit Poirot, que vous vous imaginiez dans une situation donnée.

Miss Lemon laissa tomber ses mains sur ses genoux d'un air résigné. Elle aimait taper à la machine, régler les factures, classer les papiers et prendre les rendez-vous; par contre, cela l'ennuyait beaucoup qu'on lui demande de faire preuve d'imagination, mais elle acceptait cette tâche désagréable comme faisant partie de ses fonctions.

– Voilà. Vous êtes une jeune fille russe, attaqua Poirot.

– Bien, répondit Miss Lemon, qui paraissait plus britannique que jamais.

– Vous êtes seule et sans ami dans ce pays. Vous avez de bonnes raisons de ne pas vouloir retourner en Russie. Vous servez de femme de peine, garde-malade et dame de compagnie à une vieille demoiselle. Vous êtes soumise et résignée.

– Oui, dit Miss Lemon docilement tout en étant totalement incapable de s'imaginer soumise à quelque vieille demoiselle que ce soit.

– La vieille dame se prend d'affection pour vous. Elle décide de faire de vous son héritière et elle vous le dit.

Poirot marqua une pause et Miss Lemon fit de nouveau « oui ».

– Et puis la vieille dame découvre quelque chose, cela peut-être une histoire d'argent – elle apprend par exemple que vous avez été malhonnête avec elle. Ou cela peut être encore plus grave – vous lui avez donné un médicament qui avait un drôle de goût ou bien une nourriture contre-indiquée pour elle. Quoi qu'il en soit, elle commence à vous soupçonner et elle écrit à un célèbre détective – enfin, au plus célèbre de tous... : moi! Je suis censé venir la voir au plus tôt. Les choses risquent alors de se gâter, comme on dit. Il est essentiel d'agir vite. Et c'est ainsi qu'avant même que le grand détective n'arrive, la vieille dame meurt. Et vous héritez de son argent... Dites-moi, est-ce que tout cela vous parait vraisemblable?

– Très vraisemblable, répondit Miss Lemon. Enfin, très vraisemblable pour une Russe. Pour ma part, je ne prendrais jamais un emploi de dame de compagnie. J'aime que mes fonctions soient bien définies. Et, bien entendu, je n'aurais jamais l'idée d'assassiner qui que ce soit.

Poirot soupira.

– Comme mon ami Hastings me manque! Il avait tant d'imagination! Un esprit si romanesque! Il est vrai qu'il tirait toujours de fausses conclusions, mais, par là même, il me mettait sur la voie.

Miss Lemon demeura silencieuse. Elle avait déjà entendu parler du capitaine Hastings et ce qu'en disait Poirot ne l'intéressait pas. Elle fixait la feuille dactylographiée placée sur sa machine, brûlant d'impatience de se remettre à taper.

– Cela vous paraît donc vraisemblable, dit Poirot d'un air pensif.

– Pas à vous?

– Je crains bien que si, répondit Poirot en soupirant.

Le téléphone sonna et Miss Lemon sortit de la pièce pour aller répondre. Elle revint en disant :

– C'est encore l'inspecteur Sims.

Poirot se précipita sur l'appareil.

– Allô, allô. Que dites-vous?

Sims répéta ce qu'il venait de dire.

– Nous avons trouvé un paquet de strychnine dans la chambre de la fille; caché sous son matelas. Un de mes agents vient juste de m'apprendre la nouvelle. Cela règle la question, je pense.

– Oui, dit Poirot. Cela semble la régler.

Sa voix avait changé d'intonation. Elle avait pris une soudaine assurance.

Lorsqu'il eut raccroché, il s'assit à sa table et arrangea les objets disposés dessus d'un geste machinal tout en murmurant :

– « Quelque chose n'allait pas. Je l'ai bien senti... non, pas senti; ce doit être quelque chose que j'ai vu. En avant, la matière grise! Réfléchissons posément. Tout était-il normal et logique? La jeune fille... son angoisse à propos de l'argent; Mme Delafontaine; son mari... sa question imbécile à propos des Russes... mais il est vrai que *c'est* un imbécile; le salon; le jardin... ah! Oui, c'est cela : le jardin.

Poirot se redressa sur sa chaise. La petite lueur verte significative brillait dans ses yeux. Il se leva d'un bond et alla dans la pièce voisine.

– Miss Lemon, voulez-vous avoir l'amabilité d'abandonner ce que vous êtes en train de faire et de vous livrer à une petite enquête pour moi?

– Une enquête, monsieur Poirot? Je crains fort de n'être pas très douée...

Poirot l'interrompit.

– Vous m'avez dit un jour que vous saviez tout des commerçants.

– C'est exact, répondit Miss Lemon avec assurance.

– Dans ce cas, ce que vous avez à faire est très simple. Il vous suffit de vous rendre à Charman's Green et d'y trouver un poissonnier.

– Un poissonnier? répéta Miss Lemon, surprise.

– Parfaitement. Le poissonnier qui servait la villa *Rosebank.* Quand vous l'aurez trouvé, vous lui poserez une question bien précise.

Poirot tendit à Miss Lemon un bout de papier. Elle le prit, en nota le contenu sans manifester le moindre intérêt, puis elle hocha la tête et recouvrit sa machine de sa housse.

– Nous irons à Charman's Green ensemble, lui dit Poirot. Vous, chez le poissonnier et moi, au commissariat de police. Il ne nous faudra qu'une demi-heure depuis Baker Street.

Arrivé à destination, Poirot fut accueilli par un inspecteur Sims très surpris.

– Eh bien, vous êtes rapide, monsieur Poirot! Je vous avais au bout du fil il y a seulement une heure!

– J'ai une faveur à vous demander : la permission de voir la jeune Katrina... quel est son nom, déjà?

– Katrina Rieger. Ma foi, je n'y vois pas d'inconvénient.

La jeune fille avait le teint plus olivâtre et l'air plus sombre que jamais.

Poirot lui parla avec beaucoup de douceur.

– Mademoiselle, je voudrais que vous croyiez que je ne suis pas un ennemi et je vous demande de me dire la vérité.

Elle lui jeta un regard de défi.

– J'ai dit la vérité. Je l'ai dite à tout le monde! Si la vieille dame a été empoisonnée, ce n'est pas par moi. C'est une erreur. Vous essayez de m'empêcher d'avoir l'argent.

Elle avait dit cela d'une voix rauque et Poirot songea, en la regardant, qu'elle avait l'air d'un misérable petit rat acculé dans un coin.

– Parlez-moi de ce cachet, mademoiselle, lui dit-il. Personne d'autre que vous n'y a touché?

– C'est ce que j'ai dit, non? Le pharmacien les a préparés l'après-midi même. Je les ai rapportés dans mon sac – c'était juste avant le dîner –, j'ai ouvert la boîte et j'en ai donné un à Miss Barrowby avec un verre d'eau.

– Personne d'autre que vous n'a touché à ces cachets?

– Non.

Un rat acculé, mais courageux!

– Et Miss Barrowby n'a eu pour le dîner que ce qu'on nous a dit? La soupe, le pain de poisson et la tarte?

– Oui.

C'était un « oui » exaspéré et las et l'on devinait, au regard sombre de la jeune fille, qu'elle n'entrevoyait pas la moindre lueur d'espoir.

Poirot lui tapota l'épaule.

– Ne perdez pas courage, mon petit. La liberté peut encore être au bout; oui, l'argent aussi, et une vie aisée.

La jeune fille lui jeta un regard incrédule.

Lorsque Poirot fut sorti de la cellule et eut rejoint Sims, celui-ci lui dit :

– Je n'ai pas très bien compris ce que vous disiez au téléphone... à propos de l'ami qu'aurait la fille.

– C'est vrai, elle en a un. Moi! répondit Poirot.

Il avait quitté le commissariat avant que l'inspecteur ait eu le temps de reprendre ses esprits.

Lorsqu'ils se retrouvèrent au salon de thé *Green Cat*, Miss Lemon ne fit pas attendre son patron. Elle alla droit au but.

– L'homme s'appelle Rudge, son magasin se trouve dans High Street et vous aviez raison. Une douzaine et demie, très exactement. J'ai noté ce qu'il m'a dit sur un papier.

Elle tendit celui-ci à Poirot, qui le lut.

– Rrrr.

Le son qu'il avait émis ressemblait tout à fait au ronronnement d'un chat.

Hercule Poirot prit le chemin de la villa *Rosebank*. Comme il s'immobilisait au milieu du jardin, le soleil dans le dos, Mary Delafontaine sortit et vint à sa rencontre.

– Monsieur Poirot? dit-elle d'une voix qui trahissait la surprise. Vous êtes revenu?

– Comme vous le voyez. (Poirot marqua une pause avant d'ajouter) : la première fois que je suis venu ici, Madame, cette ronde enfantine a surgi dans mon esprit :

Madame Mary, comme c'est joli!
Comment poussent donc vos fleurs?
Au cœur des coquilles de clovisses et des petites
[clochettes,
Avec, tout autour, de jolies soubrettes.

« La seule différence, poursuivit Poirot, c'est que ce ne sont pas des coquilles de clovisses, n'est-ce pas, Madame? Ce sont des coquilles d'huîtres, précisa-t-il en tendant le doigt.

Il vit Mrs. Delafontaine inspirer profondément et s'immobiliser, le regard interrogateur.

– Mais oui, je sais! lui dit-il en hochant la tête. La domestique a préparé le repas et elle est prête à jurer, et Katrina aussi, que c'est tout ce que vous avez eu pour le dîner. Seuls votre mari et vous savez que vous aviez rapporté une douzaine et demie d'huîtres... une petite gourmandise pour la bonne tante. Il est si facile de mettre de la strychnine dans une huître! On l'avale... comme ça! Mais il reste des coquilles; il ne fallait pas qu'elles aillent dans la poubelle. La domestique les y aurait vues. Vous avez donc pensé à en faire une bordure de plate-bande. Mais il n'y en avait pas assez; la bordure n'est pas complète. L'effet n'est pas très réussi; il gâche la symétrie de ce jardin par ailleurs plein de charme. Ces quelques coquilles d'huîtres ne vont pas dans ce décor; elles ont choqué ma vue lors de ma première visite.

– Je suppose que vous avez deviné grâce à la lettre, dit

Mary Delafontaine. Je savais qu'elle vous avait écrit... mais j'ignorais ce qu'elle vous avait dit exactement.

Poirot répondit de façon évasive.

– Je savais du moins qu'il s'agissait d'une affaire de famille. S'il avait été question de Katrina, Miss Barrowby n'aurait eu aucune raison d'agir secrètement. Je suppose que votre mari ou vous-même spéculiez en bourse pour votre propre compte avec les actions de votre tante, et qu'elle l'a découvert.

Mary Delafontaine hocha la tête.

– Nous l'avons fait pendant des années, un petit peu par-ci, par-là. Je n'aurais jamais cru qu'elle serait assez perspicace pour s'en apercevoir. Et puis j'ai appris qu'elle avait fait appel à un détective; j'ai également découvert qu'elle léguait tout son argent à Katrina, cette misérable petite créature!

Vous avez donc mis la strychnine dans la chambre de Katrina? Je comprends. Vous éliminiez le risque pour vous et votre mari que je ne découvre quelque chose et vous mettiez un meurtre sur le dos d'une innocente enfant. N'avez-vous donc aucune pitié, Madame?

Mary Delafontaine haussa les épaules et darda sur Poirot le regard dur de ses yeux couleur de myosotis. Il se souvenait de la perfection avec laquelle elle avait joué la comédie la première fois qu'il était venu et des tentations maladroites de son mari. C'était une femme supérieure à la moyenne... mais totalement inhumaine.

– De la pitié? Pour ce misérable petit rat? cette petite intrigante? explosa-t-elle, la voix pleine de mépris.

– Je pense, Madame, lui dit lentement Poirot, que seules deux choses ont compté dans votre vie. La première est votre mari.

Il vit ses lèvres se mettre à trembler.

– Et l'autre... c'est votre jardin.

Il regarda autour de lui, de l'air de s'excuser auprès des fleurs pour ce qu'il avait déjà fait et, surtout, pour ce qu'il allait devoir faire.

L'EXPRESS DE PLYMOUTH

A Newton Abbot, l'officier de marine Alec Simpson monta dans un wagon de première classe de l'express de Plymouth. Un porteur le suivait avec une grosse valise. Il s'apprêtait à la hisser dans le filet, mais le jeune officier l'arrêta.

– Non, laissez-la sur la banquette. Je la monterai tout à l'heure. Tenez.

– Merci.

Le porteur se retira avec un généreux pourboire.

Les portières claquèrent, une voix de stentor cria : « Terminus à Plymouth. Changement pour Torquay. Prochain arrêt, Plymouth », puis le train s'ébranla.

Le lieutenant Simpson avait tout le compartiment pour lui. Il faisait frais en ce mois de décembre et il remonta la glace. Une odeur insolite lui fit alors froncer les sourcils. Cela lui rappelait son séjour à l'hôpital et son opération à la jambe. Oui, le chloroforme, voilà ce que ça sentait !

Il baissa la glace et changea de place pour tourner le dos aux machines. Puis il sortit une pipe de sa poche, l'alluma et resta un moment immobile à fumer en regardant au dehors.

Enfin, il se leva, prit quelques journaux et magazines dans sa valise, puis, après l'avoir refermée, il essaya de la glisser sous la banquette opposée... mais en vain. Quelque obstacle l'empêchait d'aller plus loin. Il poussa plus fort en s'énervant, mais la valise ne s'engageait qu'à moitié.

– Pourquoi diable ne s'enfonce-t-elle pas ? maugréa-t-il.

Sortant complètement la valise, il se pencha et regarda sous la banquette...

Un instant plus tard, des cris de femmes affolées s'élevèrent dans la nuit et le long convoi s'immobilisa, obéissant à l'odre impérieux du signal d'alarme.

– Mon ami, me dit Poirot, je sais que vous êtes très intéressé par ce mystère de l'express de Plymouth. Lisez ceci.

Je pris le mot qu'il fit glisser d'une pichenette de l'autre côté de la table. Il était bref et sans détour.

Cher Monsieur,

Je vous serais très obligé de bien vouloir venir me voir le plus tôt possible.

Recevez, Monsieur, mes meilleures salutations.

Ebenezer HALLIDAY.

Ne voyant pas très bien le rapport, je levai sur Poirot un regard interrogateur.

En guise de réponse, il prit le journal et lut à haute voix : *Une tragique découverte a été faite hier soir. Un jeune officier de marine rentrant à Plymouth par l'express de nuit, a trouvé, sous la banquette de son compartiment, le corps d'une femme poignardée en plein cœur. L'officier a aussitôt tiré le signal d'alarme et le train s'est immobilisé. La jeune femme, âgée d'une trentaine d'années et richement vêtue, n'a pas encore été identifiée.*

– Et dans l'édition du soir, poursuivit Poirot, nous avons ceci : *La jeune femme trouvée assassinée dans l'express de Plymouth a été identifiée comme étant l'honorable Mrs. Rupert Carrington.* Vous comprenez, à présent, mon ami? Pour le cas où vous ne comprendriez toujours pas, j'ajouterai ceci : Avant son mariage, Mrs. Rupert Carrington était Miss Flossie Halliday, la fille du vieux Halliday, le roi de l'acier américain.

– Et il fait appel à vous? Magnifique!

– Je lui ai rendu un petit service dans le passé; une affaire de titres au porteur. Et, une autre fois, alors que j'accompagnais le roi en visite officielle à Paris, on m'a présenté Mlle Flossie. Une jeune fille candide et ravissante... pourvue d'une jolie dot, aussi! Cela l'a d'ailleurs desservie, car elle a bien failli faire une mauvaise affaire.

– Que voulez-vous dire?

– Avec un certain comte de la Rochefour. Un bien mauvais sujet! Ni plus ni moins qu'un aventurier, qui avait su plaire à une jeune fille romanesque. Heureusement, Halliday en a eu vent à temps. Il a rapatrié d'urgence sa fille en Amérique. J'ai appris qu'elle s'était mariée quelques années plus tard, mais je ne sais rien de son mari.

– Hum! murmurai-je. L'honorable Rupert Carrington n'est pas un petit saint, d'après ce qu'on dit. Il s'était pratiquement ruiné aux courses et j'imagine que les dollars du vieux Halliday sont arrivés à point. C'est un beau garçon aux bonnes manières, mais dans le genre canaille sans scrupules, il n'a pas son pareil.

– Ah! la pauvre petite! Elle n'est pas bien tombée!

– Je suppose qu'il n'a pas tardé à lui faire comprendre que ce n'était pas à elle mais à son argent qu'il s'intéressait, et ils se sont séparés presque aussitôt. J'ai entendu dire récemment que la séparation de corps devait être prononcée.

– Le vieux Halliday n'est pas fou. Il devait tenir les cordons de la bourse très serrés.

– C'est fort probable. En tout cas, d'après ce qu'on dit, l'honorable Rupert est complètement fauché.

– Ah! ah! Je me demande...

– Quoi donc?

– Mon bon ami, ne me bousculez pas comme ça. Je vois que cette histoire vous intéresse. Alors, que diriez-vous de m'accompagner chez Mr. Halliday. Il y a une station de taxis au coin de la rue.

Quelques minutes plus tard, nous arrivâmes devant la superbe maison de Park Lane qu'avait louée le richissime Américain. On nous fit entrer dans la bibliothèque, où nous rejoignit presque aussitôt un homme corpulent au regard perçant et au menton volontaire.

– Monsieur Poirot? dit Mr. Halliday. Je pense qu'il est inutile de vous expliquer pourquoi je vous ai fait venir. Vous avez certainement lu les journaux; or, je ne perds jamais de temps. J'ai appris que vous étiez à Londres et je me suis souvenu de l'excellent travail que vous aviez fait à propos de cette fameuse histoire de titres au porteur. J'ai très bonne mémoire. La crème de Scotland Yard est déjà sur l'affaire, mais je veux aussi mon propre enquêteur. L'argent n'est pas un problème. Tous les dollars que j'ai amassés étaient pour ma petite fille... et à présent, elle n'est plus. Je dépenserai jusqu'à mon dernier *cent* pour retrouver le salaud qui a fait ça! Vu? A vous, donc, de me livrer la marchandise.

Poirot s'inclina.

– J'accepte cette mission avec d'autant plus d'empressement que j'avais rencontré plusieurs fois votre fille à Paris. A présent, je vous demanderai de me relater les circonstances de son voyage à Plymouth et de me fournir tous les détails qui pourraient, selon vous, avoir quelque importance.

– Pour commencer, dit Halliday, elle n'allait pas à Plymouth. Elle était invitée, avec plusieurs autres personnes, à passer quelques jours au château d'Avonmead, chez la duchesse de Swansea. Elle a quitté Londres par le train qui part de Paddington à douze heures quatorze et arrive à Bristol – où elle avait une correspondance – à quatorze heures cinquante. Comme vous le savez, les grands express de Plymouth passent par Westbury et non par Bristol, tandis que celui de douze heures quatorze est direct pour Bristol, après quoi il s'arrête à Weston, Taunton, Exeter et Newton Abbot. Ma fille était seule dans son compartiment, qui était réservé jusqu'à Bristol, sa femme de chambre voyageant dans le wagon suivant, en troisième classe.

Poirot approuva d'un signe de tête et Mr. Halliday poursuivit.

– Le séjour au château d'Avonmead promettait d'être très animé – il devait y avoir, entre autres, plusieurs bals – et ma fille avait emporté presque tous ses bijoux – d'une valeur totale d'environ cent mille dollars.

– Un moment, l'interrompit Poirot. Qui avait la responsabilité des bijoux? Votre fille ou sa femme de chambre?

– Ma fille les gardait toujours avec elle, dans une petite mallette en marocain bleu.

– Continuez, Monsieur.

– A Bristol, la femme de chambre, Jane Mason, a rassemblé le nécessaire de voyage et les manteaux de sa maîtresse qu'elle avait avec elle, et s'est présentée à la porte du compartiment de ma fille. Mais, à sa grande surprise, Flossie lui a annoncé qu'elle ne descendait pas à Bristol, mais continuait un peu plus loin. Elle lui a demandé de prendre les bagages et de les mettre à la consigne et lui a dit qu'elle pouvait aller prendre un thé au buffet, mais devait l'attendre à la gare, car elle reviendrait par un prochain train dans le courant de l'après-midi. Quoique très surprise, la femme de chambre a obéi. Elle a déposé les bagages à la consigne et est allée prendre une tasse de thé. Sa maîtresse ne revenant toujours pas, après l'arrivée du dernier train de la journée, elle a laissé les bagages où ils étaient et s'est rendue dans un hôtel proche de la gare pour y passer la nuit. Elle a appris la tragédie par les journaux du matin et elle est rentrée par le premier train.

– N'y a-t-il rien qui puisse expliquer le brusque changement de projets de votre fille?

– Si. Selon Miss Mason, à Bristol, Flossie n'était plus seule dans son compartiment. Il y avait un homme, debout face à la vitre; comme il était de dos, elle n'a pas pu voir son visage.

– C'était un wagon à couloir, je suppose?

– Oui.

– De quel côté était le couloir?

– Du côté du quai. Ma fille était sortie du compartiment pour parler à Miss Mason.

– Et vous êtes certain... Vous permettez? (Poirot se leva et redressa soigneusement l'encrier, qui était un peu de travers.) Je vous demande pardon, reprit-il en se rasseyant. Cela m'agace de voir un objet posé de travers. C'est bizarre, n'est-ce pas? Je disais donc : vous êtes certain que cette rencontre sans doute fortuite est la cause du brusque changement de projets de votre fille?

– C'est la seule explication possible.

– Vous n'avez pas la moindre idée de l'identité de cet homme?

Le milliardaire hésita un instant avant de répondre :

– Non... je ne vois vraiment pas.

– Bon, venons-en maintenant à la découverte du corps.

– Il a été découvert par un jeune officier de marine qui a aussitôt donné l'alerte. Il y avait un médecin dans le train. Il a examiné le corps. Ma fille aurait été chloroformée avant d'être poignardée. Selon lui, la mort remontait à environ quatre heures; cela a donc dû se passer très peu de temps après l'arrêt à Bristol; probablement entre Bristol et Weston, peut-être entre Weston et Taunton.

– Et la mallette à bijoux?

– Elle avait disparu.

– Encore une question, Monsieur. La fortune de votre fille... qui devait en hériter à sa mort?

– Quelque temps après son mariage, ma fille avait fait un testament par lequel elle léguait tous ses biens à son mari. (Mr. Halliday hésita un instant avant de poursuivre.) Je dois vous dire, Monsieur Poirot, que je considère mon gendre comme un scélérat et que, sur mes conseils, ma fille était sur le point de se séparer de lui légalement... chose facile. J'avais fait en sorte qu'il ne puisse pas toucher à la fortune de Flossie de son vivant, mais, bien qu'ils vécussent séparés depuis plusieurs années, elle avait souvent accédé à ses demandes d'argent, préférant cela au scandale. Toutefois, j'étais bien décidé à mettre fin à cette situation. Flossie avait fini par accepter et j'avais chargé mes avocats d'entamer une procédure de divorce.

– Et où est Mr. Carrington, en ce moment?

– Ici, en ville. Je sais qu'il était absent hier, mais il est rentré dans la soirée.

Poirot réfléchit un moment, puis il déclara :

– Je pense que ce sera tout, Monsieur.

– Vous désirez parler à la femme de chambre, Jane Mason?

– Si vous le permettez.

Halliday tira le cordon de sonnette et donna un ordre bref au valet de pied.

Quelques minutes plus tard, Jane Mason entra dans la pièce. C'était une femme respectable aux traits durs, dont le visage avait cette expression impassible devant le malheur que seul peut avoir un bon serviteur.

– Si vous le permettez, lui dit Poirot, j'aimerais vous poser quelques questions. Votre maîtresse était-elle comme les autres jours avant de partir, hier matin? Pas particulièrement excitée ou agitée?

– Oh non, Monsieur!

– Mais, à Bristol, elle était très différente?

– Oui, Monsieur; tout en émoi... si agitée qu'elle ne semblait pas savoir ce qu'elle disait.

– Que vous a-t-elle dit exactement?

– Pour autant que je m'en souvienne, Monsieur, elle m'a déclaré ceci : « Mason, je suis obligée de changer mes projets. Il s'est passé quelque chose... enfin, je ne descends pas ici. Il faut que je continue. Sortez les bagages et mettez-les à la consigne; puis allez prendre le thé et attendez-moi à la gare. » « Vous voulez que je vous attende ici, Madame? », lui ai-je demandé, étonnée. « Oui, oui. Ne quittez pas la gare. Je compte revenir par un prochain train. Je ne sais pas encore lequel. Il se peut que je sois de retour assez tard. » J'ai répondu : « Très bien, Madame. » Je ne pouvais pas me permettre de lui poser des questions, mais j'ai trouvé cela très bizarre.

– Cela ne ressemblait pas à votre maîtresse?

– Pas du tout, Monsieur.

– Qu'avez-vous pensé?

– J'ai pensé que cela avait un rapport avec l'homme qui était dans le compartiment. Elle ne lui a pas parlé, mais elle s'est tournée une ou deux fois vers lui comme pour lui demander si elle faisait bien.

– Mais vous n'avez pas vu le visage de cet homme?

– Non, Monsieur; il est resté tout le temps de dos.

– Pouvez-vous me le décrire?

– Il portait un léger pardessus de couleur fauve et un chapeau de voyage. Il était grand et mince et avait les cheveux noirs, d'après ce que j'ai pu voir.

– Vous ne le connaissiez pas?

– Je ne crois pas, Monsieur.

– Ce n'était pas votre maître, Mr. Carrington, par hasard?

Miss Mason parut déconcertée.

– Oh! je ne pense pas, Monsieur.

– Mais vous n'en êtes pas sûre?

– Il était à peu près de la même taille que Monsieur, mais je n'ai pas pensé que ce pouvait être lui. Nous le voyions si rarement!... Je ne peux pas affirmer que ce n'était pas lui.

Poirot ramassa une épingle sur le tapis et l'examina d'un œil sévère, les sourcils froncés. Puis il reprit :

– Est-il possible que l'homme soit monté dans le train à Bristol avant que vous n'ayez atteint le wagon de votre maîtresse?

Miss Mason réfléchit.

– Oui, Monsieur, c'est possible. Mon wagon était bondé et il m'a fallu un moment pour arriver à en descendre; il y avait aussi beaucoup de monde sur le quai et cela m'a encore un peu retardée. Mais, dans ce cas-là, il n'aurait eu qu'une minute ou deux pour parler à Madame. J'ai pensé qu'il était déjà dans le wagon.

– C'est plus probable, en effet, dit Poirot.

Il se tut alors, les sourcils toujours froncés.

– Vous savez comment Madame était habillée, Monsieur?

– Les journaux donnent quelques détails sur ce point, mais j'aimerais que vous me les confirmiez.

– Elle portait une toque de renard blanc avec une voilette à pois blancs, et un tailleur en ratine bleue – de ce bleu qu'on appelle électrique.

– Hum! assez voyant comme tenue.

– Oui, intervint Mr. Halliday. L'inspecteur Japp espère d'ailleurs que cela nous aidera à déterminer l'endroit où a eu lieu le meurtre. Quiconque a vu ma fille devrait s'en souvenir.

– Précisément!... Merci, Mademoiselle.

La femme de chambre quitta la pièce.

– Bien! dit alors Poirot en se levant. C'est tout ce que je peux faire ici... excepté vous demander, Monsieur, de me dire tout, mais vraiment tout!

– Je l'ai fait.

– En êtes-vous certain?

– Absolument.

– Dans ce cas, il n'y a rien à ajouter. Je suis obligé de refuser de m'occuper de cette affaire.

– Pourquoi?

– Parce que vous ne m'avez pas tout dit.

– Mais je vous assure...

– Non, vous me cachez quelque chose.

Il y eut un instant de silence, puis Halliday sortit une feuille de papier de sa poche et la tendit à mon ami.

– Je suppose que c'est de cela que vous voulez parler, Monsieur Poirot... encore que je me demande bien comment vous pouvez être au courant!

Poirot sourit et déplia la feuille de papier. C'était une lettre rédigée d'une écriture fine et penchée. Il la lut à haute voix.

Chère Madame,

C'est avec un immense plaisir que j'attends le bonheur de vous revoir. Après votre si aimable réponse à ma lettre, je puis difficilement contenir mon impatience. Je n'ai jamais oublié la merveilleuse époque de Paris. Il est tout à fait regrettable, certes, que vous deviez quitter Londres demain. Cependant, avant peu, et peut-être plus tôt que vous ne le pensez, j'aurai la joie de contempler à nouveau la femme qui a toujours occupé la première place dans mon cœur.

Croyez, chère Madame, à l'assurance de mes sentiments toujours aussi dévoués.

Armand DE LA ROCHEFOUR.

Poirot rendit la lettre à Halliday en s'inclinant.

– J'imagine, Monsieur, que vous ignoriez que votre fille

avait l'intention de renouer avec le comte de la Rochefour?

– Cette nouvelle m'a atterré! J'ai trouvé la lettre dans le sac à main de Flossie. Comme vous le savez sans doute, Monsieur Poirot, le soi-disant comte n'est qu'un aventurier de la pire espèce.

Poirot hocha la tête.

– Mais j'aimerais bien savoir comment vous étiez au courant de cette lettre, poursuivit Halliday.

Mon ami sourit.

– Je ne l'étais pas, Monsieur. Mais savoir relever des empreintes de pas et reconnaître de la cendre de cigarette ne suffit pas pour faire un bon détective. Il doit aussi être fin psychologue! Je savais que vous n'aimiez pas votre gendre et n'aviez pas confiance en lui. C'est à lui que profite la mort de votre fille; la description qu'a donnée la femme de chambre du mystérieux homme du train lui ressemblerait assez. Pourtant, vous ne vous intéressez pas particulièrement à lui! Pourquoi? Certainement parce que vos soupçons se portent sur quelqu'un d'autre. C'est ainsi que j'en ai conclu que vous me cachiez quelque chose.

– Vous avez raison, Monsieur Poirot. J'étais sûr de la culpabilité de Rupert, mais depuis que j'ai découvert cette lettre, je ne sais vraiment plus que penser.

– Le comte dit en effet : « Avant peu, et peut-être plus tôt que vous ne le pensez. » De toute évidence, il ne tenait pas à attendre que vous ayez vent de sa réapparition. Est-ce lui qui a pris le train de douze heures quatorze et est venu trouver votre fille dans son compartiment? Si j'ai bonne mémoire, le comte de la Rochefour est lui aussi un grand brun!

Le milliardaire acquiesça.

– Eh bien, Monsieur, je vous souhaite le bonjour. Scotland Yard a, je présume, la liste des bijoux?

– Oui. L'inspecteur Japp est d'ailleurs ici en ce moment. Si vous voulez le voir...

Japp était un vieil ami. Il salua Poirot avec une sorte d'affectueuse condescendance.

– Comment allez-vous, mon cher? Ravi de vous trouver

ici bien que nous n'ayons pas du tout la même façon de voir les choses. Et votre chère « matière grise »? Elle fonctionne toujours aussi bien?

Poirot le gratifia d'un large sourire.

– Elle fonctionne, mon bon Japp; elle fonctionne, croyez-moi!

– Alors tout va bien. Pensez-vous qu'il s'agisse de l'honorable Rupert Carrington? Ou d'un escroc quelconque? Nous surveillons tous les débouchés habituels, bien sûr. Ainsi, nous saurons si l'on essaie de vendre les bijoux; celui qui a fait le coup ne va certainement pas les garder pour les admirer. C'est évident! J'essaie de découvrir où était Rupert Carrington hier. Il semble que ce soit un mystère. J'ai chargé un homme de le filer.

– Excellente précaution, mais prise un jour trop tard, peut-être, dit Poirot d'une voix douce.

– Il faut toujours que vous plaisantiez, mon cher Poirot. Bon, je m'en vais. Paddington, Bristol, Weston, Taunton, voilà mon terrain de battue. A bientôt.

– Vous viendrez me voir ce soir pour me dire le résultat?

– Certainement. Si je suis de retour.

– Ce brave inspecteur croit que la solution, c'est l'action, murmura Poirot lorsque notre ami fut parti. Il voyage; il mesure des empreintes de pas; il ramasse de la boue et de la cendre de cigarette! Il s'agite! Il est plein de zèle! Et si je lui parlais de psychologie, savez-vous ce qu'il ferait, mon ami? Il sourirait. Il se dirait : « Ce pauvre vieux Poirot! Il vieillit! Il devient gâteux. » Japp fait partie de « la jeune génération qui frappe à la porte ». Et, ma foi, ils sont si occupés à frapper qu'ils ne se rendent même pas compte que la porte est ouverte!

– Et vous, que comptez-vous faire?

– Puisque nous avons carte blanche, je vais dépenser trois *pence* pour appeler le Ritz, où, comme vous l'avez peut-être remarqué, notre comte est descendu. Après cela, comme j'ai les pieds un peu humides et que j'ai déjà éternué deux fois, je vais retourner à la maison me faire une tisane.

Je ne revis Poirot que le lendemain matin. Je le trouvai en train de finir tranquillement son petit déjeuner.

– Alors? lui demandai-je, brûlant de curiosité. Que s'est-il passé?

– Rien.

– Mais Japp?

– Je ne l'ai pas vu.

– Et le comte?

– Il a quitté le Ritz avant-hier.

– Le jour du meurtre?

– Oui.

– Voilà qui est clair! Cela disculpe donc Rupert Carrington.

– Parce que le comte de la Rochefour a quitté le Ritz? Vous allez trop vite, mon ami.

– En tout cas, il faut le retrouver, l'arrêter! Mais quel pourrait être le mobile qui l'a poussé à tuer Mrs. Carrington?

– Cent mille dollars de bijoux, c'est un excellent mobile pour n'importe qui. Non, la question que je me pose est celle-ci : pourquoi l'avoir tuée? Pourquoi ne pas simplement lui avoir volé les bijoux? Elle n'aurait pas porté plainte.

– Pourquoi donc?

– Parce que c'est une femme, mon ami. Elle a aimé cet homme. Elle aurait donc supporté cette perte en silence. Et le comte, qui est un fin psychologue en ce qui concerne les femmes – d'où son succès auprès d'elles – le savait parfaitement. D'autre part, si c'est Rupert Carrington qui l'a tuée, pourquoi a-t-il pris les bijoux, qui n'allaient pas manquer de le faire accuser?

– En guise de couverture.

– Vous avez peut-être raison, mon ami. Ah! voilà Japp! Je reconnais sa façon de frapper.

L'inspecteur arborait un sourire épanoui.

– Bonjour, Poirot. Je rentre à peine. J'ai fait du bon travail. Et vous?

– Moi, j'ai mis de l'ordre dans mes idées, répondit Poirot placidement.

Japp rit de bon cœur.

– Ce brave homme vieillit, me fit-il remarquer entre ses dents avant d'ajouter à haute voix : Pour nous, les jeunes, cela ne suffit pas.

– C'est bien dommage! soupira Poirot.

– Alors, vous voulez savoir ce que j'ai fait?

– Me permettez-vous de le deviner? Vous avez trouvé le poignard avec lequel le meurtre a été commis, à côté de la voie ferrée, entre Weston et Taunton, et vous avez interrogé le petit vendeur de journaux qui a parlé à Mrs. Carrington à Weston.

La mâchoire de Japp en tomba.

– Comment diable le savez-vous? Ne me dites pas que c'est grâce à votre toute-puissante matière grise?

– Je suis content de vous entendre reconnaître pour une fois qu'elle est toute-puissante! Dites-moi, est-ce que Mrs. Carrington a donné un shilling de pourboire au jeune garçon?

– Non, une demi-couronne! (Japp avait retrouvé sa bonne humeur et souriait.) Plutôt extravagants, ces riches Américains!

– Aussi, le jeune garçon ne l'a pas oubliée?

– Oh non! Ce n'est pas tous les jours qu'on lui donne une demi-couronne. Elle l'a appelé et lui a acheté deux magazines. Sur la couverture de l'un d'eux, il y avait une fille en bleu. « C'est assorti à ma tenue », a-t-elle remarqué. Oh! il se souvient parfaitement d'elle. Pour moi, ce témoignage était suffisant. Selon le médecin, le meurtre a obligatoirement été commis avant Taunton. Supposant que l'assassin s'était aussitôt débarrassé du poignard, j'ai longé la voie ferrée à pied et, comme je m'y attendais, je l'ai retrouvé. J'ai interrogé quelques employés à Taunton pour savoir s'ils avaient vu notre homme, mais, bien sûr, dans une gare aussi importante, il y avait peu de chances qu'ils le remarquent. Il est sans doute rentré à Londres par le train suivant.

Poirot hocha la tête.

– Vraisemblablement.

– Mais j'ai appris autre chose à mon retour. Ils essaient bel et bien d'écouler les bijoux. Hier soir, un type a mis la grosse émeraude au clou chez un des prêteurs sur gages que nous avons à l'œil. Qui croyez-vous que ce soit?

– Je l'ignore... Je sais seulement qu'il est petit et trapu.

Japp dévisagea Poirot d'un air stupéfait.

– Sur ce point, vous ne vous trompez pas. Il est en effet petit et trapu. C'est Red Narky.

– Qui est Red Narky? demandai-je.

– Un voleur de bijoux chevronné. Et qui ne recule pas devant le meurtre. Il travaille en général avec une femme, Gracie Kidd; mais, cette fois-ci, elle ne semble pas être dans le coup... à moins qu'elle n'ait filé en Hollande avec le reste du butin.

– Vous avez arrêté Narky?

– Bien entendu. Remarquez, c'est l'autre homme que nous voulons; celui qui a voyagé dans le train avec Mrs. Carrington. C'est lui qui a tout mis au point. Mais Narky ne dénonce jamais un acolyte.

Je remarquai que les yeux de Poirot avaient viré au vert.

– Je pense, dit-il d'un ton posé, pouvoir retrouver l'acolyte de Narky pour vous.

– Encore une de vos petites idées, hein? (Japp jeta un regard aigu à Poirot.) Je m'étonne de la façon dont vous réussissez parfois dans ce genre d'entreprise... à votre âge, et avec vos méthodes... C'est grâce à une chance insolente, évidemment.

– Peut-être, peut-être, murmura mon ami. Hastings, mon chapeau. Et la brosse. Ah! et mes snow-boots, s'il pleut encore. Il ne faut pas détruire l'effet de cette bonne tisane. Au revoir, Japp!

– Bonne chance, Poirot.

Mon ami héla le premier taxi que nous aperçûmes et dit au chauffeur de nous conduire à Park Lane.

Lorsque nous arrivâmes devant la maison de Halliday, il sortit lestement de la voiture, paya la course et sonna à la porte. Il murmura quelques mots à voix basse au valet de pied qui nous ouvrit, et celui-ci nous conduisit aussitôt à l'escalier. Nous montâmes jusqu'au dernier étage et il nous fit entrer dans une jolie petite chambre à coucher.

Poirot jeta un coup d'œil circulaire sur la pièce et son regard s'arrêta sur une petite malle noire. Il s'agenouilla devant, examina les étiquettes collées dessus et sortit un bout de fil de fer de sa poche.

– Demandez à Mr. Halliday de bien vouloir me rejoindre, dit-il par-dessus son épaule au valet de pied.

L'homme quitta la pièce et Poirot s'attaqua d'une main experte à la serrure. En quelques minutes, elle céda et il souleva le couvercle de la malle. Il se mit alors à fouiller vivement parmi les vêtements qu'elle contenait, les jetant à terre les uns après les autres.

Un pas lourd se fit entendre dans l'escalier et Halliday entra dans la pièce.

– Que diable faites-vous ici? demanda-t-il avec stupéfaction.

– Voici ce que je cherchais, Monsieur, répondit Poirot en retirant de la malle une veste et une jupe de tailleur en ratine bleu vif, ainsi qu'une petite toque de renard blanc.

– De quel droit fouillez-vous dans ma malle?

Je me retournai et vis la femme de chambre, Jane Mason, debout sur le seuil de la pièce.

– Si vous voulez bien fermer la porte, Hastings... me demanda Poirot. Merci. C'est cela, et restez le dos appuyé au battant. A présent, Mr. Halliday, permettez-moi de vous présenter Gracie Kidd, alias Jane Mason, qui ne va pas tarder à rejoindre son complice, Red Narky, sous la bonne escorte de l'inspecteur Japp.

– C'était tout ce qu'il y a de plus simple! déclara Poirot avec un haussement d'épaules méprisant.

Il reprit du caviar avant de poursuivre.

– C'est l'insistance de la femme de chambre à propos de la tenue que portait sa maîtresse, qui m'a frappé en premier lieu. Pourquoi tenait-elle tant à attirer notre attention sur ce point? Je me suis rendu compte que nous n'avions que son seul témoignage sur la présence du mystérieux homme dans le compartiment, à Bristol. En ce qui concerne le rapport du médecin, Mrs. Carrington aurait très bien pu être tuée *avant* l'arrivée à Bristol. Mais cela impliquait que la femme de chambre était complice du meurtre. Et si c'était le cas, elle ne tenait pas à être la dernière personne à avoir – soi-disant – vu sa maîtresse en vie. La tenue de Mrs. Carrington était assez voyante. Or, une femme de chambre décide souvent elle-même de ce que portera sa maîtresse. Si, après Bristol, quelqu'un remarquait une femme en tailleur bleu vif avec une toque de renard blanc, il serait prêt à jurer avoir vu Mrs. Carrington.

« Partant de là, il était facile de reconstituer les faits : la femme de chambre se procure une tenue similaire. Elle et son complice chloroforment et poignardent Mrs. Carrington entre Londres et Bristol, profitant sans doute du passage du train dans un tunnel. Ils cachent son corps sous la banquette et la femme de chambre prend sa place. A Weston, il lui faut se faire remarquer. Comment et par qui ? Vraisemblablement, son choix se porte sur un vendeur de journaux; elle s'assure qu'il se souviendra d'elle en le gratifiant d'un généreux pourboire. En fait, elle a aussi attiré son attention sur la couleur de sa tenue par sa remarque sur un des magazines. Lorsque le train quitte Weston, elle jette le poignard par la fenêtre pour indiquer l'endroit où le meurtre est censé avoir lieu, puis elle change de tenue ou enfile un grand imperméable par-dessus. A Taunton, elle descend du train et revient aussi vite que possible à Bristol, où son complice a laissé les bagages à la consigne. Il lui donne le ticket et rentre lui-même à Londres. Elle attend sur le quai, jouant son rôle comme prévu, se rend dans un hôtel pour la nuit et revient à Londres le lendemain matin, exactement comme elle déclare l'avoir fait.

« Lorsque Japp est rentré de son expédition, il a confirmé toutes mes déductions. Il m'a également dit qu'un escroc bien connu essayait d'écouler les bijoux. Je savais que, qui que fût cet homme, il serait, physiquement, le contraire même de celui qu'avait décrit Jane Mason. Lorsque Japp m'a appris que c'était Red Narky et qu'il travaillait généralement avec Gracie Kidd, j'ai su où je pourrais trouver cette dernière.

– Et le comte ?

– Plus j'y réfléchissais, plus j'étais convaincu qu'il n'avait rien à voir là-dedans. Il tient beaucoup trop à sa peau pour se compromettre dans une affaire de meurtre. Cela ne lui ressemblerait pas.

– Eh bien, Monsieur Poirot, déclara Halliday, j'ai une immense dette envers vous. Et le chèque que je vais rédiger à votre nom après déjeuner ne suffira pas à m'en acquitter.

Poirot sourit modestement et murmura à mon intention :

– Ce brave Japp! C'est lui qui récoltera les lauriers, soit; mais, s'il a eu Grace Kidd, moi je l'ai bien eu, lui! »

L'APPARTEMENT DU TROISIÈME

– Zut! maugréa Pat.

Les sourcils de plus en plus froncés, elle fouillait désespérément dans la minuscule petite chose à laquelle elle donnait le nom de sac du soir. Deux jeunes gens et une autre jeune fille la regardaient faire d'un œil inquiet. Ils se trouvaient tous les quatre devant la porte close de l'appartement de Patricia Garnett.

– Inutile, dit enfin Pat. Elle n'est pas là-dedans. Qu'allons-nous faire?

– Dans la vie, on ne peut rien faire sans sa clé d'appartement, murmura Jimmy Faulkener.

C'était un jeune homme de petite taille, aux épaules larges et aux yeux bleus rieurs.

Pat lui jeta un regard furieux.

– Ne plaisante pas, Jimmy. Ce n'est pas drôle.

– Cherche encore, Pat, dit Donovan Bailey. Elle doit bien être là-dedans.

Il avait une voix nonchalante et agréable, assortie à son beau visage brun.

– Si toutefois tu l'as prise! remarqua l'autre jeune fille, Mildred Hope.

– Bien sûr que je l'ai prise! rétorqua Pat. Il me semble que je l'ai confiée à l'un de vous deux, ajouta-t-elle en se tournant vers les jeunes gens d'un air accusateur. J'ai dit à Donovan de me la garder.

Mais elle n'allait pas trouver aussi facilement un bouc émissaire. Donovan protesta violemment et Jimmy le soutint.

– Je t'ai moi-même vue la mettre dans ton sac, dit Jimmy.

– Eh bien, alors, l'un de vous l'a laissée tomber lorsque vous avez ramassé mon sac. Il m'a échappé des mains une ou deux fois.

– Une ou deux fois?! s'exclama Donovan. Tu l'as fait tomber au moins une douzaine de fois, sans parler de toutes celles où tu l'as oublié en te levant!

– Je m'étonne d'ailleurs que tout le contenu ne s'en soit pas encore échappé, remarqua Jimmy.

– Ce qui importe, c'est de savoir comment nous allons faire pour entrer, intervint Mildred.

C'était une jeune fille sensée à l'esprit pratique, mais elle était loin d'être aussi jolie que l'impulsive et exaspérante Pat.

Ils contemplaient tous les quatre la porte d'un œil morne.

– Le concierge ne pourrait-il pas nous aider? suggéra Jimmy. Il n'a pas un passe-partout ou quelque chose dans ce genre?

Pat secoua négativement la tête. Il n'y avait que deux clés. L'une d'elles était accrochée dans la cuisine, à l'intérieur de l'appartement, et l'autre était – ou aurait dû être – dans ce maudit petit sac du soir.

– Si seulement l'appartement était situé au rez-de-chaussée! se lamenta Pat. Nous aurions pu casser un carreau et entrer par la fenêtre. Donovan, tu n'as pas envie de te transformer en monte-en-l'air, par hasard?

Donovan déclina poliment mais fermement cette proposition.

– Grimper à un appartement situé au quatrième, ce n'est pas une petite affaire, renchérit Jimmy.

– Y a-t-il une échelle de secours? demanda Donovan.

– Non.

– Quelle imprudence! dit Jimmy. Un immeuble de cinq étages devrait avoir une échelle de secours.

– Je suis bien de cet avis, déclara Pat. Mais cette constatation ne nous avance à rien. Comment vais-je rentrer chez moi?

– N'y a-t-il pas une sorte de monte-charge? demanda à nouveau Donovan. Un truc dont se servent les fournisseurs pour faire monter des côtelettes et des choux de Bruxelles à leurs clients.

– Le monte-plats? dit Pat. Oh si! Mais ce n'est qu'une sorte de panier métallique. Attendez un peu... Je sais. Pourquoi ne pas emprunter l'élévateur à charbon?

– Ça, c'est une idée, dit Donovan.

Mildred émit une hypothèse décourageante.

– Il sera fermé à clé, déclara-t-elle. Au niveau de la cuisine de Pat, je veux dire. De l'intérieur.

Mais cette hypothèse fut aussitôt contrée.

– C'est ce que tu crois, lui dit Donovan.

– Pas chez Pat, renchérit Jimmy. Elle ne ferme jamais rien à clé.

– Je ne pense pas qu'il soit verrouillé, en effet, déclara Pat. J'ai sorti la poubelle ce matin; je suis sûre que je ne l'ai pas refermé à clé et je ne pense pas m'en être approchée depuis.

– Bon, dit Donovan. Cela va nous être très utile ce soir, mais, malgré tout, jeune Pat, permets-moi de faire remarquer que cette négligence te met à la merci des cambrioleurs toutes les nuits.

Pat ne prêta aucune attention à ces remontrances.

– Venez, cria-t-elle en s'élançant dans l'escalier.

Les autres la suivirent. Pat fit traverser un sombre recoin apparemment plein à craquer de voitures d'enfant, poussa la porte qui donnait sous la cage d'escalier et les guida jusqu'au monte-charge situé sur la droite. Une poubelle était posée dessus. Donovan l'en retira et sauta lestement à sa place sur la plate-forme. Il fronça alors le nez.

– Ça ne sent pas très bon, remarqua-t-il. Mais tant pis! Dois-je me lancer seul dans cette aventure ou quelqu'un m'accompagne-t-il?

– Je viens avec toi, lui dit Jimmy.

Il monta à côté de Donovan.

– Tu crois que cet élévateur supportera mon poids, ajouta-t-il d'un ton inquiet.

– Tu ne peux pas peser plus qu'une tonne de charbon,

répondit Pat qui n'avait jamais été particulièrement douée en matière de poids et mesures.

– Et, de toute façon, nous aurons bientôt la réponse, déclara gaiement Donovan en tirant sur la corde.

Ils disparurent dans un horrible grincement de poulies.

– Ces engins font un bruit épouvantable, remarqua Jimmy tandis qu'ils s'élevaient dans le noir. Que vont penser les occupants des autres appartements?

– Que ce sont des fantômes ou des cambrioleurs, je suppose, répondit Donovan. Tirer sur cette corde est épuisant. Le concierge des *Friars Mansions* a plus de travail que je ne le pensais. Dis donc, mon vieux Jimmy, est-ce que tu as compté les étages?

– Ah mon Dieu! Non. J'ai oublié.

– Heureusement, moi, je l'ai fait. Nous passons en ce moment devant le troisième. Au prochain, nous y sommes.

– Et c'est là que nous allons découvrir, je suppose, que Pat avait en fin de compte mis le verrou.

Mais ces craintes n'étaient pas fondées. La porte en bois s'ouvrit à la première poussée, et Donovan et Jimmy pénétrèrent dans la cuisine de Pat où il faisait un noir d'encre.

– Il nous aurait fallu une torche pour cette folle expédition nocturne, remarqua Donovan. Si je connais bien Pat, tout doit être par terre et nous aurons piétiné toute la vaisselle avant que j'aie pu atteindre l'interrupteur. Ne bouge pas, Jimmy, tant que je n'aurai pas allumé.

Il avança précautionneusement lâcha un juron parce qu'il s'était cogné la hanche sur un coin de la table de la cuisine et atteignit enfin l'interrupteur. Un instant plus tard, un autre juron s'éleva dans l'obscurité.

– Que se passe-t-il? demanda Jimmy.

– La lumière ne marche pas. L'ampoule doit être grillée. Attends une seconde. Je vais allumer dans le salon.

Celui-ci était situé juste en face, de l'autre côté du corridor. Jimmy entendit Donovan sortir de la cuisine et de nouveaux jurons étouffés lui parvinrent. Il traversa à son tour la pièce en tâtonnant.

– Qu'y a-t-il?

– Je ne sais pas. On croirait que les pièces sont ensorcelées la nuit. Tout semble avoir changé de place. On rencontre des tables et des chaises là où on s'y attend le moins. Zut! Encore une!

A ce moment-là, heureusement, Jimmy trouva l'interrupteur et l'actionna. Un instant plus tard, les deux jeunes gens se regardaient, muets de stupeur.

La pièce n'était pas le salon de Pat. Ils s'étaient trompés d'appartement.

Tout d'abord, ce salon-là était dix fois plus encombré de mobilier que celui de Pat, ce qui expliquait le profond trouble de Donovan chaque fois qu'il heurtait violemment une chaise ou une table. Au centre de la pièce se trouvait une grande table ronde couverte d'une nappe en reps et un aspidistra trônait devant la fenêtre. C'était en fait le genre de salon qui laissait deviner un propriétaire avec lequel il ne devait pas être facile de s'expliquer; les jeunes gens en étaient convaincus. Dans un silence atterré, ils contemplaient la table sur laquelle était posé un petit paquet de lettres.

– Mrs. Ernestine Grant, souffla Donovan en les prenant et en lisant le nom écrit dessus. Oh! Mon Dieu! Crois-tu qu'elle nous ait entendus?

– C'est un miracle qu'elle ne t'ait pas entendu, toi, répondit Jimmy. Entre tes jurons et la façon dont tu as bousculé le mobilier... Viens. Pour l'amour du ciel, sortons vite d'ici.

Ils éteignirent vivement la lumière et reprirent en tâtonnant le chemin de l'élévateur. Lorsqu'ils eurent regagné l'abri de ses profondeurs sans autre incident, Jimmy poussa un soupir de soulagement.

– J'aime les femmes qui ont le sommeil lourd, dit-il d'un ton approbateur. Mrs. Ernestine Grant a du moins cette qualité.

– Je comprends à présent, dit Donovan. Pourquoi nous nous sommes trompés d'étage, je veux dire. C'est parce que nous sommes partis du sous-sol.

Il tira sur la corde et l'élévateur s'élança vers le haut.

– Cette fois-ci, nous y sommes.

– Je le souhaite ardemment, dit Jimmy en débouchant de nouveau dans l'obscurité. Mes nerfs ne supporteraient pas un autre choc de ce genre.

Mais aucune autre épreuve nerveuse ne lui fut imposée. Dès qu'ils eurent allumé, la cuisine de Pat apparut aux deux jeunes gens et, un instant plus tard, ils ouvraient la porte de l'appartement et faisaient entrer les deux jeunes filles, qui attendaient à l'extérieur.

– Vous en avez mis du temps! maugréa Pat. Ça fait des heures qu'on attend, Mildred et moi.

– Il nous est arrivé une sacrée aventure, répondit Donovan. Nous aurions pu être emmenés au poste de police comme de vulgaires malfaiteurs.

Pat était entrée dans le salon, où elle avait donné de la lumière et laissé tomber son châle sur le canapé. Elle écouta avec un vif intérêt le récit fait par Donovan de son aventure.

– Heureusement qu'elle ne vous a pas surpris, commenta-t-elle. Je suis sûre que c'est une vieille ronchon. J'ai trouvé un mot d'elle ce matin; elle voulait me voir... pour se plaindre; sans doute de mon piano. Les gens qui n'aiment pas entendre jouer du piano au-dessus de leur tête ne devraient pas venir vivre dans un immeuble. Mais dis donc, Donovan, tu t'es blessé à la main. Elle est toute tachée de sang. Va la laver sous le robinet.

Donovan considéra sa main d'un air surpris. Il sortit docilement de la pièce et, un instant plus tard, il appela Jimmy.

– Oui? répondit l'autre. Qu'y a-t-il? Tu ne t'es pas gravement blessé, au moins?

– Je ne me suis pas blessé du tout.

La voix de Donovan avait une intonation si bizarre que Jimmy lui jeta un regard surpris. Donovan tendit sa main lavée et Jimmy n'y vit effectivement pas la moindre marque ou coupure.

– C'est étrange, dit-il en fronçant les sourcils. Elle était pourtant pleine de sang. D'où peut-il venir?

Soudain, il arriva à la conclusion que son ami à l'esprit plus vif avait déjà tirée.

– Bonté divine! s'exclama-t-il. Ça doit venir de l'appartement du dessous. (Il se tut un instant, réfléchissant à ce qu'impliquaient ses paroles.) Es-tu bien sûr que c'était... euh... du sang? Pas de la peinture?

Donovan secoua la tête.

– C'était bel et bien du sang, répondit-il en frissonnant.

Les deux jeunes gens se regardèrent. Ils avaient manifestement eu la même pensée. Ce fut Jimmy qui l'exprima le premier.

– Dis, murmura-t-il d'un air hésitant, crois-tu que nous devrions... euh... redescendre... pour jeter un... un coup d'œil? Pour voir si tout va bien, quoi.

– Et les filles?

– Nous ne leur dirons rien. Pat va mettre son tablier et nous préparer une omelette. Nous serons de retour avant qu'elles aient eu le temps de se demander où nous sommes passés.

– Eh bien... soit, allons-y, répondit Donovan. Je suppose que nous n'avons pas le choix. J'espère que ce n'est rien de grave.

Mais le ton de sa voix manquait de conviction. Ils reprirent l'élévateur à charbon et descendirent à l'étage au-dessous. Ils traversèrent la cuisine sans trop de difficulté et allumèrent de nouveau dans le salon.

– Ce doit être ici, déclara Donovan, que... que je m'en suis collé. Je n'ai touché à rien dans la cuisine.

Il regarda autour de lui. Jimmy en fit autant et tous deux froncèrent les sourcils. Tout paraissait normal et rien dans cette pièce banale et paisible n'évoquait la violence ou les effusions de sang.

Soudain, Jimmy sursauta violemment et saisit le bras de son compagnon.

– Regarde!

Donovan regarda dans la direction qu'il indiquait et, à son tour, il poussa une exclamation. Du bas des lourdes tentures en reps dépassait un pied, un pied de femme chaussé d'un escarpin en vernis mal ajusté.

Jimmy s'approcha des tentures et les écarta vivement. Dans l'embrasure de la fenêtre, un corps de femme recroquevillé gisait à terre, à côté d'une flaque sombre et gluante. La femme était morte, cela ne faisait pas l'ombre d'un doute. Jimmy était en train d'essayer de la redresser lorsque Donovan l'arrêta.

– Tu ferais mieux de la laisser là. Il ne faut pas y toucher avant l'arrivée de la police.

– La police? Ah oui, bien sûr! Eh bien vrai, Donovan, quelle histoire! Qui penses-tu que ce soit? Mrs. Ernestine Grant?

– On le dirait bien. En tout cas, s'il y a quelqu'un d'autre dans l'appartement, il se tient drôlement tranquille.

– Que faut-il faire? demanda Jimmy. Courir chercher un agent de police ou téléphoner de chez Pat?

– Je pense qu'il vaut mieux téléphoner. Viens, autant sortir par la porte d'entrée. Nous n'allons pas passer la nuit à monter et descendre dans cet élévateur nauséabond.

Jimmy acquiesça. Juste comme ils passaient la porte, il hésita.

– Ecoute, ne crois-tu pas que l'un de nous devrait rester ici – simplement pour surveiller l'appartement – en attendant l'arrivée de la police?

– Oui. Je pense que tu as raison. Si tu veux bien rester, je vais vite monter téléphoner.

Donovan grimpa quatre à quatre l'escalier et sonna à la porte de l'appartement du dessus. Pat vint lui ouvrir, une Pat ravissante avec ses joues rosies et son petit tablier. Ses yeux s'agrandirent de surprise en le voyant.

– Toi? Mais comment... Donovan, que se passe-t-il? Quelque chose ne va pas?

Il lui prit les deux mains.

– Tout va bien, Pat... seulement nous avons fait une découverte assez désagréable dans l'appartement du dessous. Une femme... morte.

– Oh! dit-elle avec un petit sursaut. Quelle horreur! Elle a eu une attaque?

– Non. On dirait... euh... on dirait plutôt qu'elle a été assassinée.

– Oh, Donovan!
– Je sais. C'est affreux.
Les mains de Patricia étaient toujours dans les siennes. Elle les y avait laissées; elle se cramponnait même à lui. Chère Pat; comme il l'aimait! Et elle? Avait-elle le moindre sentiment pour lui? Parfois il le pensait. Parfois aussi il craignait que Jimmy Faulkener... Se souvenant soudain que celui-ci attendait patiemment en bas, il éprouva un sentiment de culpabilité.
– Pat, mon chou, il faut que nous appelions la police.
– Monsieur a raison, dit une voix derrière lui. Entretemps, pendant que nous l'attendons, peut-être pourrais-je me rendre utile?
Les deux jeunes gens, qui étaient restés sur le seuil de l'appartement, écarquillèrent les yeux en direction du palier. Une vague silhouette se dressait un peu plus haut dans l'escalier. Elle descendit et entra dans leur champ de vision.
Ils virent avec surprise apparaître un petit homme à la fière moustache et à la tête en forme d'œuf. Il était vêtu d'une magnifique robe de chambre et chaussé de pantoufles brodées. Il s'inclina galamment devant Patricia.
– Mademoiselle, dit-il, je suis, comme vous le savez peut-être, le locataire de l'appartement du dessus. J'aime être en hauteur – haut dans les airs – pour avoir la vue sur Londres. J'ai pris l'appartement au nom de Mr. O'Connor. Mais je ne suis pas irlandais. J'ai un autre nom. C'est pourquoi je prends la liberté de vous proposer mes services. Vous permettez?
D'un geste large, il sortit une carte de visite et la tendit à Pat, qui la lut.
– M. Hercule Poirot. Oh! s'exclama-t-elle en retenant son souffle. Le célèbre monsieur Poirot? Le grand détective? Et vous êtes réellement prêt à nous aider?
– C'est mon intention, Mademoiselle. J'ai même failli vous proposer mes services un peu plus tôt dans la soirée.
Pat parut surprise.
– Je vous ai entendus discuter de la façon dont vous pourriez rentrer dans votre appartement. Je suis très

adroit pour crocheter les serrures. J'aurais pu sans aucun doute ouvrir votre porte, mais j'ai hésité à vous le proposer. Vous auriez conçu de graves soupçons à mon encontre.

Pat se mit à rire.

– A présent, Monsieur, dit Poirot à Donovan, entrez, je vous prie, et appelez la police. Je vais descendre à l'appartement du dessous.

Pat descendit avec lui. Ils trouvèrent Jimmy en faction et Pat lui expliqua la présence de Poirot. Jimmy, à son tour, relata à Poirot leur aventure, à Donovan et lui. Le détective l'écouta avec attention.

– La porte de l'élévateur n'était pas verrouillée, dites-vous ? Et vous êtes entrés dans la cuisine, mais la lumière ne marchait pas ?

Tout en parlant, il s'était dirigé vers la cuisine. Il en actionna l'interrupteur.

– Tiens ! Voilà qui est curieux ! s'exclama-t-il tandis que la lumière inondait la pièce. Elle fonctionne parfaitement, à présent. Je me demande...

Il leva un doigt pour imposer silence à ses compagnons et tendit l'oreille. Un bruit léger rompit ce silence ; le bruit reconnaissable d'un ronflement.

– Ah ! murmura Poirot. La chambre de bonne.

Il traversa la cuisine sur la pointe des pieds et pénétra dans un petit office sur lequel donnait une porte. Il l'ouvrit et alluma la lumière. La pièce sur le seuil de laquelle il se trouvait était le genre de niche pour chien que prévoyaient les constructeurs d'immeubles pour loger un être humain. La superficie en était presque entièrement occupée par le lit. Dans celui-ci se trouvait une jeune fille aux joues roses étendue sur le dos, la bouche ouverte ; elle ronflait paisiblement.

Poirot éteignit la lumière et referma la porte.

– Elle ne se réveillera pas, dit-il. Nous allons la laisser dormir jusqu'à l'arrivée de la police.

Il retourna ensuite dans le salon. Donovan les avait rejoints.

– La police sera ici dans un instant, annonça-t-il, hors d'haleine. Nous ne devons toucher à rien.

Poirot hocha la tête.

– Nous ne toucherons pas. Nous regarderons; c'est tout.

Il avança dans la pièce. Mildred était descendue avec Donovan et les quatre jeunes gens, immobiles sur le seuil, observaient le petit homme avec un vif intérêt.

– Il y a une chose que je ne comprends pas, monsieur Poirot, dit Donovan. Je ne me suis pas approché de la fenêtre... alors comment ce sang est-il venu sur ma main?

– Mon jeune ami, la réponse est évidente. De quelle couleur est la nappe? Rouge, n'est-ce pas? Et vous avez sans aucun doute posé la main sur la table?

– Oui. Est-ce...

Donovan s'interrompit.

Poirot hocha la tête. Il était penché au-dessus de la table. De la main, il montra une tache d'un rouge plus sombre.

– C'est ici que le meurtre a été commis, annonça-t-il d'un ton solennel. Le corps a été déplacé par la suite.

Puis il se redressa et regarda lentement autour de lui. Il ne bougea pas, il ne toucha à rien, et, néanmoins, les quatre jeunes gens qui l'observaient avaient le sentiment que chacun des objets de cette pièce à l'air confiné livrait son secret à son œil perçant.

Hercule Poirot hocha la tête d'un air satisfait et laissa échapper un petit soupir.

– Je vois, dit-il.

– Vous voyez quoi? lui demanda Donovan avec curiosité.

– Je vois, répondit Poirot, ce dont vous vous êtes sans nul doute aperçu vous-même : que la pièce contient beaucoup trop de meubles.

Donovan esquissa un pâle sourire.

– J'ai effectivement bousculé pas mal de choses, reconnut-il. Evidemment, tout était placé différemment de chez Pat et j'étais plutôt désorienté.

– Pas tout, dit Poirot.

Donovan lui jeta un regard interrogateur.

– Je veux dire, reprit Poirot sur un ton d'excuse, que

certaines choses sont fixes. Dans un immeuble, la porte, la fenêtre, la cheminée... elles sont à la même place dans les pièces situées les unes au-dessous des autres.

– N'êtes-vous pas en train de couper les cheveux en quatre? demanda Mildred, qui considérait Poirot d'un œil légèrement désapprobateur.

– Il faut toujours s'exprimer avec la plus grande précision. C'est une de mes... comment dites-vous donc?... petites manies.

Un bruit de pas se fit entendre dans l'escalier et trois hommes entrèrent. L'un d'eux était un inspecteur de police, l'autre un agent en uniforme et le troisième, le médecin divisionnaire. L'inspecteur reconnut Poirot et le salua avec déférence. Puis il se tourna vers les jeunes gens.

– Je veux une déclaration de chacun d'entre vous, commença-t-il, mais tout d'abord...

Poirot l'interrompit.

– Une petite suggestion. Nous allons retourner à l'appartement du dessus et Mademoiselle ici présente va poursuivre ce qu'elle avait commencé et nous préparer une omelette. J'adore les omelettes. Ensuite, monsieur l'Inspecteur, lorsque vous en aurez terminé ici, vous viendrez nous rejoindre et vous pourrez nous interroger à loisir.

Cette proposition fut acceptée et Poirot monta avec les jeunes gens.

– Monsieur Poirot, lui dit Pat, je vous trouve formidable. Et je vais vous faire une délicieuse omelette. Je les réussis vraiment à merveille.

– Tant mieux. Jadis, Mademoiselle, j'étais amoureux d'une ravissante jeune fille anglaise qui vous ressemblait beaucoup... Mais hélas!... elle ne savait pas faire la cuisine. Peut-être n'ai-je donc rien à regretter.

Il y avait une légère note de tristesse dans sa voix et Jimmy Faulkener le dévisagea avec curiosité.

Une fois dans l'appartement de Pat, cependant, Poirot s'efforça de se montrer agréable et drôle. L'horrible tragédie de l'étage au-dessous était presque oubliée.

L'omelette avait été consommée et dûment applaudie

lorsque les pas de l'inspecteur Rice se firent entendre. Il entra accompagné du médecin, l'agent étant resté en faction en bas.

– Ma foi, monsieur Poirot, tout paraît très clair; cette affaire ne présente pas grand intérêt pour vous, encore que nous aurons peut-être du mal à attraper le coupable. Je voudrais simplement savoir comment le corps a été découvert.

Donovan et Jimmy relatèrent à eux deux les événements de la soirée. Après quoi, l'inspecteur se tourna vers Pat avec un air de reproche.

– Vous ne devriez pas laisser votre porte d'élévateur ouverte, Mademoiselle. Vraiment, vous ne devriez pas.

– Je ne le ferai plus, promit Pat en frissonnant. Quelqu'un pourrait entrer et m'assassiner comme cette pauvre femme de l'étage au dessous.

– Remarquez, ce n'est pas par là qu'on est entré, dit l'inspecteur.

– Vous allez nous raconter ce que vous avez découvert, n'est-ce pas? lui demanda Poirot.

– Je ne sais pas si je devrais... Mais puisque c'est vous, monsieur Poirot.

– Précisément. Quant à ces jeunes gens, ils sauront faire preuve de discrétion.

– De toute façon, les journaux ne vont pas tarder à s'emparer de l'histoire, reprit l'inspecteur. Et il n'y a rien de très secret dans cette affaire. La morte est bien Mrs. Grant. J'ai fait monter le concierge pour l'identifier. Une femme d'environ trente-cinq ans. Elle était assise à la table et elle a été tuée d'une balle de pistolet automatique de petit calibre, sans doute par quelqu'un qui était assis en face d'elle. Elle est tombée en avant et c'est comme ça que la nappe a été tachée de sang.

– Mais quelqu'un n'aurait-il pu entendre partir le coup? demanda Mildred.

– Le pistolet était muni d'un silencieux. Non, on ne pouvait rien entendre. Au fait, avez-vous perçu le hurlement qu'a poussé la domestique quand on lui a annoncé que sa patronne était morte? Non. Cela vous prouve bien qu'il était peu probable que quelqu'un entende quoi que ce soit.

– La domestique n'a-t-elle rien à dire? demanda Poirot.

– C'était son soir de sortie. Elle a sa clé. Quand elle est rentrée, vers dix heures, tout était silencieux. Elle a pensé que sa patronne était allée se coucher.

– Elle n'a donc pas jeté un coup d'œil dans le salon?

– Si, elle y a déposé le courrier qui était arrivé dans la soirée, mais elle n'a rien remarqué d'anormal; pas plus que Mr. Faulkener et Mr. Bailey. Voyez-vous, l'assassin avait assez bien dissimulé le corps derrière les tentures.

– C'est tout de même curieux qu'il ait fait cela, ne trouvez-vous pas?

Poirot avait fait cette remarque d'une voix douce, mais quelque chose dans son intonation fit redresser vivement la tête à l'inspecteur.

– Il ne voulait pas que le meurtre soit découvert avant qu'il ait eu le temps de fuir.

– Peut-être, peut-être... Mais poursuivez ce que vous étiez en train de dire.

– La domestique est sortie à cinq heures. Et d'après le médecin, la mort remonta à – environ – quatre ou cinq heures. C'est bien cela?

Le médecin, qui était un homme peu loquace, se contenta de hocher la tête affirmativement.

« Il est à présent minuit moins le quart. Je pense que l'on peut situer l'heure de la mort de façon assez précise.

L'inspecteur sortit une feuille de papier froissée.

– Nous avons trouvé ceci dans la poche de la robe que portait la morte. Vous pouvez la toucher sans crainte. Il n'y a pas d'empreintes digitales.

Poirot aplatit la feuille, sur laquelle on pouvait lire ces quelques mots calligraphiés en petites majuscules :

JE VIENDRAI TE VOIR CE SOIR À SEPT HEURES ET DEMIE

J.F.

– Un document qu'il est compromettant de laisser derrière soi, commenta Poirot en rendant la feuille à l'inspecteur.

– Il ne savait pas qu'elle l'avait dans sa poche, répondit ce dernier. Il pensait sans doute qu'elle l'avait détruit. Nous avons néanmoins la preuve que c'est un homme prudent. Le pistolet avec lequel elle a été assassinée était sous son corps et, là encore, nous n'y avons trouvé aucune empreinte digitale. Elles avaient été soigneusement effacées avec un mouchoir de soie.

– Comment savez-vous, demanda Poirot, qu'il s'agissait d'un mouchoir de soie?

– Parce que nous l'avons trouvé, répondit l'inspecteur d'un air triomphant. A la dernière minute, au moment où il tirait les tentures, il a dû le laisser tomber sans s'en apercevoir.

L'inspecteur exhiba un grand mouchoir de soie blanc, un mouchoir de bonne qualité. Poirot n'avait pas besoin qu'il la lui montrât du doigt pour remarquer l'inscription brodée au milieu. Elle était clairement lisible et il la lut à haute voix.

– John Fraser.

– C'est exact, dit l'inspecteur. John Fraser; les initiales J.F. sur le mot. Nous savons le nom de l'homme que nous cherchons et il est fort probable que lorsque nous en saurons un peu plus sur la victime et que ses parents et amis se seront présentés, nous ne mettrons pas longtemps à l'épingler.

– Je n'en suis pas si sûr, dit Poirot. Non, mon cher, je ne crois pas qu'il sera facile à retrouver, votre John Fraser. C'est un homme étrange; prudent puisqu'il fait marquer ses mouchoirs à son nom et essuie le pistolet avec lequel il a commis le crime, et pourtant négligent puisqu'il perd son mouchoir et ne se donne pas la peine de chercher une lettre qui risque de l'incriminer.

– Il devait être pressé, dit l'inspecteur.

– C'est possible. Oui, c'est possible. Et personne ne l'a vu entrer dans l'immeuble?

– Il entre et il sort beaucoup de monde à cette heure-là. C'est un grand immeuble. Je suppose que vous n'avez vu personne sortir de l'appartement? demanda l'inspecteur en s'adressant aux quatre jeunes gens.

Pat secoua la tête négativement.

– Nous sommes partis assez tôt; vers sept heures.

– Je vois.

L'inspecteur se leva et Poirot l'accompagna jusqu'à la porte.

– A titre de faveur, pourrais-je examiner l'appartement du dessous?

– Mais certainement, monsieur Poirot. Je sais l'estime qu'ils ont pour vous au quartier général. Je vais vous laisser une clé. J'en ai deux. Vous trouverez l'appartement vide. La domestique est allée s'installer chez des parents, car elle avait trop peur d'y rester seule.

– Merci, dit Poirot.

Il revint dans l'appartement, l'air pensif.

– Vous n'êtes pas satisfait, monsieur Poirot? lui demanda Jimmy.

– Non, en effet.

Donovan le regarda avec curiosité.

– Qu'est-ce qui vous... euh... tracasse?

Poirot ne répondit pas. Il resta silencieux pendant une ou deux minutes, les sourcils froncés, comme plongé dans ses pensées, puis il haussa brusquement les épaules dans un geste d'impatience.

– Je vais vous souhaiter une bonne nuit, Mademoiselle. Vous devez être fatiguée. Vous avez eu pas mal de cuisine à faire, je crois?

– Seulement l'omelette, répondit Pat en riant. Je n'ai pas préparé le dîner. Donovan et Jimmy sont venus nous chercher et nous sommes allés manger dans un petit restaurant de Soho.

– Et ensuite, vous êtes sans doute allés voir un film?

– Oui. *Les yeux bruns de Caroline*, répondit Jimmy.

– Ah! dit Poirot. Ç'aurait dû être des yeux bleus; les yeux bleus de Mademoiselle.

Il prit une expression romantique et souhaita de nouveau une bonne nuit à Pat ainsi qu'à Mildred, qui avait accepté de rester à la demande expresse de son amie, celle-ci ayant reconnu avec franchise qu'elle mourrait de peur si elle devait rester seule cette nuit-là.

Les deux jeunes gens partirent avec Poirot. Une fois la porte fermée, alors qu'ils s'apprêtaient à lui dire au revoir sur le palier, Poirot les retint.

– Mes jeunes amis, vous m'avez entendu dire que je n'étais pas satisfait. Eh bien, c'est vrai; je ne le suis pas. Je vais tout de suite mener ma petite enquête. Voudriez-vous m'accompagner?

Cette proposition fut accueillie avec empressement. Poirot entraîna les jeunes gens jusqu'à l'appartement du dessous et introduisit dans la serrure la clé que l'inspecteur lui avait donnée. Une fois à l'intérieur, cependant, il ne se dirigea pas vers le salon, comme ses compagnons s'y attendaient. Il alla tout droit à la cuisine. Dans un petit recoin qui servait de débarras se trouvait une grosse poubelle en fer. Poirot en ôta le couvercle et, plié en deux, se mit à fouiller à l'intérieur avec l'énergie d'un féroce terrier.

Jimmy et Donovan le regardaient faire d'un air ébahi.

Soudain, il se redressa avec un cri triomphant, brandissant dans sa main un petit flacon bouché.

– Voilà, dit-il. J'ai trouvé ce que je cherchais. (Il renifla délicatement le flacon.) Hélas! je ne sens rien. J'ai un rhume de cerveau.

Donovan lui prit le flacon des mains et le renifla à son tour; mais il ne sentait rien. Il enleva le bouchon et approcha le flacon de son nez avant que le cri de Poirot ait pu l'en empêcher.

Il tomba aussitôt comme une masse. En se jetant en avant, Poirot réussit à amortir sa chute.

– Stupide! s'écria-t-il... cette idée. Enlever le bouchon de cette façon téméraire! N'a-t-il pas remarqué avec quelle délicatesse je manipulais le flacon? Monsieur... Faulkener – c'est bien cela? –, voulez-vous avoir la gentillesse d'aller me chercher un peu de cognac? J'ai remarqué qu'il y en avait une bouteille dans le salon.

Jimmy se hâta, mais le temps qu'il revienne, Donovan était déjà assis et déclarait qu'il se sentait de nouveau très bien. Ce dernier dut subir un petit sermon de la part de

Poirot sur la nécessité de se montrer prudent lorsqu'il reniflait des substances pouvant être toxiques.

– Je pense que je vais rentrer, déclara Donovan en se remettant debout avec difficulté. Enfin, si je ne peux plus vous être utile ici. Je me sens encore un peu patraque.

– Mais oui, rentrez chez vous, répondit Poirot. C'est ce que vous avez de mieux à faire. Monsieur Faulkener, attendez-moi une petite minute, voulez-vous ? Je reviens tout de suite.

Poirot raccompagna Donovan jusque sur le palier, où ils restèrent quelques minutes à bavarder. Lorsque Poirot revint enfin dans l'appartement, il trouva Jimmy debout au milieu du salon, en train de regarder autour de lui d'un air perplexe.

– Alors, monsieur Poirot, que voulez-vous faire maintenant ?

– Plus rien. L'affaire est close.

– Quoi !

– Je sais tout... à présent.

Jimmy le considérait d'un œil rond.

– Grâce à ce petit flacon que vous avez trouvé ?

– Exactement. Grâce à ce petit flacon.

Jimmy secoua la tête.

– Personnellement, cela ne m'éclaire pas du tout. Je vois bien que, pour une raison quelconque, vous n'êtes pas satisfait des preuves de la culpabilité de ce John Fraser, qui que soit cet homme.

– Qui que soit cet homme, en effet, répéta doucement Poirot. S'il existe !... Ce qui m'étonnerait.

– Je ne comprends pas.

– C'est un nom, c'est tout ; un nom soigneusement brodé sur un mouchoir !

– Et la lettre ?

– Avez-vous remarqué qu'elle était rédigée en majuscules ? Pourquoi donc, à votre avis ? Je vais vous le dire. L'écriture normale de la personne aurait pu être reconnue ; quant à une lettre dactylographiée, son auteur est plus facile à identifier que vous ne l'imaginez ; mais si c'était vraiment le prétendu John Fraser qui avait écrit cette lettre, il n'aurait pas prêté attention à ces détails. Non, elle a été écrite dans une intention particulière et placée dans la poche de la morte pour que nous l'y trouvions. John Fraser n'existe pas.

Jimmy jeta à Poirot un regard interrogateur.

– J'en suis donc revenu au point qui m'avait frappé en premier lieu, poursuivit Poirot. Vous m'avez entendu dire que, dans des circonstances données, certaines choses se trouvaient toujours à la même place dans une pièce. J'en ai donné trois exemples. J'aurais pu en citer un quatrième : l'interrupteur électrique, mon ami.

Jimmy continuait de le regarder sans comprendre. Poirot poursuivit.

– Votre ami Donovan ne s'est pas approché de la fenêtre; c'est en posant sa main sur cette table qu'il l'a tachée de sang. Mais je me suis aussitôt demandé ceci : pourquoi l'y avait-il posée? Que faisait-il dans le noir au milieu de cette pièce? Car, souvenez-vous, mon ami, que l'interrupteur se trouve toujours à la même place; près de la porte. Pourquoi donc, quand il est entré dans cette pièce, ne l'a-t-il pas aussitôt cherché pour allumer? C'est normalement ce qu'il aurait dû faire. Selon lui, il a essayé d'allumer dans la cuisine, mais la lumière ne marchait pas. Pourtant, lorsque j'ai moi-même actionné l'interrupteur, elle marchait parfaitement. Serait-ce donc qu'il ne souhaitait pas qu'il y ait de la lumière à ce moment-là? Si elle s'était allumée, vous auriez tous deux constaté aussitôt que vous n'étiez pas dans le bon appartement. Il n'aurait eu aucune raison d'entrer dans cette pièce.

– Où voulez-vous en venir, monsieur Poirot? Je ne comprends pas. Que voulez-vous dire?

– Je veux dire... ceci.

Poirot exhiba une clé Yale.

– La clé de cet appartement?

– Non, mon ami, la clé de l'appartement de dessus. Celle de Mlle Patricia, que M. Donovan Bailey a prise dans son sac à main dans le courant de la soirée.

– Mais pourquoi? Pourquoi?

– Parbleu! Pour réaliser ce qu'il avait l'intention de faire : entrer dans cet appartement sans éveiller le moindre soupçon, après s'être assuré en début de soirée que la porte de l'élévateur n'était pas verrouillée.

– Où avez-vous trouvé cette clé?

Le sourire de Poirot s'élargit.

– Je viens tout juste de la trouver; à l'endroit où je la cherchais, c'est-à-dire dans la poche de M. Donovan. Voyez-vous, le coup du petit flacon que j'ai fait semblant de trouver était une ruse. M. Donovan est tombé dans le piège! Il a fait ce que je prévoyais; il l'a débouché et l'a reniflé. Or, dans ce petit flacon, il y avait du chlorure d'éthyle, un puissant anesthésique à effet instantané. Cela m'a permis de profiter du petit instant d'inconscience dont j'avais besoin. J'ai ainsi pu prendre dans sa poche les deux choses que je m'attendais à y trouver. Cette clé était l'une d'elles; l'autre...

Poirot s'interrompit un instant avant de reprendre.

– Tout à l'heure, j'ai mis en doute l'hypothèse émise par l'inspecteur sur la raison pour laquelle l'assassin avait dissimulé le corps derrière les tentures. Pour gagner du temps? Non, c'était plus que cela. J'ai donc pensé à un détail; le courrier, mon ami. Le courrier du soir qui arrive aux environs de neuf heures et demie. Imaginez que l'assassin ne trouve pas ce qu'il cherchait, mais que la chose en question soit susceptible d'arriver par la poste un peu plus tard. De toute évidence, il est obligé de revenir. Mais il ne faut pas que la domestique découvre le meurtre à son retour, sinon la police prendrait possession de l'appartement; c'est la raison pour laquelle il cache le corps derrière les tentures. Et la domestique ne s'aperçoit de rien et pose le courrier sur la table comme d'habitude.

– Le courrier?

– Oui, le courrier, répondit Poirot en tirant quelque chose de sa poche. Voici le second objet que j'ai pris à M. Donovan pendant qu'il était inconscient. (Il montra au jeune homme une enveloppe dactylographiée adressée à Mrs. Ernestine Grant.) Mais avant que nous ne prenions connaissance du contenu de cette lettre, je vais vous demander une chose, monsieur Faulkener. Etes-vous ou non amoureux de Mlle Patricia?

– Je l'aime sacrément... mais je n'ai jamais pensé avoir la moindre chance.

– Vous pensiez qu'elle aimait M. Donovan? Il se peut qu'elle se soit éprise de lui, mais ce n'était encore qu'un amour naissant, mon ami. C'est à vous de le lui faire oublier, de l'aider à supporter ses ennuis.

– Des ennuis?

– Eh oui, des ennuis. Nous ferons tout notre possible pour ne pas mêler son nom à cette affaire, mais ce sera difficile, car, voyez-vous, le mobile, c'était elle.

Poirot déchira l'enveloppe qu'il tenait à la main. Une feuille de papier en tomba. La lettre qui l'accompagnait était brève et émanait d'un cabinet d'avoués.

Chère Madame,

Le document que vous nous avez envoyé est parfaitement légal et le fait que le mariage ait eu lieu dans un pays étranger ne l'invalide nullement.

Vos dévoués, etc.

Poirot déplia le document joint en annexe. C'était un certificat de mariage entre Donovan Bailey et Ernestine Grant datant de huit ans.

– Oh mon Dieu! s'exclama Jimmy. Pat nous a dit qu'elle avait reçu un mot de cette femme lui demandant une entrevue, mais elle ne pensait pas que le motif pût en être important.

Poirot hocha la tête.

– M. Donovan, lui, le savait. Il est allé voir sa femme ce soir avant de monter à l'appartement du dessus – quelle ironie du sort, soit dit en passant, que la malheureuse soit venue s'installer précisément dans l'immeuble où vivait sa rivale! – Il l'a assassinée de sang-froid et vous a ensuite rejoints pour la soirée. Sa femme avait dû lui dire qu'elle avait envoyé le certificat de mariage à ses avoués et qu'elle attendait leur réponse. Sans doute avait-il essayé de lui faire croire que ce mariage n'était pas valable.

– Et il s'est montré d'excellente humeur toute la soirée, remarqua Jimmy, indigné. Monsieur Poirot, vous ne l'avez pas laissé s'enfuir? ajouta-t-il en frissonnant.

– Il n'échappera pas à la loi, répondit Poirot d'un ton grave. N'ayez crainte.

– C'est à Pat que je pense surtout, dit Jimmy. Vous ne croyez pas... qu'elle l'aimait vraiment?

– Mon ami, à présent, c'est à vous de jouer, répondit gentiment Poirot. A vous de faire en sorte qu'elle se tourne vers vous et l'oublie. Mais je ne pense pas que cela vous sera très difficile!

LA BOÎTE DE CHOCOLATS

Ce soir-là, il faisait un temps épouvantable. Dehors, le vent mugissait violemment et une pluie battante s'écrasait contre les vitres.

Poirot et moi étions assis face à la cheminée, les jambes étendues devant les flammes dansantes. Entre nous se trouvait une petite table sur laquelle étaient posés, de mon côté, un verre de grog soigneusement préparé et, du côté de Poirot, une tasse de chocolat épais et sirupeux que je n'aurais pas bu pour un empire! Poirot avala une gorgée de ce breuvage écœurant et reposa la tasse en porcelaine rose avec un soupir d'aise.

– Que la vie est belle! murmura-t-il.

– Oui, bien agréable. Moi j'ai un emploi, et un emploi qui me plaît! Et vous, vous avez la célébrité...

– Oh! mon ami, protesta Poirot modestement.

– C'est pourtant vrai. Et vous l'avez mérité! Quand je pense à tous les succès que vous avez derrière vous, je n'en reviens pas. J'imagine que vous ne savez pas ce qu'est l'échec?

– Il n'est pas d'homme sensé qui puisse se vanter d'une chose pareille.

– Non mais, sérieusement, avez-vous jamais échoué dans vos enquêtes?

– Un nombre incalculable de fois, mon ami. Qu'est-ce que vous croyez? On ne peut pas toujours avoir la chance de son côté. Il est arrivé qu'on m'appelle trop tard. Très souvent aussi un enquêteur dont l'objectif était le même, l'a atteint avant moi. Enfin, à deux reprises, je suis tombé malade juste au moment où j'allais réussir. Il faut accepter les hauts et les bas, mon ami.

– Ce n'est pas ce que je voulais dire. Ma question était celle-ci : avez-vous jamais essuyé un échec dans une enquête par votre propre faute?

– Ah! je comprends. Vous voulez savoir s'il m'est arrivé de me ridiculiser? Une fois, mon ami. (Une expression pensive et amusée apparut sur le visage de Poirot.) Oui, une fois, je me suis ridiculisé.

Il se redressa vivement dans son fauteuil.

– Je sais, mon ami, que vous tenez à jour un registre de mes petits succès. Eh bien, vous ajouterez une pièce à votre collection; l'histoire d'un échec!

Il se pencha pour remettre une bûche dans l'âtre. Puis après s'être soigneusement essuyé les mains sur le petit chiffon pendu à un clou près de la cheminée, il se réinstalla confortablement dans son fauteuil et commença son récit.

– Ce que je vais vous raconter, annonça-t-il, s'est passé en Belgique il y a bien des années. C'était à l'époque de la terrible querelle en France entre l'Eglise et l'Etat. M. Paul Déroulard était un député français très en vue. Tout le monde savait qu'un portefeuille de ministre l'attendait. C'était un des plus féroces adversaires du catholicisme et il ne faisait pas de doute qu'à son accession au pouvoir, il aurait à faire face à de violentes inimitiés. C'était un singulier personnage. S'il ne buvait ni ne fumait, il avait en revanche un comportement beaucoup moins ascétique dans d'autres domaines. Vous comprenez, Hastings, quel était son péché mignon : les femmes! toujours les femmes!

« Quelques années auparavant, il avait épousé une jeune Bruxelloise, qui lui avait apporté une dot appréciable. Cet argent le servit sans aucun doute dans sa carrière, sa propre famille n'étant pas riche, bien qu'il eût le droit, s'il le désirait, de porter le titre de baron. Aucun enfant ne naquit de cette union et, deux ans plus tard, sa femme mourut... d'une chute dans l'escalier. Parmi les biens qu'elle lui léguait se trouvait une maison cossue sur l'avenue Louise à Bruxelles.

« C'est là que lui-même mourut brusquement, au moment même de la démission du ministre dont il devait prendre la place. Les journaux donnèrent un compte rendu détaillé de sa carrière. Quant à sa mort, survenue de façon soudaine un soir après dîner, on l'attribua à une crise cardiaque.

« A cette époque, mon ami, j'étais, comme vous le savez, inspecteur dans la police belge. La mort de M. Paul Déroulard ne m'affecta pas particulièrement. Je suis, comme vous le savez aussi, un bon catholique, et, pour moi, son décès était plutôt un événement opportun.

« Ce fut trois jours plus tard, alors que mes vacances venaient de commencer, que je reçus à mon appartement la visite d'une jeune femme au visage dissimulé par un voile de deuil, mais manifestement très jeune. Je pressentis aussitôt que c'était une jeune fille tout à fait comme il faut.

– Vous êtes bien Monsieur Hercule Poirot? me demanda-t-elle d'une voix douce.

Je m'inclinai.

– Des services de police?

Je m'inclinai de nouveau.

– Asseyez-vous, je vous prie, Mademoiselle.

Elle accepta le fauteuil que je lui présentais et releva son voile. Elle avait un visage charmant, bien que ravagé par les larmes et exprimant une sorte d'angoisse poignante.

– Monsieur, me dit-elle, je sais que vous êtes en vacances en ce moment. Aussi pouvez-vous accepter de mener une enquête à titre privé. Comme vous l'avez compris, je ne tiens pas à faire appel officiellement à la police.

Je secouai la tête.

– Je crains que ce que vous me demandez ne soit impossible, Mademoiselle. Bien qu'étant en vacances, je fais tout de même partie de la police.

Elle se pencha en avant.

– Ecoutez, Monsieur. Tout ce que je vous demande, c'est de mener une enquête. Vous serez parfaitement libre de faire part de vos conclusions à la police. En fait, si ce que je soupçonne est vrai, nous aurons besoin de la machine judiciaire.

Cela plaçait la question sous un jour différent et je me mis à la disposition de cette jeune personne sans plus hésiter.

Ses joues reprirent un peu de couleur.

– Je vous remercie, Monsieur, me dit-elle. C'est sur la mort de M. Paul Déroulard que je vous demande d'enquêter.

– Comment! m'exclamai-je, surpris.

– Monsieur, je n'ai aucune preuve, rien d'autre que mon intuition féminine, mais je suis convaincue, convaincue, vous entendez, que M. Déroulard n'est pas mort de mort naturelle.

– Mais voyons, les médecins...

– Les médecins peuvent se tromper. Il était si fort, si robuste. Ah! Monsieur Poirot, je vous supplie de m'aider...

La pauvre enfant était dans tous ses états. Elle se serait presque mise à genoux. Je l'apaisai de mon mieux.

– Je vous aiderai, Mademoiselle. Je suis certain que vos craintes sont sans fondement, mais nous verrons bien. Tout d'abord, je vais vous demander de me dire qui sont les autres habitants de la maison.

– Il y a les domestiques, bien sûr; Jeannette, Félicie et Denise, la cuisinière. Elle y est depuis des années; les autres sont de simples filles de la campagne. Il y a aussi François, mais lui aussi est un vieux et fidèle serviteur. Ensuite, il y a la mère de M. Déroulard, qui vivait encore avec lui, et moi-même. Mon nom est Virginie Mesnard. Je suis une parente pauvre – une cousine – de feue Mme Déroulard, la femme de M. Paul, et je vis sous leur toit depuis trois ans. Voilà tous les membres de la maisonnée. Il y avait aussi deux invités qui étaient là pour quelques jours.

– A savoir?

– M. de Saint-Alard, un voisin de M. Déroulard en France. Et un ami anglais, Mr. John Wilson.

– Sont-ils toujours dans la maison?

– Mr. Wilson, oui, mais M. de Saint-Alard est parti hier.

– Et quel est votre plan, Mademoiselle?

– Si vous voulez bien vous présenter à la maison dans une demi-heure, j'aurai trouvé, entre-temps, une explication à votre visite. Le mieux serait de faire croire que vous travaillez pour un journal. Je dirai que vous êtes venu de Paris et que vous avez une lettre d'introduction de M. de Saint-Alard. Mme Déroulard n'est pas en très bonne santé et elle ne cherchera pas à en savoir davantage.

Grâce à l'ingénieuse invention de cette demoiselle, je fus reçu sans problème, et, après une courte entrevue avec la mère du défunt député, qui était une femme très digne et imposante bien que de santé précaire, je fus libre de circuler à mon aise dans la maison.

Je me demande, mon ami, poursuivit Poirot, si vous pouvez imaginer la difficulté de ma tâche? La mort de l'homme sur laquelle j'étais chargé d'enquêter remontait déjà à trois jours. S'il n'était pas mort de mort naturelle, il n'y avait qu'une explication possible : l'empoisonnement! Je n'avais pas pu voir le corps et je n'avais aucun moyen de déceler et d'analyser la façon dont le poison avait pu être administré. Pas le moindre indice, pas la moindre preuve dans un sens ou dans l'autre! L'homme avait-il été empoisonné? Etait-il mort de mort naturelle? C'était à moi, Hercule Poirot, d'en décider, sans aide d'aucune sorte.

Pour commencer, j'interrogeai les domestiques et, avec leur concours, je reconstituai les événements de la soirée. Je fis particulièrement attention aux plats qui composaient le dîner et à la façon dont ils avaient été servis. La soupe avait été apportée dans une soupière et c'était M. Déroulard lui-même qui l'avait servie. Il y avait eu ensuite du poulet et des petits pois, puis une compote de fruits, le tout placé sur la table et servi par le maître de maison lui-même. Le café avait également été apporté sur la table dans une grande cafetière. Donc, rien de ce côté-là, mon ami. Impossible d'empoisonner un des convives sans les empoisonner tous!

Après dîner, Madame Déroulard s'était retirée dans ses appartements et Mlle Virginie l'avait accompagnée. Les trois hommes, eux, étaient passés dans le cabinet de travail de M. Déroulard. Là, ils avaient bavardé agréablement jusqu'au moment où, brusquement, sans crier gare, le député s'était écroulé à terre. M. de Saint-Alard s'était précipité hors de la pièce et avait dit à François d'aller chercher immédiatement un médecin. Selon lui, c'était sans doute une attaque d'apoplexie. En fait, lorsque le docteur arriva, il n'y avait plus rien à faire.

Mr. John Wilson, à qui Mlle Virginie m'avait présenté, était un homme d'âge moyen, le type même du grand gaillard anglais. La version des faits, qu'il me donna dans un français très britannique, était sensiblement la même :

– Déroulard est devenu tout rouge et s'est écroulé.

Il ne put rien m'apprendre de plus. Je me rendis ensuite sur les lieux du drame, le cabinet de travail, et demandai qu'on m'y laissât seul. Jusque-là, je n'avais rien trouvé qui pût étayer la théorie de Mlle Mesnard. J'en conclus que ses craintes n'étaient que le fruit de son imagination. Manifestement, elle nourrissait pour M. Déroulard une passion romanesque et c'était ce qui l'avait empêchée de juger les faits objectivement. Néanmoins, je fouillai le cabinet de travail avec un soin méticuleux. Il était possible qu'une seringue hypodermique eût été placée dans le fauteuil de Déroulard de façon à lui injecter une dose mortelle de poison. La minuscule piqûre qu'elle aurait causée serait vraisemblablement passée inaperçue. Mais je ne découvris aucun indice pour confirmer cette théorie. En désespoir de cause, je me laissai tomber dans le fauteuil en m'écriant :

– J'abandonne! Pas la moindre piste! Tout est parfaitement normal.

A ce moment-là, mes yeux tombèrent sur une grande boîte de chocolats posée sur une table, à proximité du fauteuil, et mon cœur bondit dans ma poitrine. Cela n'avait peut-être rien à voir avec la mort de M. Déroulard, mais voilà du moins quelque chose qui n'était *pas* normal. Je soulevai le couvercle. La boîte était pleine, absolument intacte; il n'y manquait pas un chocolat, mais c'est justement ce qui rendait le détail que j'avais remarqué d'autant plus bizarre. Car, voyez-vous, Hastings, alors que la boîte était rose, le couvercle était *bleu*. On voit souvent un ruban bleu sur une boîte rose et vice versa, mais une boîte d'une couleur et le couvercle de l'autre, non, vraiment, cela ne se voit jamais!

Je ne savais pas encore en quoi cette anomalie pouvait m'être utile, mais je décidai d'en chercher l'explication. Je sonnai François et lui demandai si son maître aimait les douceurs. Un sourire mélancolique se dessina sur ses lèvres.

– Il les adorait, Monsieur. Il avait toujours une boîte de chocolats dans la maison. Il ne buvait jamais et ne prenait jamais de digestif, vous comprenez.

– Pourtant cette boîte est intacte, lui fis-je remarquer en soulevant le couvercle.

– Je vous demande pardon, Monsieur, mais cette boîte a été achetée le jour de sa mort, l'autre étant presque finie.

– Quelqu'un a donc fini l'autre ce jour-là? demandai-je.

– Oui, Monsieur. Je l'ai trouvée vide le lendemain matin et je l'ai jetée.

– M. Déroulard mangeait-il des douceurs à n'importe quelle heure?

– En principe seulement après le dîner, Monsieur.

Je commençais à entrevoir une lueur.

– François êtes-vous capable de discrétion? demandai-je au valet.

– S'il le faut, Monsieur.

– Bon. Sachez donc que je fais partie de la police. Pouvez-vous me trouver cette autre boîte?

– Certainement, Monsieur. Elle doit être dans la poubelle.

Il sortit et revint quelques instants plus tard avec un objet couvert de poussière. C'était la copie conforme de la boîte que je tenais à la main, excepté que, là, la boîte était bleue et le couvercle rose. Je remerciai François, lui recommandai encore une fois la plus grande discrétion, et quittai la maison de l'avenue Louise.

Je rendis ensuite visite au médecin de M. Déroulard. Avec lui, la tâche ne fut pas facile. Il se retrancha adroitement derrière un mur de phraséologie scientifique, mais j'eus bien l'impression qu'il n'était pas aussi sûr de son diagnostic qu'il aurait aimé l'être.

– Les morts soudaines de ce genre ne sont pas rares, remarqua-t-il lorsque j'eus réussi à le désarmer quelque peu. Un accès de colère subit, une vive émotion – après un copieux repas, c'est entendu – et cela suffit. Le sang monte à la tête et psst! Il n'en faut pas plus.

– Mais M. Déroulard n'avait pas eu d'émotion vive.

– Non? Il me semble bien qu'il avait eu une violente altercation avec M. de Saint-Alard.

– A quel sujet?

– C'est évident! déclara le médecin en haussant les épaules. M. de Saint-Alard n'est-il pas un catholique fanatique? Cette question des rapports de l'Eglise et de l'Etat était la pierre d'achoppement dans leur amitié. Il ne se passait pas de jour sans qu'ils se disputent. Aux yeux de M. de Saint-Alard, Déroulard était quasiment la préfiguration de l'Antéchrist.

Cette révélation était inattendue et elle me donna matière à réflexion.

– Une dernière question, docteur : est-il possible d'introduire une dose mortelle de poison dans un chocolat?

– Oui, je pense que c'est possible, répondit le médecin. Une minuscule gouttelette d'acide prussique pur suffirait, dans la mesure où elle ne risque pas de s'évaporer, et l'on peut à la rigueur l'avaler sans s'en rendre compte... mais cette solution me paraît peu vraisemblable. En revanche, un chocolat plein de morphine et de strychnine... (Le médecin fit une grimace.) Vous comprenez, Monsieur Poirot, il suffirait d'une bouchée! Si la personne ne se méfie pas, c'est facile!

– Merci, docteur.

Je pris congé. Après quoi, j'allai interroger quelques pharmaciens, en particulier ceux des environs de l'avenue Louise. C'est pratique d'être dans la police. J'obtins tous les renseignements que je désirais sans aucun problème. Un seul d'entre eux déclara avoir vendu un médicament toxique à quelqu'un de la maison. Il s'agissait d'un collyre au sulphate d'atropine pour Mme Déroulard. L'atropine est un poison violent et, sur le moment, j'étais tout excité, mais les symptômes de l'empoisonnement par l'atropine ressemblent fort à ceux de l'intoxication alimentaire et pas du tout à ceux qui m'intéressaient. D'ailleurs, l'ordonnance remontait déjà à assez longtemps. Mme Déroulard souffrait de cataracte aux deux yeux depuis des années.

Je m'apprêtais à partir, découragé, lorsque le pharmacien me rappela.

– Un moment, Monsieur Poirot. Je me souviens que la jeune fille qui est venue avec l'ordonnance m'a dit qu'elle devait aller à la pharmacie anglaise. Vous pourriez peut-être aller voir là-bas.

C'est ce que je fis. Grâce, encore une fois, à ma qualité d'inspecteur de police, je pus obtenir le renseignement que je désirais. La veille de la mort de M. Déroulard, ils avaient fait une préparation pour Mr. John Wilson. Oh! rien de bien compliqué. Simplement des comprimés de trinitine. Je demandai à voir à quoi cela ressemblait et, lorsque le pharmacien me le montra, mon cœur se mit à battre plus vite : les minuscules cachets étaient enrobés de chocolat.

– Est-ce un poison? demandai-je.

– Non, Monsieur, me répondit le pharmacien.

– Pouvez-vous me dire quels en sont les effets?

– Cela fait baisser la tension artérielle. On en prescrit dans certaines formes de troubles cardiaques; l'angine de poitrine, par exemple. Dans le cas de l'artériosclérose...

– Ma foi! l'interrompis-je. Tout cela ne veut pas dire grand-chose pour moi. Est-ce que cela fait affluer le sang au visage?

– Ah! ça oui!

– Et si j'avalais une dizaine ou une vingtaine de ces petits comprimés à la fois, que se passerait-il?

– Je ne vous conseillerais pas d'essayer, répondit sèchement le pharmacien.

– Vous dites pourtant que ce n'est pas du poison?

– Bien des substances qui ne sont pas considérées comme toxiques peuvent tuer un homme, me répondit-il sur le même ton.

Je quittai la pharmacie en exultant. Enfin, j'avais une piste.

Je savais à présent que John Wilson avait eu un moyen de tuer Déroulard... mais pour quel motif? Il était venu en Belgique en voyage d'affaires et avait demandé l'hospitalité au député, qu'il connaissait un peu. Apparemment, la mort de celui-ci ne pouvait lui profiter d'aucune façon. En outre, j'avais appris en me renseignant en Angleterre qu'il souffrait depuis plusieurs années de cette forme de maladie cardiaque qu'est l'angine de poitrine. Il n'y avait donc rien de suspect à ce qu'il ait en sa possession des cachets de trinitrine. Néanmoins, j'étais convaincu que quelqu'un avait touché aux chocolats; par erreur, il avait commencé par ouvrir la boîte pleine, mais il était ensuite passé à l'autre, y avait pris l'unique chocolat restant, l'avait évidé, puis l'avait bourré de petits comprimés de trinitrine. C'était de gros chocolats et j'étais certain qu'ils pouvaient en contenir vingt à trente. Mais qui avait supprimé Déroulard de cette façon?

Les deux hôtes de la maison pouvaient être suspectés. L'un, John Wilson, avait l'arme du crime; l'autre, Saint-Alard, le mobile. Ce dernier était un fanatique, ne l'oubliez pas, et on ne peut être plus fanatique qu'en matière de religion. Se pouvait-il qu'il eût subtilisé la trinitrine de John Wilson?

Il me vint alors une autre petite idée. Ah! cela vous fait sourire quand je parle de mes petites idées! Pourquoi Wilson s'était-il trouvé à court de trinitrine? Il était certainement venu d'Angleterre avec une réserve suffisante. Je retournai à la maison de l'avenue Louise. Wilson était sorti, mais je vis Félicie, la jeune domestique qui faisait habituellement sa chambre. Je lui demandai aussitôt si, par hasard, Mr. Wilson n'avait pas constaté la disparition d'un flacon de son étagère de toilette quelques jours plus tôt. Elle me répondit vivement par l'affirmative en ajoutant que c'était elle, Félicie, qui avait été accusée. L'Anglais avait manifestement pensé qu'elle l'avait cassé et ne voulait pas l'avouer, mais elle n'y avait même jamais touché. C'était sûrement un coup de Jeannette, qui fourrait toujours son nez partout...

J'arrêtai tant bien que mal son flot de paroles et pris congé. Je savais à présent tout ce que je désirais savoir. Il ne me restait plus qu'à prouver l'exactitude de mon hypothèse, mais cela – je m'en rendais compte – ne serait pas chose facile. J'avais peut-être la certitude que Saint-Alard avait dérobé le flacon de trinitrine sur l'étagère de toilette de John Wilson, mais, pour pouvoir en convaincre les autres, il me faudrait en apporter la preuve. Et je n'en avais pas la moindre!

Peu importe, du moins *savais-je*... c'était l'essentiel. Vous vous rappelez les problèmes que nous avons rencontrés dans l'affaire Styles, Hastings? Là aussi, je *savais*, mais il m'a fallu très longtemps pour trouver le dernier maillon de la chaîne qui prouvait indéniablement la culpabilité de l'assassin.

Je demandai alors à parler à Mlle Mesnard. Elle vint aussitôt. Cependant, lorsque je la priai de me donner l'adresse de M. de Saint-Alard, elle parut troublée.

– Pourquoi désirez-vous l'avoir, Monsieur? me demanda-t-elle.

– C'est nécessaire, Mademoiselle.

Elle paraissait hésiter, toujours aussi troublée.

– Il ne pourra rien vous apprendre. C'est un homme qui est constamment perdu dans ses pensées. Il ne fait pas attention à ce qui se passe autour de lui.

– Peut-être, Mademoiselle. Néanmoins, c'était un vieil ami de M. Déroulard. Il pourra peut-être me parler de certaines choses... des choses du passé, de vieilles rancunes, d'anciennes amours...

La jeune fille rougit et se mordit la lèvre.

– Comme vous voudrez, mais... mais je suis certaine, à présent, que je me suis trompée. C'est très aimable de votre part d'avoir accédé à ma requête, mais j'étais alors bouleversée; j'en avais presque perdu la tête. Maintenant, je me rends compte qu'il n'y a aucun mystère à élucider. Oubliez tout cela, je vous en prie, Monsieur.

Je l'observai attentivement.

– Mademoiselle, lui dis-je alors, il est parfois difficile pour un chien de découvrir une piste, mais lorsqu'il en a flairé une, rien ne pourra la lui faire abandonner. Du moins, si c'est un fin limier! Or, moi, Hercule Poirot, je me considère comme un très fin limier.

Sans un mot, elle s'éloigna et revint quelques instants plus tard avec l'adresse écrite sur une feuille de papier. Lorsque je quittai la maison, je trouvai François qui m'attendait à l'extérieur. Il me regarda d'un air anxieux.

– Il n'y a rien de nouveau, Monsieur?

– Pas encore, mon ami.

– Ah! Pauvre M. Déroulard! soupira-t-il. Moi aussi je partageais ses idées. Je ne pense pas beaucoup de bien des prêtres, je me garderais bien, cependant, de le dire ici. Les femmes sont toutes des bigotes... Remarquez, ce n'est peut-être pas plus mal. Madame est très pieuse, et Mlle Virginie aussi.

Mlle Virginie? Très pieuse? En revoyant son visage ravagé par les larmes le jour où elle était venue me trouver, je me posais la question.

Ayant obtenu l'adresse de M. de Saint-Alard, je ne perdis pas de temps. Une fois arrivé aux environs de son château dans les Ardennes, il me fallut cependant quelques jours pour trouver un moyen de pénétrer dans la place. Je finis par en trouver un; vous ne devinerez jamais comment : en me faisant passer pour un plombier! Il ne me fallut que quelques minutes pour provoquer une jolie petite fuite de gaz dans sa chambre à coucher. Je repartis chercher mes outils et fis en sorte de retourner là-bas à une heure où j'étais certain d'avoir pratiquement le champ libre. Je ne savais pas très bien ce que je cherchais. La seule pièce à conviction qui m'intéressât, je doutais fort d'avoir la moindre chance de tomber dessus. Saint-Alard n'aurait pas pris le risque de la garder.

Pourtant, lorsque je trouvai la petite armoire de toilette de sa salle de bains fermée à clé, je ne pus résister à la tentation de jeter un coup d'œil à l'intérieur. La serrure était très facile à crocheter et, en quelques secondes, j'avais ouvert l'armoire de toilette. Elle était pleine de vieux flacons. Je les pris un à un d'une main tremblante et, soudain, je poussai un cri de triomphe. Figurez-vous, mon ami, que je tenais dans ma main une petite fiole portant l'étiquette d'une pharmacie anglaise sur laquelle était écrit : *Comprimés de trinitrine. En prendre un quand nécessaire. Mr. John Wilson.*

Je contins mon émoi, refermai la petite armoire, glissai le flacon dans ma poche et continuai de réparer la fuite de gaz. Il faut être méthodique! Puis je quittai le château et repartis pour mon pays par le train suivant. J'arrivai à Bruxelles en fin de soirée. Le lendemain matin, j'étais occupé à rédiger un rapport pour le préfet, lorsqu'on m'apporta un mot. Il venait de la vieille Mme Déroulard, qui me demandait de me présenter à l'avenue Louise le plus tôt possible.

Ce fut François qui m'ouvrit.

– Madame la baronne vous attend, me dit-il.

Il me conduisit aux appartements de la vieille dame, qui trônait dans un grand fauteuil. Mlle Virginie n'était pas là.

– Monsieur Poirot, me dit Mme Déroulard, je viens de découvrir votre véritable identité. En réalité, vous êtes inspecteur de police.

– C'est exact, Madame.

– Et vous êtes venu ici pour enquêter sur les circonstances de la mort de mon fils.

– C'est exact, Madame, répondis-je à nouveau.

– Je serais heureuse que vous me disiez où vous en êtes.

J'hésitais à répondre.

– Auparavant, j'aimerais, pour ma part, savoir qui vous a mise au courant, Madame.

– Quelqu'un qui s'est retiré de ce monde.

Ses paroles et le ton lugubre sur lequel elle les avait prononcées me firent frissonner et, pendant un moment, je fus incapable de parler.

– C'est pourquoi, Monsieur, je vous prie instamment de me dire exactement où en est votre enquête, poursuivit-elle.

– Elle est terminée, Madame.

– Mon fils.

– A été tué délibérément.

– Vous savez par qui?

– Oui, Madame.
– Qui donc?
– M. de Saint-Alard.
La vieille dame secoua la tête.
– Vous vous trompez. M. de Saint-Alard est incapable d'un tel crime.
– J'ai les preuves en main.
– A nouveau, je vous prie de tout me dire.
Cette fois je m'exécutai, lui relatant les différentes démarches qui m'avaient conduit à la découverte de la vérité. Elle m'écouta attentivement et, lorsque j'eus terminé, elle hocha la tête.
– Oui, oui, tout s'est passé comme vous le dites, mais vous vous êtes trompé sur un point. Ce n'est pas M. de Saint-Alard qui a tué mon fils. C'est moi, sa mère.
Je la regardai d'un air ébahi tandis qu'elle continuait de hocher doucement la tête.
– C'est une bonne chose que je vous aie demandé de venir. Et c'est la providence divine qui a voulu que Virginie me dise, avant d'entrer au couvent, ce qu'elle avait fait. Ecoutez, Monsieur Poirot! Mon fils était un homme mauvais. Il persécutait l'Eglise. Il vivait dans le péché et il a entraîné d'autres âmes avec lui. Mais il y a pire. Un matin que je sortais de ma chambre, j'ai vu ma belle-fille debout en haut de l'escalier. Elle lisait une lettre. Mon fils est alors arrivé tout doucement derrière elle et l'a poussée brutalement. Elle est tombée et a heurté de la tête les marches en marbre. Lorsqu'on l'a relevée, elle était morte. Mon fils était un assassin et moi seule, sa mère, le savais.
La vieille dame ferma les yeux un instant.
– Vous ne pouvez imaginer. Monsieur, ma souffrance, mon désespoir. Que devais-je faire? Le dénoncer à la police? Je ne pouvais m'y résoudre. C'était mon devoir, mais mon cœur de mère y répugnait. D'ailleurs, m'aurait-on crue? Ma vue avait beaucoup baissé depuis quelque temps. On m'aurait dit que je me trompais. Je gardai donc le silence. Mais ma conscience me torturait. En ne parlant pas, je me faisais complice d'un meurtre. Mon fils hérita de l'argent de sa femme et continua de mener la belle vie.

Et voilà qu'il était sur le point d'accéder à un portefeuille de ministre. Il persécuterait plus que jamais l'Eglise. Et puis il y avait Virginie. Cette pauvre enfant si belle, si pieuse, était fascinée par ce démon. Il avait un étrange et terrifiant pouvoir sur les femmes. J'ai deviné ce qui allait se passer, mais je ne pouvais l'empêcher. Il n'avait aucune intention de l'épouser. Et le moment arriva où je la sentais prête à lui céder.

« J'ai alors vu où était mon devoir. C'était mon fils. Je lui avais donné la vie. J'étais responsable de ses actes. Il avait déjà tué physiquement une femme, à présent il allait en tuer une autre moralement! Je me suis introduite dans la chambre de Mr. Wilson et j'ai pris le flacon de comprimés. Il avait dit une fois en riant qu'il y avait là de quoi tuer un homme! Je suis allée dans le bureau et me suis approchée de la table où était toujours posée une grande boîte de chocolats. J'en ai ouvert une neuve par erreur, mais il y avait aussi l'autre. Il n'y restait qu'un chocolat, ce qui simplifiait les choses. Personne d'autre que mon fils et Virginie n'en mangeait après dîner. Il me suffisait donc de garder Virginie avec moi ce soir-là. Tout s'est passé comme je l'avais prévu.

Mme Déroulard ferma les yeux un instant, puis les rouvrit.

– Monsieur Poirot, je remets mon sort entre vos mains. Les médecins m'ont dit qu'il me restait peu de temps à vivre. Je suis prête à répondre de mon acte devant Dieu. Dois-je aussi en répondre sur terre devant les hommes?

J'hésitai.

– Mais le flacon vide. Madame, dis-je pour gagner du temps, comment est-il arrivé en la possession de M. de Saint-Alard?

– Lorsqu'il est venu me dire au revoir, je l'ai glissé dans sa poche. Je ne savais pas comment m'en débarrasser. Je suis si infirme que je ne peux pas tellement me déplacer sans aide, et si on l'avait trouvé dans mes appartements, cela aurait pu éveiller les soupçons. Comprenez bien, Monsieur, poursuivit la vieille dame en se redressant de toute sa hauteur, je n'ai absolument pas fait cela pour faire porter les soupçons sur M. de Saint-Alard! Je n'ai jamais eu pareille intention. Je pensais qu'en trouvant un flacon vide dans ses affaires, son valet de chambre le jetterait sans se poser de question.

Je hochai la tête.

– Je comprends, Madame.

– Et votre décision, Monsieur?

Elle m'avait posé la question d'une voix ferme, la tête toujours aussi haute.

Je me levai.

– Madame, lui dis-je, j'ai bien l'honneur de vous saluer. J'ai mené mon enquête... et j'ai échoué! N'en parlons plus.

Poirot resta silencieux un moment, puis il ajouta calmement.

– La vieille dame mourut une semaine plus tard. Mlle Virginie fit son noviciat et prit le voile. Voilà toute l'histoire, mon ami. Je dois reconnaître que je ne m'y suis pas montré à mon avantage.

– Mais ce n'était pas vraiment un échec! répliquai-je. Qu'auriez-vous pu penser d'autre étant donné les circonstances?

– Comment, mon ami! s'écria Poirot en s'animant brusquement. Vous ne comprenez donc pas? Mais j'ai été le roi des imbéciles! Je n'ai vraiment pas su faire fonctionner ma matière grise! Quand je pense que, depuis le début, je disposais d'un indice essentiel!

– Quel indice?

– Mais la boîte de chocolats, voyons! Quelqu'un qui a une bonne vue aurait-il commis une telle erreur? Je savais que Mme Déroulard souffrait de cataracte; le collyre à l'atropine en était la preuve. Il n'y avait qu'une personne dans la maison dont la vue était si faible qu'elle pouvait confondre les deux couvercles. C'est la boîte de chocolats qui m'a mis sur la piste et pourtant, à aucun moment, je n'ai saisi la véritable signification de l'interversion des couvercles! J'ai aussi manqué de psychologie. Si M. de Saint-Alard avait été l'assassin, il n'aurait jamais gardé la pièce à conviction que constituait le flacon vide.

Le fait que je l'aie trouvé dans ses affaires était justement une preuve de son innocence. Je savais déjà par Mlle Virginie que c'était un homme distrait... Oui, c'est vraiment une triste affaire que je vous ai contée là. D'ailleurs, vous êtes le seul à qui j'en ai parlé. Vous comprenez, je ne m'y suis pas montré bien brillant! Une vieille dame commet un meurtre d'une façon si adroite et si simple que moi, Hercule Poirot, je me laisse complètement berner. Sapristi! C'est inimaginable! Oubliez cette histoire. Ou plutôt; non... souvenez-vous-en et si, à un moment donné, vous trouvez que je deviens trop infatué de ma personne... c'est peu vraisemblable, mais cela pourrait arriver...

Je dissimulai un sourire.

– ... eh bien, mon ami, reprit Poirot, dites-moi simplement : « la boîte de chocolats ». C'est entendu?

– Marché conclu.

– Après tout, reprit Poirot d'un air pensif, ce fut une sacrée expérience! Moi qui ai incontestablement l'esprit le plus brillant d'Europe, je pouvais me permettre d'être magnanime.

– La boîte de chocolats, murmura-je avec douceur.

– Pardon, mon ami?

Je regardai le visage innocent de Poirot tandis qu'il se penchait en avant pour mieux entendre, et je fus pris de remords. Il m'avait souvent fait souffrir, mais moi aussi, bien que ne possédant pas l'esprit le plus brillant d'Europe, je pouvais me permettre de me montrer magnanime!

– Rien, rien, dis-je avant d'allumer une autre pipe en souriant intérieurement.

LES PLANS DU SOUS-MARIN

Un messager spécial venait d'apporter un pli urgent. Tandis que Poirot le lisait, une lueur d'intérêt et d'excitation s'alluma dans ses yeux. Il renvoya l'homme avec un bref remerciement, puis se tourna vers moi.

– Faites tout de suite votre valise, mon ami. Nous partons pour *Sharples*.

Je sursautai en entendant mentionner le nom de la célèbre résidence de Lord Alloway. Etant à la tête du nouveau ministère de la Défense, Lord Alloway était un membre éminent du gouvernement. Du temps où il était encore Sir Ralph Curtis et dirigeait une importante société de constructions mécaniques, il s'était distingué à la Chambre des Communes et on le considérait à présent comme « l'homme en vue », celui qui avait le plus de chances d'être appelé à former un nouveau gouvernement si les rumeurs concernant la santé de Mr. McAdam étaient fondées.

Une grosse Rolls Royce nous attendait en bas et tandis qu'elle s'enfonçait doucement dans la nuit, je pressai Poirot de questions.

– Pour quelle raison peuvent-ils bien avoir besoin de nous à cette heure-ci?

Il était plus de onze heures du soir.

Poirot secoua la tête en signe d'ignorance.

– Pour une affaire très importante, sans aucun doute.

– Je me souviens, dis-je, qu'il y a quelques années, Ralph Curtis – puisque tel était alors son nom – a été mêlé à un vilain scandale; une histoire d'escamotage d'actions, je crois. Pour finir, il a été totalement disculpé, mais peut-être s'est-il produit à nouveau quelque chose de ce genre?

– Il n'aurait guère besoin de m'envoyer chercher en plein milieu de la nuit, mon ami.

Je fus forcé d'admettre la justesse de ce raisonnement et nous fîmes le reste du trajet en silence. Dès la sortie de Londres, la puissante voiture avait roulé à vive allure et nous arrivâmes à *Sharples* en moins d'une heure.

Un majordome raide et guindé nous conduisit aussitôt dans un petit cabinet de travail où Lord Alloway nous attendait. Il bondit de son fauteuil pour nous accueillir. C'était un homme grand et mince, qui respirait la puissance et la vitalité.

– M. Poirot, je suis ravi de vous voir. C'est la deuxième fois que le gouvernement a recours à vos services. Je ne me souviens que trop bien de ce que vous avez fait pour nous pendant la guerre lorsque le Premier ministre a été kidnappé de cette étonnante façon. Vos puissantes déductions – et, je dois le dire, votre discrétion – ont sauvé la situation.

Une petite lueur s'alluma dans les yeux de Poirot.

– Dois-je comprendre, Milord, qu'il s'agit à nouveau d'une affaire exigeant... de la discrétion?

– Absolument. Sir Harry et moi-même... oh! permettez-moi de vous présenter... L'amiral Sir Harry Weardale, Premier lord de l'Amirauté... Monsieur Poirot, et... voyons, le capitaine...

– Hastings, précisai-je.

– J'ai souvent entendu parler de vous, Monsieur Poirot, dit Sir Harry en nous serrant la main. Nous nous trouvons devant un problème inexplicable et, si vous pouviez le résoudre, nous vous en serions extrêmement reconnaissants.

Le Premier lord de l'Amirauté me fut d'emblée sympathique avec ses airs de vieux loup de mer un peu bourru.

Poirot interrogea les deux hommes du regard et Alloway prit la parole.

– Comme vous vous en doutez, tout ceci est strictement confidentiel, Monsieur Poirot. Il s'est passé quelque chose d'extrêmement grave. On nous a volé les plans du nouveau sous-marin de type Z.

– Quand cela s'est-il produit?

– Ce soir; il y a un peu moins de trois heures. Vous vous rendez certainement compte, Monsieur Poirot, de l'étendue du désastre. Il ne faut surtout pas que la nouvelle s'ébruite. Je vais vous relater les événements aussi brièvement que possible. J'ai invité pour le week-end l'amiral ici présent, son épouse et son fils, ainsi que Mrs. Conrad, une femme très connue dans la haute société londonienne. Ces dames se sont retirées assez tôt – vers dix heures – ainsi que Mr. Leonard Weardale. Sir Harry est ici, entre autres, pour discuter avec moi de la construction de ce nouveau type de sous-marin. J'ai donc demandé à mon secrétaire, Mr. Fitzroy, de sortir les plans du coffre-fort que vous voyez dans ce coin, et de me les préparer ainsi que divers autres documents relatifs à la question. Pendant ce temps, l'amiral et moi nous promenions sur la terrasse en fumant un cigare et en goûtant la douceur de l'air printanier. Notre cigare terminé, nous avons décidé de nous mettre au travail. Au moment même où nous faisions demi-tour à l'autre bout de la terrasse, j'ai cru voir une ombre sortir par cette porte-fenêtre et traverser la terrasse avant de disparaître. Je savais que Fitzroy était dans cette pièce et il ne m'est même pas venu à l'esprit qu'il pouvait s'être passé quoi que ce soit d'insolite. C'est en ce sens, bien sûr, que je suis à blâmer. Nous sommes donc revenus ici et sommes entrés par la porte-fenêtre en même temps que Fitzroy, qui, lui, arrivait du hall.

– Vous avez sorti tout ce dont nous pourrions avoir besoin, Fitzroy? lui ai-je demandé.

– Je pense que oui, Milord. Tous les papiers sont sur votre bureau, m'a-t-il répondu avant de nous souhaiter une bonne nuit.

– Attendez un instant, lui ai-je dit en m'approchant du bureau. Il se pourrait que j'aie besoin d'un autre document que ceux que je vous ai demandés.

J'ai feuilleté rapidement les papiers qu'il avait rassemblés.

– Vous avez oublié le plus important de tous, Fitzroy! Les plans du sous-marin!

– Ils sont juste sur le dessus, Milord.

– Eh non, il n'y sont pas! ai-je répliqué en examinant à nouveau la pile.

– Mais je les y ai mis il n'y a pas trois minutes!

– Eh bien, ils n'y sont plus.

Fitzroy s'est approché, l'air ahuri. Cela semblait tellement incroyable! Nous avons passé en revue tous les documents posés sur le bureau; nous avons fouillé le coffre-fort; mais, finalement, il nous a bien fallu admettre que les plans avaient disparu; et cela, pendant le court instant – environ trois minutes – où Fitzroy avait quitté la pièce.

– Pourquoi était-il sorti? demanda vivement Poirot.

– C'est exactement la question que je lui ai posée! s'exclama Sir Harry.

– Il paraît qu'au moment où il finissait de disposer les documents sur mon bureau, expliqua Lord Alloway, il a entendu une femme crier. Il s'est précipité dans le hall et a trouvé la femme de chambre française de Mrs. Conrad dans l'escalier. Elle était toute pâle et affirmait avoir vu un fantôme, une grande forme blanche qui se déplaçait sans bruit. Fitzroy s'est moqué de ses frayeurs et lui a dit plus ou moins poliment de ne pas faire la sotte. Puis il est revenu dans cette pièce au moment même où nous y entrions par la porte-fenêtre.

– Tout cela me paraît très clair, déclara Poirot d'un air pensif. La question est de savoir si la femme de chambre est complice. A-t-elle crié selon les instructions de son acolyte qui rôdait au-dehors, ou l'homme attendait-il simplement un moment propice pour se glisser dans la pièce? C'était un homme, je suppose, et non une femme, que vous avez vu?

– Je suis incapable de le dire, Monsieur Poirot. C'était simplement... une ombre.

L'amiral fit entendre un reniflement de mépris qui ne pouvait manquer d'attirer l'attention.

– L'amiral a quelque chose à dire, il me semble, remarqua Poirot avec un petit sourire. Vous avez vu cette ombre, Sir Harry?

– Non, répondit-il. Et Lord Alloway non plus. Il a sans doute vu une branche d'arbre remuer, ou quelque chose dans ce goût-là, et c'est après, lorsque nous avons découvert le vol, qu'il en a conclu qu'il avait vu quelqu'un traverser la terrasse. C'est tout simplement un effet de son imagination.

– Je ne suis pourtant pas réputé pour en avoir beaucoup, dit Lord Alloway avec un léger sourire.

– Allons donc! Nous en avons tous. Nous sommes tous capables de nous convaincre que nous avons vu quelque chose alors que ce n'est pas vrai. J'ai passé toute ma vie en mer et je suis prêt à parier que j'ai de meilleurs yeux que n'importe qui. Je regardais droit devant moi et, s'il y avait eu quoi que ce soit, je l'aurais vu, moi aussi.

Après cette déclaration véhémente de l'amiral, Poirot se leva et s'approcha de la porte-fenêtre.

– Vous permettez? demanda-t-il. Nous devons essayer de régler cette question.

Il sortit sur la terrasse et nous le suivîmes. Ayant tiré une torche de sa poche, il en promenait le faisceau sur l'herbe qui bordait la terrasse.

– A quel endroit l'ombre a-t-elle traversé la terrasse, Milord?

– A peu près en face de la porte-fenêtre.

Poirot continua pendant quelques instants à promener le faisceau de sa torche sur l'herbe tandis qu'il parcourait la terrasse d'un bout à l'autre, puis il l'éteignit en se redressant.

– Sir Harry a raison... Vous avez dû vous tromper, Milord, dit-il d'un ton posé. Il a beaucoup plu en début de soirée. Si quelqu'un avait marché sur l'herbe, il n'aurait pas manqué de laisser des empreintes. Or, il n'y en a pas; pas une seule.

Il regarda les deux hommes l'un après l'autre. Lord Alloway paraissait décontenancé et sceptique; quant à l'amiral, il exprima bruyamment sa satisfaction.

– Je savais bien que je ne pouvais pas me tromper! Je me fierais à ma vue n'importe où.

Il offrait une image si frappante du vieux loup de mer franc et direct que je ne pus réprimer un sourire.

– Cela ramène donc nos soupçons aux personnes qui se trouvent dans la maison. Rentrons, voulez-vous? Bien. Milord, pendant que Mr. Fitzroy parlait à la femme de chambre dans l'escalier, quelqu'un aurait-il pu en profiter pour entrer dans le bureau par le hall?

Lord Alloway secoua la tête.

– Absolument impossible; il aurait été obligé de passer devant lui.

– Et Mr. Fitzroy? Avez-vous totalement confiance en lui?

Le visage de Lord Alloway s'empourpra d'indignation.

– Totalement, Monsieur Poirot. J'en réponds comme de moi-même. Il est impossible qu'il soit mêlé d'une façon quelconque à ce vol.

– Tout paraît impossible, remarqua Poirot assez sèchement. Les plans se sont sans doute munis d'une petite paire d'ailes et envolés... Comme ça!

Il souffla en arrondissant comiquement les lèvres à la façon d'un chérubin.

– Tout cela est invraisemblable, certes, admit Lord Alloway d'un ton agacé. Mais, je vous en prie, Monsieur Poirot, n'allez pas soupçonner Fitzroy. Réfléchissez; s'il avait voulu se procurer ces plans, quoi de plus facile pour lui que de les reproduire? Il n'avait pas besoin de prendre des risques en les volant.

– Voilà, Milord, une remarque tout à fait pertinente, déclara Poirot d'un ton satisfait. Je vois que vous avez un esprit méthodique. C'est une chance pour l'Angleterre d'être servie par des hommes comme vous.

Lord Alloway parut gêné par cette louange inattendue, mais Poirot était déjà revenu aux questions d'ordre pratique.

– La pièce dans laquelle vous avez passé la soirée...

– Le petit salon. Oui?

– Elle a aussi une porte-fenêtre donnant sur la terrasse, puisque vous avez déclaré, si j'ai bonne mémoire, être sortis par là? Ne serait-il pas possible que quelqu'un soit sorti de la même façon, entré ici par cette porte-fenêtre-ci pendant que Mr. Fitzroy n'y était pas, et reparti par le même chemin?

– Mais nous l'aurions vu! objecta l'amiral.

– Pas si vous aviez le dos tourné et vous dirigiez vers l'autre extrémité de la terrasse.

– Fitzroy ne s'est absenté que quelques instants; à peu près le temps qu'il nous fallait pour aller jusqu'au bout et revenir.

– N'empêche que c'est une possibilité... La seule, en fait, qui soit envisageable.

– Mais il n'y avait plus personne dans le petit salon quand nous en sommes sortis! objecta à nouveau l'amiral.

– Quelqu'un peut y être entré après votre départ.

– Vous voulez dire, conclut lentement Lord Alloway, que, lorsque Fitzroy a entendu la femme de chambre pousser un cri, quelqu'un était déjà caché dans le petit salon, qu'il est entré ici et ressorti par la porte-fenêtre, puis qu'il a attendu, pour quitter le petit salon, que Fitzroy soit revenu ici?

– Vous avez décidément un esprit très méthodique, dit Poirot en s'inclinant. Oui, c'est exactement cela.

– C'est peut-être un des domestiques?

– Ou un invité. N'oubliez pas que c'est la femme de chambre de Mrs. Conrad qui a crié. Que pouvez-vous me dire au juste de Mrs. Conrad?

Lord Alloway réfléchit un moment.

– Je vous ai dit que c'était une femme très connue dans la haute société. C'est vrai, en ce sens qu'elle donne de grandes réceptions et est reçue partout. Mais on ne sait pas grand-chose de ses origines ni de sa vie passée. Elle fréquente assidûment les milieux diplomatiques et le Foreign Office, ce qui fait se poser quelques questions aux Services Secrets.

– Je vois, dit Poirot. Et vous l'avez invitée ici pour le week-end...

– Afin, dirons-nous, de pouvoir la surveiller de près.

– Eh bien, il est fort possible qu'elle ait adroitement retourné la situation!

Lord Alloway paraissait tout déconfit, mais Poirot poursuivit :

– Dites-moi, Milord, avez-vous mentionné devant elle les questions dont l'amiral et vous-même deviez discuter?

– Oui, reconnut le ministre. Sir Harry a dit : « Et maintenant, occupons-nous de notre sous-marin. Au travail! » ou quelque chose comme ça. Les autres avaient déjà quitté la pièce, mais Mrs. Conrad était revenue chercher un livre.

– Je vois, murmura Poirot d'un air pensif. Milord, il est très tard, mais vu l'importance de l'affaire, j'aimerais interroger sur-le-champ tous vos invités.

– C'est faisable, bien sûr, répondit Lord Alloway. L'ennui, c'est que nous ne tenons pas à mettre au courant plus de personnes qu'il ne faut. Avec Lady Juliet et le jeune Léonard, il n'y a aucun problème, évidemment... mais en ce qui concerne Mrs. Conrad, si elle est innocente, c'est une autre histoire. Peut-être pourriez-vous simplement lui dire qu'un important document a disparu, sans préciser lequel, ni entrer dans les détails de sa disparition?

– C'est exactement ce que je m'apprêtais à proposer, déclara Poirot avec un sourire épanoui. En fait, il vaudrait mieux présenter la chose de cette façon à tous les trois. Vous m'excuserez, Amiral, mais même la meilleure des épouses...

– Je vous en prie, répondit Sir Harry. Tout le monde sait que les femmes sont bavardes! Pour ma part, je préférerais que Juliet le soit un peu plus et joue un peu moins au bridge. Mais les femmes sont ainsi faites de nos jours; elles ne sont contentes que lorsqu'elles peuvent danser ou jouer. Si vous le désirez, Alloway, je peux aller réveiller Juliet et Léonard.

– Merci. De mon côté, je vais faire appeler la femme de chambre de Mrs. Conrad. Monsieur Poirot voudra sans doute lui parler et elle pourra réveiller sa maîtresse. J'y vais tout de suite. Pendant ce temps, je vous envoie Fitzroy.

Mr. Fitzroy était un pâle et maigre jeune homme à pince-nez, au regard froid et inexpressif. Sa déclaration concordait mot pour mot avec ce que nous avait dit Lord Alloway.

– Quelle est votre hypothèse? lui demanda Poirot.

Mr. Fitzroy haussa les épaules.

– Quelqu'un qui était au courant attendait vraisemblablement dehors un moment propice. Il pouvait voir par la fenêtre ce qui se passait et il est entré dans la pièce quand je me suis absenté. Il est vraiment dommage que Lord Alloway ne se soit pas mis à sa poursuite dès qu'il l'a vu ressortir!

Poirot ne jugea pas utile de le détromper.

– Croyez-vous ce que vous a raconté la femme de chambre? Qu'elle avait vu un fantôme?

– C'est trop absurde, Monsieur!

– Je voulais dire : croyez-vous qu'elle pensait vraiment en avoir vu un?

– Ah! ça, je ne saurais le dire. Mais elle semblait être dans tous ses états et se tenait la tête à deux mains.

– Tiens! tiens! dit Poirot de l'air de quelqu'un qui vient de faire une découverte. Voilà qui est intéressant... Et c'est sans doute une jolie fille?

– Je n'y ai pas fait très attention, répondit Mr. Fitzroy d'un ton froid.

– Je suppose que vous n'avez pas vu sa maîtresse?

– Si. Elle était en haut de l'escalier et l'appelait : « Léonie! » C'est alors qu'elle m'a aperçu... et, bien sûr, elle a fait demi-tour.

– En haut, répéta Poirot, les sourcils froncés.

– Bien entendu, je me rends parfaitement compte des soupçons qui peuvent peser sur moi... ou plutôt, qui auraient pu peser sur moi si Lord Alloway n'avait pas aperçu l'homme au moment où il repartait. Mais, de toute façon, j'aimerais que vous preniez la peine de fouiller ma chambre; et moi-même.

– Vous y tenez vraiment?

– Absolument.

Je ne sais pas ce que Poirot aurait répondu, mais, à cet instant, Lord Alloway reparut et nous annonça que ses deux hôtesses et le jeune Léonard nous attendaient dans le petit salon.

Ces dames étaient toutes deux vêtues d'un déshabillé seyant. Mrs. Conrad était une belle femme blonde d'environ trente-cinq ans ayant une légère tendance à l'embonpoint. Lady Juliet Weardale, elle, était âgée d'une quarantaine d'années, brune, grande, très mince et encore très belle; elle avait de jolies mains fines et s'agitait sur son fauteuil d'un air inquiet. Son fils était un jeune homme quelque peu efféminé, aussi différent, physiquement, de son vigoureux père, qu'on pouvait l'imaginer.

Poirot débita le petit laïus sur lequel nous nous étions mis d'accord, puis expliqua qu'il aimerait savoir si quelqu'un avait vu ou entendu quoi que ce soit dans la soirée qui pût nous aider dans notre enquête.

Se tournant en premier lieu vers Mrs. Conrad, il la pria de bien vouloir lui dire ce qu'elle avait fait depuis qu'elle et Lady Juliet s'étaient retirées.

– Voyons... Je suis montée; j'ai sonné ma femme de chambre; comme elle n'arrivait pas, je suis sortie et l'ai appelée. Je l'entendais discuter dans l'escalier. Lorsqu'elle a eu fini de me brosser les cheveux, je l'ai renvoyée – elle paraissait très nerveuse –; j'ai lu un moment, puis je me suis couchée.

– Et vous, Lady Juliet? s'enquit Poirot.

– Je suis montée directement me coucher. J'étais très fatiguée.

– Et votre livre, ma chère? lui dit Mrs. Conrad avec un aimable sourire.

– Mon livre? répéta Lady Juliet en rougissant.

– Oui, vous savez. Quand j'ai renvoyé Léonie, vous étiez en train de remonter. Vous étiez descendue chercher un livre dans le petit salon, m'avez-vous dit.

– Ah oui! c'est vrai, j'étais redescendue. Je.. j'avais oublié.

Lady Juliet se tortillait les mains nerveusement.

– Avez-vous entendu la femme de chambre de Mrs. Conrad crier, Madame?

– Non... non.

– C'est curieux parce que, à ce moment-là, vous deviez vous trouver dans le petit salon.

– Je n'ai rien entendu, dit Lady Juliet d'une voix plus assurée.

Poirot se tourna vers le jeune Léonard.

– Monsieur?

– Je n'ai rien à dire. Je suis monté directement me coucher et je me suis endormi.

Poirot se caressa le menton.

– Hélas! Je crains fort que cet entretien n'ait servi à rien. Mesdames, Monsieur, je regrette infiniment de vous avoir tirés du sommeil pour si peu. Veuillez accepter mes excuses, je vous prie.

Il fit sortir le petit groupe de la pièce en gesticulant et réitérant ses excuses, et revint un instant plus tard avec la femme de chambre de Mrs. Conrad, une jolie fille au regard effronté. Alloway et Weardale étaient sortis, eux aussi.

– A présent, Mademoiselle, dit Poirot d'un ton brusque, je veux la vérité. Et ne me racontez pas d'histoires. Pourquoi avez-vous crié ce soir, dans l'escalier?

– Ah! Monsieur, j'ai vu une grande forme blanche...

Poirot l'arrêta d'un mouvement énergique de l'index.

– Ne vous ai-je pas dit de ne pas me raconter d'histoires? Laissez-moi deviner. Il vous a embrassée, c'est ça? Je veux parler de Mr. Léonard Weardale, bien sûr.

– Et après, Monsieur? Qu'est-ce qu'un petit baiser?

– Compte tenu des circonstances, c'est une chose très naturelle, répondit galamment Poirot. Moi-même ou mon ami Hastings ici présent... mais racontez-moi plutôt comment les choses se sont passées exactement.

– Il est arrivé par derrière et m'a attrapée par la taille. Cela m'a fait sursauter et j'ai crié. Si j'avais su, je n'aurais pas crié... mais il m'est tombé dessus comme un chat. A ce moment-là, M. le secrétaire est arrivé. Alors, M. Léonard a grimpé l'escalier quatre à quatre. Qu'est-ce que je pouvais dire? Surtout à un jeune homme comme ça... tellement comme il faut... Alors, ma foi, j'ai inventé une histoire de fantôme.

– Et tout s'explique, s'écria Poirot avec bonne humeur. Ensuite, vous êtes montée à la chambre de votre maîtresse. Au fait, quelle chambre occupe-telle?

– Celle du fond, Monsieur. De ce côté.
– Juste au-dessus du cabinet de travail, donc. Bien, Mademoiselle. Je ne vous retiendrai pas plus longtemps. Et, la prochaine fois, ne criez pas.
Après avoir raccompagné la jeune fille jusqu'à la porte, Poirot revint avec un sourire.
– Une affaire intéressante, n'est-ce pas, Hastings? Je commence à avoir ma petite idée. Et vous?
– Que faisait donc Léonard Weardale dans l'escalier? Ce jeune homme ne me plaît pas du tout, Poirot. A mon avis, c'est un petit coureur.
– Je suis bien d'accord avec vous, mon ami.
– Fitzroy a l'air d'un type honnête.
– Lord Alloway insiste assez sur ce point!
– Et pourtant, il y a quelque chose dans ses manières...
– Il en fait presque un peu trop, c'est ça? J'ai eu moi aussi ce sentiment. D'un autre côté, notre amie Mrs. Conrad n'est pas précisément ce que j'appellerais une femme au-dessus de tout soupçon.
– Et sa chambre se trouve juste au-dessus du bureau, ajoutai-je en observant Poirot du coin de l'œil.
Il secoua la tête en souriant.
– Non, mon ami, je ne puis me résoudre à croire que cette belle dame soit descendue par le conduit de la cheminée ou par le balcon.
Comme il finissait sa phrase, la porte s'ouvrit et, à mon grand étonnement, je vis entrer vivement Lady Juliet Weardale.
– Monsieur Poirot, dit-elle, hors d'haleine, puis-je vous parler seule à seul?
– Madame, le capitaine Hastings est un autre moi-même. Vous pouvez parler devant lui comme si c'était mon ombre ou qu'il ne fût point là. Asseyez-vous, je vous prie.
Lady Juliet s'assit, le regard toujours fixé sur Poirot.
– Ce que j'ai à vous dire est... assez délicat. Vous êtes chargé de l'enquête. Si les... papiers étaient rendus, cela mettrait-il fin à cette affaire? Je veux dire : cela pourrait-il se faire sans qu'on pose de questions?
Poirot la dévisagea attentivement.

– Comprenons-nous bien, Madame. Vous me proposez de me remettre ces documents, c'est cela? Et je dois moi-même les rendre à Lord Alloway à condition qu'il ne me demande pas comment je les ai obtenus?

Lady Juliet acquiesça.

– C'est bien ce que je veux dire. Mais il faut que je sois certaine qu'il n'y aura pas de... publicité.

– Je ne pense pas que Lord Alloway tienne particulièrement à la publicité, dit Poirot d'un ton sévère.

– Vous acceptez donc? s'écria Lady Juliet d'un air soulagé.

– Un instant, Madame. Tout dépend du temps qu'il vous faudra pour me remettre ces documents.

– Je puis vous les donner presque tout de suite.

Poirot leva les yeux vers l'horloge.

– Dans combien de temps exactement?

– Disons... dix minutes.

– J'accepte, Madame.

Lady Juliet se précipita hors de la pièce. J'émis alors un petit sifflement.

– Pouvez-vous me résumer la situation, Hastings?

– Le bridge, répondis-je laconiquement.

– Ah! vous vous souvenez des paroles anodines de l'amiral! Quelle mémoire! Je vous félicite, Hastings.

Nous nous tûmes en voyant entrer Lord Alloway, qui interrogea Poirot du regard.

– Avez-vous une autre idée, Monsieur Poirot? Je crains fort que les réponses à vos questions n'aient été plutôt décevantes.

– Pas dut tout, Milord. Elles m'ont, au contraire, suffisamment éclairé. Il ne me sera pas nécessaire de rester ici plus longtemps. Aussi, avec votre permission, vais-je repartir aussitôt pour Londres.

Lord Alloway paraissait stupéfait.

– Mais... mais qu'avez-vous découvert? Savez-vous qui a pris les plans?

– Oui, Milord, je le sais. Dites-moi, à supposer que les papiers vous soient remis de façon anonyme, vous ne demanderiez pas la poursuite de l'enquête?

Lord Alloway dévisagea Poirot un instant.

– Vous voulez dire : s'ils m'étaient remis en échange d'une somme d'argent?

– Non, Milord. Sans condition.

– Evidemment, l'essentiel est de récupérer les plans, dit lentement Lord Alloway.

Cependant, il avait encore l'air intrigué.

– Dans ce cas, c'est la solution que je vous conseille d'adopter. Seuls vous-même, l'amiral et votre secrétaire êtes au courant de la disparition des documents. Personne d'autre n'a besoin de savoir qu'ils ont été restitués. Et vous pouvez compter sur moi pour vous aider de toutes les manières possibles... j'endosse la responsabilité de ce mystère. Vous m'avez demandé de retrouver les documents; je l'ai fait. Vous ne savez rien de plus. (Poirot se leva et tendit la main à Lord Alloway.) Milord, je suis ravi de vous avoir rencontré. J'ai foi en vous... et en votre dévouement à l'Angleterre. Vous saurez la guider d'une main ferme.

– Monsieur Poirot... Je vous promets de faire de mon mieux. C'est peut-être un tort... ou peut-être une vertu, mais je crois en moi.

– Comme tous les grands hommes. Moi, c'est pareil! déclara Poirot avec emphase.

Quelques minutes plus tard, la voiture venait s'immobiliser devant la porte. Lord Alloway nous dit au revoir sur le perron en nous réitérant ses chaleureux remerciements.

– Voilà un grand homme, Hastings, me dit Poirot tandis que la voiture démarrait. Il est intelligent, plein de ressources et puissant. C'est l'homme fort dont l'Angleterre a besoin pour guider ses pas en cette difficile période de reconstruction.

– Je veux bien vous croire, Poirot... mais que faites-vous de Lady Juliet? Va-t-elle restituer directement les papiers à Lord Alloway? Que va-t-elle penser en voyant que vous êtes parti sans un mot?

– Hastings, je vais vous poser une petite question. Pourquoi lorsqu'elle est venue me trouver, ne m'a-t-elle pas remis aussitôt les plans?

– Elle ne les avait pas.

– Précisément. Combien de temps lui faudrait-il pour aller les chercher dans sa chambre? Ou dans toute autre cachette à l'intérieur de la maison? Inutile de répondre. Je vais vous le dire. Certainement pas plus de deux minutes et demie. Pourtant, elle en demande dix. Pourquoi? Vraisemblablement parce qu'il lui faut les demander à une autre personne avec qui elle devra discuter avant de pouvoir la convaincre de les rendre. Voyons maintenant qui pourrait bien être cette personne. Certainement pas Mrs. Conrad, mais plutôt un membre de sa famille; son mari ou son fils. Lequel des deux? Léonard Weardale nous a dit qu'il était monté directement se coucher. Or, nous savons que c'est faux. Supposons donc que sa mère soit allée dans sa chambre et l'ait trouvée vide. Elle est peut-être redescendue, en proie à une crainte indicible... son fils est loin d'être un petit saint! Bien qu'elle ne l'ait pas trouvé dans sa chambre, elle l'entend, par la suite, affirmer qu'il n'en est pas sorti. Aussitôt, elle en conclut que c'est lui le voleur. Et c'est ce qui explique l'entretien qu'elle a eu avec moi.

Toutefois, mon ami, nous savons pour notre part quelque chose que Lady Juliet ignore. Nous savons que son fils ne pouvait pas se trouver dans le bureau puisqu'il était dans l'escalier en train de courtiser la jolie petite femme de chambre. Bien que sa mère l'ignore, Léonard Weardale avait un alibi.

– Alors, qui a volé les plans? Il semble que nous ayons éliminé tout le monde... Lady Juliet, son fils, Mrs. Conrad, la femme de chambre...

– Précisément. faites donc fonctionner votre matière grise, mon ami. La réponse saute aux yeux.

Je secouai la tête en signe d'ignorance.

– Mais si, voyons! Si seulement vous vous donniez la peine de persévérer! Réfléchissez. Fitzroy sort du bureau; il laisse les papiers sur la table. Quelques minutes plus tard, Lord Alloway entre dans la pièce et s'en approche; les plans ont disparu. Il n'y a que deux hypothèses possibles : ou bien Fitzroy ne les a pas mis sur la table, mais dans sa poche – et cela paraît peu vraisemblable car, comme l'a fait très justement remarquer Alloway, il aurait pu en faire une copie n'importe quand – ou bien les plans étaient encore sur la table lorsqu'Alloway s'en est approché, auquel cas c'est lui qui les a empochés.

– Lord Alloway? le voleur? m'exclamai-je, déconcerté. Mais pourquoi? Pourquoi?

– Ne m'avez-vous pas dit qu'il avait été mêlé à un scandale il y a quelques années? Selon vous, il a été disculpé. Mais supposez, après tout, qu'il n'ait pas été innocent. Dans la vie publique anglaise, on n'admet pas le scandale. Si l'on revenait sur cette affaire aujourd'hui et que sa culpabilité soit prouvée, adieu sa carrière politique. Nous pourrions donc supposer qu'on l'a fait chanter et qu'on lui a demandé, en échange du silence, les plans du sous-marin.

– Mais alors c'est un traître! m'écriai-je.

– Oh non! C'est un homme actucieux et plein de ressource. Supposez, mon ami, qu'il ait reproduit ces plans en apportant – car c'est un ingénieur de talent – une légère modification par-ci, par-là, de façon à les rendre inutilisales. Il remet les faux plans à l'agent de l'ennemi... Mrs. Conrad, je suppose; mais pour qu'on ne doute pas de leur authenticité, il faut qu'ils aient l'air d'avoir été volés. Il fait de son mieux pour ne faire peser les soupçons sur aucun des membres de la maisonnée, en prétendant avoir vu un homme sortir par la porte-fenêtre. Mais, là, il se heurte à l'obstination de l'amiral. Son principal souci est alors d'éviter que les soupçons ne se portent sur Fitzroy.

– Mais tout cela n'est que supposition de votre part, Poirot, lui fis-je remarquer.

– C'est de la psychologie, mon ami. Un homme qui aurait remis à l'ennemi les vrais plans ne se soucierait guère de savoir qui pourrait être soupçonné. Et pourquoi tenait-il tant à éviter que Mrs. Conrad soit mise au courant des circonstances du vol? Parce qu'il lui avait remis les faux plans en début de soirée et ne voulait pas qu'elle découvre que le prétendu vol n'avait été commis que par la suite.

– Je me demande dans quelle mesure vous avez raison.

– Bien sûr que j'ai raison! J'ai parlé à Alloway comme un grand homme parle à un autre grand homme, et il a parfaitement compris. Vous verrez.

Une chose est certaine. Le jour où Lord Alloway devint Premier ministre, Poirot trouva dans son courrier un chèque et une photo portant cette dédicace : *A mon discret ami, Hercule Poirot. De la part d'Alloway.*

Il semble, par ailleurs, qu'on soit enchanté du sous-marin de type Z dans les milieux de la Marine. Il paraît qu'il va révolutionner la conception moderne de la guerre navale. J'ai entendu dire qu'une certaine puissance étrangère avait essayé de construire quelque chose de semblable, mais que cela s'était soldé par un véritable fiasco. Néanmoins, je continue de penser que Poirot n'avait fait que deviner ce qui s'était passé. Un de ces jours, cela lui jouera un mauvais tour.

LE MYSTÈRE DE MARKET BASING

– Au fond, rien ne vaut la campagne, dit l'inspecteur Japp en inspirant et expirant profondément dans les règles de l'art. N'êtes-vous pas de cet avis?

Poirot et moi approuvâmes avec chaleur. C'était l'inspecteur de Scotland Yard qui avait suggéré que nous allions tous les trois passer le week-end à la campagne, dans la petite bourgade de Market Basing. A ses moments de loisirs, Japp était un fervent botaniste, et il discourait longuement sur de minuscules fleurs dotées d'un nom latin interminable (qu'il prononçait d'une façon étrange), avec un enthousiasme encore plus débordant que celui avec lequel il menait ses enquêtes.

– Là-bas, personne ne nous connaît et nous ne connaissons personne, nous avait-il expliqué. C'est l'intérêt de cet endroit.

Ce n'était pas tout à fait le cas, cependant, car il se trouvait que l'agent de police local avait été muté d'un village situé à vingt-cinq kilomètres de là, où une affaire d'empoisonnement à l'arsenic l'avait amené à faire la connaissance de notre ami de Scotland Yard. Toutefois, le fait qu'il eût reconnu le grand homme ne fit qu'accroître le sentiment de bien-être de Japp et, le dimanche matin, tandis que nous nous installions autour de la table du petit déjeuner dans la salle à manger de l'auberge du village, face à la fenêtre derrière laquelle s'entrelaçaient des vrilles de chèvrefeuille et brillait un soleil magnifique, nous étions tous trois d'excellente humeur. Le bacon et les œufs étaient excellents, le café un peu moins bon, mais bien chaud.

– C'est ça la vraie vie, déclara Japp. Quand je serai à la retraite, j'aurai une petite maison à la campagne. Loin du crime, comme ici!

– Le crime? il est partout, lui fit remarquer Poirot en choisissant soigneusement un morceau de pain et en regardant avec un froncement de sourcils un petit passereau qui était venu se percher avec impertinence sur le rebord de la fenêtre.

Je déclamai d'un ton léger :

Voici un bien joli lapin,
Mais sa vie privée est une infamie,
Er vous dire tout ce que font les lapins,
Ah non! vraiment, je ne le puis.

– Ma foi, dit Japp en s'étirant, je mangerais volontiers un autre œuf, et peut-être une tranche ou deux de bacon de plus. Qu'en dites-vous, Capitaine?

– Je vous suis, répondis-je de bon cœur. Et vous, Poirot?

Poirot secoua la tête.

– Il ne faut pas se remplir l'estomac au point que le cerveau refuse de fonctionner, dit-il d'un ton pontifiant.

– Eh bien, je prends le risque de remplir le mien un peu plus, rétorqua Japp en riant. Il est de bonne taille. D'ailleurs, vous prenez vous-même de l'embonpoint, mon cher Poirot. Mademoiselle! Deux assiettes d'œufs au bacon, s'il vous plaît.

Au moment même où Japp passait sa commande, une silhouette imposante apparut dans l'encadrement de la porte. C'était le sergent Pollard.

– J'espère que vous ne m'en voudrez pas de venir déranger l'inspecteur, Messieurs, mais j'aimerais bien avoir son avis.

– Je suis en vacances, répliqua vivement Japp. Ne me faites pas travailler. De quoi s'agit-il?

– C'est le locataire du manoir de Leigh; il s'est tiré une balle dans la tête.

– Ce sont des choses qui arrivent, commenta Japp d'un ton léger. Des dettes ou une femme, je suppose. Désolé de ne pas pouvoir vous aider, Pollard.

– L'ennui, reprit le sergent, c'est qu'il ne peut pas s'être tiré cette balle lui-même. En tout cas, c'est ce que dit le docteur Giles.

Japp reposa sa tasse.

– Il ne peut pas s'être tiré la balle lui-même? Que voulez-vous dire?

– C'est le docteur Giles qui dit ça, répéta Pollard. Il affirme que c'est absolument impossible. Il n'y comprend rien, la porte étant verrouillée de l'intérieur et la fenêtre fermée, mais il maintient que ça ne peut pas être un suicide.

Cela suffit à nous décider. Nous annulâmes notre commande d'œufs au bacon et, quelques minutes plus tard, nous nous dirigions au pas de course vers le manoir de Leigh tandis que Japp questionnait le sergent avec intérêt.

La victime s'appelait Walter Protheroe; c'était un homme d'une cinquantaine d'années, qui vivait un peu en reclus. Il était venu s'installer à Market Basing huit ans plus tôt et avait loué le manoir de Leigh, une vieille bâtisse qui tombait en ruine. Il n'en occupait qu'une petite partie et était servi par une gouvernante qu'il avait amenée avec lui. Celle-ci s'appelait Miss Clegg; c'était une femme très digne, dont on pensait le plus grand bien dans le village. Depuis quelques jours, Mr. Protheroe avait des invités, un certain Mr. Parker et son épouse, de Londres. Ce matin-là, n'obtenant pas de réponse lorqu'elle était allée appeler son maître et trouvant la porte fermée à clé, Miss Clegg s'était inquiétée et avait téléphoné à la police et au docteur. Le sergent Pollard et le docteur Giles étaient arrivés sur les lieux en même temps. Grâce à leurs efforts conjugués, ils avaient réussi à enfoncer la porte en chêne de la chambre.

Mr. Protheroe gisait à terre, une balle dans la tête, un pistolet dans la main droite. Cela avait tout l'air d'un suicide.

Toutefois, après avoir examiné le corps, le docteur Giles avait pris un air perplexe et il avait finalement entraîné le sergent à l'écart pour lui faire part de ses doutes; c'est alors que Tollard avait aussitôt pensé à Japp. Laissant le médecin sur place, il avait couru à l'auberge.

Le temps que le sergent termine son récit, nous étions arrivés au manoir de Leigh, une grande maison désolée, entourée d'un jardin mal entretenu et envahi par les mauvaises herbes. La porte d'entrée était ouverte et nous pénétrâmes dans le hall et, de là, dans un petit salon, où nous avions perçu un murmure de voix. Il y avait quatre personnes dans la pièce : un homme à la tenue tapageuse et à l'air sournois qui me déplut aussitôt; une femme du même genre et d'une beauté vulgaire; une autre femme vêtue de noir, qui se tenait à l'écart et qui devait être la gouvernante; et enfin un homme de haute stature au visage ouvert et intelligent et à l'allure sportive avec son costume de gros tweed, qui était manifestement maître de la situation.

– Docteur Giles, dit le sergent, voici l'inspecteur Japp de Scotland Yard et ses deux amis.

Le docteur nous salua aimablement et nous présenta à Mr. et Mrs. Parker. Après quoi, il nous entraîna à l'étage. Sur un signe de Japp, Pollard était resté en bas, pour surveiller discrètement les membres de la maisonnée. Arrivés en haut, nous remontâmes un long couloir jusqu'à la pièce du fond. Des morceaux de bois pendaient des gonds de la porte et le battant lui-même s'était écrasé sur le sol à l'intérieur de la pièce.

Nous entrâmes. Le cadavre étendu à terre était celui d'un homme âgé d'une cinquantaine d'années, barbu et grisonnant. Japp s'agenouilla auprès de lui.

– Pourquoi ne l'avez-vous pas laissé comme vous l'avez trouvé? maugréa-t-il.

Le docteur haussa les épaules.

– Nous étions tellement sûrs qu'il s'agissait d'un suicide.

– Hm! La balle est entrée derrière l'oreille gauche, constata Japp.

– Précisément, répondit le docteur. C'est bien pour cela qu'il ne peut pas se l'être tirée lui-même. Il aurait été obligé de passer sa main droite derrière sa tête. C'est tout à fait impensable.

– Pourtant, vous l'avez trouvé serrant le pistolet dans sa main? Où est-il, au fait?

Le docteur montra la table d'un signe de tête.

– Oui, mais il ne le serrait pas. Il l'avait bien dans la main, mais ses doigts n'étaient pas refermés dessus.

– On a placé le pistolet ainsi après coup, c'est évident, conclut Japp tout en examinant l'arme. Nous allons le donner au labo pour les empreintes, mais je doute fort qu'on en trouve d'autres que les vôtres, docteur Giles. A quand remonte la mort?

– A hier soir. Je ne peux pas dire à quelle heure exactement, comme le font ces merveilleux toubibs de romans policiers. Mais ça doit faire environ une douzaine d'heures.

Jusque-là, Poirot n'avait pas fait le moindre geste. Il était resté à mes côtés, regardant faire Japp et écoutant ses questions, en se contentant de temps à autre de humer l'air avec une expression perplexe. Moi aussi, j'avais humé l'air, mais je n'y avais rien décelé d'intéressant. Il était parfaitement pur et il n'y flottait pas la moindre odeur. Pourtant, Poirot continuait son petit manège, comme si son nez fin avait décelé quelque chose qui m'échappait.

Lorsque Japp s'en écarta, Poirot alla s'agenouiller auprès du corps. Il n'accorda pas la moindre attention à la blessure. Je crus tout d'abord qu'il examinait les doigts de la main dans laquelle on avait trouvé le pistolet, mais je compris rapidement que c'était le mouchoir fourré dans la manche du mort qui l'intéressait. Mr. Protheroe était vêtu d'un complet-veston gris foncé. Au bout d'un moment, Poirot se releva, mais son regard revenait sans cesse sur le mouchoir qui semblait l'intriguer...

Japp lui demanda de venir l'aider à redresser la porte et j'en profitai pour aller m'agenouiller à mon tour auprès du corps. Je tirai le mouchoir de la manche et l'examinai attentivement. Il était très quelconque, en batiste blanche, et il n'y avait pas la moindre marque ou tache dessus. je le remis à sa place et secouai la tête, déconcerté.

Les autres avaient relevé la porte et ils en cherchaient la clé. Mais celle-ci restait introuvable.

– Voilà qui règle la question, déclara Japp. Les fenêtres sont fermées. L'assassin est donc sorti par la porte et a emporté la clé après avoir donné un tour dans la serrure. Il pensait qu'on accepterait l'hypothèse selon laquelle Protheroe se serait enfermé et tiré une balle, et que personne ne remarquerait la disparition de la clé. Vous êtes bien de cet avis, Poirot?

– Oui, mais il aurait été plus simple et plus intelligent de reglisser la clé sous la porte. Elle aurait l'air, ainsi, d'être tombée de la serrure.

– Tout le monde ne peut pas avoir votre brillant esprit. Vous auriez fait un redoutable malfaiteur, si vous aviez choisi cette voie. Avez-vous quelque remarque à faire?

Poirot paraissait quelque peu désemparé. Il jeta un coup d'œil circulaire sur la pièce et dit, presque sur un ton d'excuse :

– Il fumait beaucoup, ce brave homme.

Effectivement, le foyer de la cheminée était plein de mégots, tout comme le cendrier posé sur une petite table à côté du grand fauteuil.

– Il a bien dû en griller une vingtaine, hier soir, commenta Japp. (Il se pencha pour examiner le contenu de l'âtre, puis reporta son attention sur le cendrier.) Toutes ces cigarettes sont de la même marque et ont été fumées par la même personne. Il n'y a là rien d'intéressant, mon vieux Poirot.

– Je n'ai rien dit de tel, murmura mon ami.

– Tiens! qu'est-ce que c'est que ça? s'exclama alors Japp en se baissant pour ramasser d'une main avide un objet brillant qui gisait à terre à côté du corps. Un bouton de manchette. Je me demande à qui il appartient. Docteur Giles, je vous serais très reconnaissant de bien vouloir demander à la gouvernante de monter.

– Et les Parker? L'homme a l'air très pressé de partir. Il dit qu'on l'attend à Londres pour affaire urgente.

– Possible, mais il faudra bien qu'on se passe de lui. Au train où vont les choses, sa présence ici sera vraisemblablement tout aussi indispensable! Envoyez-moi la gouvernante et ne laissez aucun des Parker vous échapper, à vous et à Pollard. Au fait, l'un d'eux ou la gouvernante est-il entré ici, ce matin?

Le docteur réfléchit.

– Non, ils sont restés dans le couloir pendant que Pollard et moi étions dans la pièce.

– Vous en êtes sûr?

– Certain.

Le docteur sortit pour aller accomplir sa mission.

– C'est un brave homme, commenta Japp d'un ton approbateur. Certains de ces toubibs à l'allure sportive sont des types épatants. Bon, pour en revenir à ce gars-là, j'aimerais bien savoir qui l'a tué. L'un des trois autres, je suppose. Je ne soupçonne guère la gouvernante; elle a eu huit ans pour le faire, si elle en avait envie. Quant aux Parker, je me demande qui ils sont. En tout cas, ce n'est pas un couple très sympathique.

Japp venait de terminer sa phrase lorsque Miss Clegg entra dans la pièce. C'était une grande femme maigre aux cheveux gris soigneusement tirés en arrière et séparés par une raie au milieu. Elle était très calme et posée, avec, cependant, un air décidé qui imposait le respect. En réponse aux questions de Japp, elle expliqua qu'elle était au service de Mr. Protheroe depuis quatorze ans. C'était un maître généreux et bon. Elle n'avait jamais vu Mr. et Mrs. Parker avant leur arrivée à l'improviste, trois jours plus tôt. Elle était convaincue qu'ils s'étaient invités eux-mêmes; en tout cas, son maître n'avait pas paru ravi de les voir. Le bouton de manchette que Japp lui montra n'appartenait pas à Mr. Protheroe; elle en était certaine. Quant au pistolet, il lui semblait bien que son maître possédait une arme de ce genre. Il la gardait toujours sous clé. Elle l'avait vue il y a quelques années, mais ne pouvait dire si c'était bien la même. Elle n'avait pas entendu de coup de feu la veille au soir, mais cela n'avait rien d'étonnant compte tenu de la taille de la maison et du fait que ses appartements et ceux qu'elle avait dû préparer pour les Parker se trouvaient à l'autre bout du bâtiment. Elle ne savait pas à quelle heure Mr. Protheroe était allé se coucher; il était encore debout lorsqu'elle-même s'était retirée à neuf heures et demie. Son maître n'avait pas l'habitude de se coucher aussitôt qu'il montait dans sa chambre. Le plus souvent, il passait la moitié de la nuit dans un fauteuil, à lire et à fumer. C'était un grand fumeur.

Poirot intervint pour lui poser une question.

– En règle générale, votre maître dormait-il la fenêtre ouverte ou fermée?

Miss Clegg réfléchit un instant.

– Elle était généralement ouverte; du moins le châssis du haut.

– Pourtant, à présent, elle est fermée. Pouvez-vous m'expliquer pourquoi?

– Non, à moins qu'il n'ait senti un courant d'air et ne l'ait fermée.

Japp posa encore quelques questions à la gouvernante avant de la libérer. Il interrogea ensuite les Parker séparément. Mrs. Parker était du genre hystérique et pleurnichard. Mr. Parker, lui, était un homme grossier et emporté. Il nia que le bouton de manchette lui appartenait, mais, étant donné que sa femme l'avait reconnu auparavant, cela le mettait plutôt en mauvaise posture; et comme il avait aussi nié être entré dans la chambre de Protheroe, Japp estima qu'il disposait de preuves suffisantes pour délivrer un mandat d'arrêt contre lui.

Laissant Pollard sur place, il retourna en tout hâte au village pour appeler Scotland Yard, à Londres, tandis que Poirot et moi rentrions à l'auberge sans nous presser.

– Vous êtes anormalement silencieux, fis-je remarquer à mon ami. Cette affaire ne vous intéresse-t-elle pas?

– Au contraire! Elle m'intéresse énormément. Mais elle m'intrigue aussi beaucoup.

– Le mobile du crime est obscur, certes, dis-je d'un ton pensif. Mais je suis convaincu que Parker est un sale type. Il semble évident que c'est lui le coupable, bien qu'on ignore encore le mobile, mais cela peut venir par la suite.

– Vous n'avez été frappé par aucun détail significatif, bien que Japp, lui, n'ait rien remarqué?

Je dévisageai mon ami avec curiosité.

– De quoi voulez-vous parler, Poirot?

– Qu'avait le mort dans sa manche?

– Oh! le mouchoir?

– Précisément. Le mouchoir.

– Les marins en ont souvent un dans la manche.

– Excellente remarque, Hastings, mais ce n'est pas à cela que je pensais.

– Autre chose?

– Oui. J'en reviens toujours à l'odeur de cigarette.

– Mais je n'ai rien senti!

– Moi non plus, cher ami.

Je le dévisageai avec attention. Il est tellement difficile de savoir quand il se moque de vous ou pas! Mais il paraissait sérieux et fronçait même les sourcils.

L'enquête judiciaire eut lieu deux jours plus tard. Entre-temps, on avait découvert d'autres preuves. Un vagabond avait reconnu avoir escaladé le mur de la propriété, où il venait souvent passer la nuit dans un hangar dont la porte restait ouverte. Selon sa déposition, à minuit, il avait entendu deux hommes se disputer violemment dans une pièce du premier étage. L'un d'eux demandait de l'argent et l'autre refusait en s'emportant. Caché derrière un buisson, il avait vu les deux hommes passer et repasser devant la fenêtre éclairée. Il avait très bien reconnu l'un d'eux, Mr. Protheroe, l'occupant de la maison; quant à l'autre, il l'identifia comme étant Mr. Parker.

Il était évident, dès lors, que les Parker étaient venus au manoir de Leigh pour faire du chantage, et lorsque, par la suite, on découvrit que le véritable nom de la victime était Wendover, qu'il avait été lieutenant dans la Marine et n'était pas étranger à l'explosion qui avait détruit le croiseur de première classe, le *Merrythought*, en 1910, le mystère sembla élucidé. On supposa que Parker, ayant eu connaissance du rôle qu'avait joué Wendover, avait cherché à retrouver sa trace et était venu pour lui extorquer une grosse somme d'argent en échange de son silence, somme que l'autre avait refusé de payer. Dans le feu de la dispute, Wendover avait sorti son pistolet, Parker le lui avait arraché et l'avait tué; après quoi, il avait essayé de donner à ce meurtre l'apparence d'un suicide.

Parker fut renvoyé devant la cour d'assises, mais il réserva sa défense. Au moment où nous quittions le tribunal de police après avoir assisté à l'instruction, Poirot hocha la tête.

– Il doit en être ainsi, marmonna-t-il comme pour lui-même. Oui, il doit en être ainsi. Je n'attendrai pas plus longtemps.

Il alla à la poste et rédigea un mot qu'il envoya par porteur spécial, mais je ne pus voir à qui il était adressé. Nous rentrâmes ensuite à l'auberge où nous avions séjourné pendant ce mémorable week-end.

Poirot ne tenait pas en place et allait et venait sans cesse de la porte à la fenêtre.

– J'attends une visite, m'expliqua-t-il. Ce n'est pas possible, non, ce n'est possible que je me sois trompé... Ah! la voilà!

A mon grand étonnement, un instant plus tard, je vis Miss Clegg entrer dans la pièce. Elle paraissait très agitée et avait le souffle court, comme si elle avait couru. Je lus de la peur dans son regard lorsqu'elle leva les yeux vers Poirot.

– Asseyez-vous, Mademoiselle, lui dit-il aimablement. J'ai vu juste, n'est-ce pas?

En guise de réponse, Miss Clegg éclata en sanglots.

– Pourquoi avez-vous fait cela? lui demanda Poirot d'une voix douce. Pourquoi?

– Je l'aimais tant! répondit-elle. J'étais déjà sa gouvernante quand il était petit. Oh! je vous en prie, soyez indulgent!

– Je ferai tout mon possible. Mais vous comprendrez que je ne peux pas laisser pendre un innocent, même si c'est une ignoble crapule.

Miss Clegg se redressa et dit à voix basse :

– Peut-être moi-même ne l'aurais-je pas pu, finalement. Faites votre devoir. Je m'en remets à vous.

Se levant alors, elle sortit précipitamment de la pièce.

– Est-ce elle qui l'a tué? demandai-je, totalement abasourdi.

Poirot sourit et secoua la tête.

– Non, il s'est suicidé. Vous souvenez-vous qu'il avait son mouchoir dans la manche *droite?* C'est ce qui m'a permis de conclure qu'il était gaucher. Craignant d'être démasqué, à la suite de son entrevue orageuse avec Mr. Parker, il s'est tiré une balle dans la tête. Le lendemain matin, Miss Clegg est venue l'appeler comme d'habitude et l'a trouvé mort, étendu à terre. Comme elle vient de nous le dire, elle le connaissait depuis sa plus tendre enfance et cela l'a remplie de fureur contre les Parker, qui avaient conduit son maître à cette mort abominable. Pour elle, c'étaient des meurtriers et elle a soudain vu le moyen de les punir pour l'acte dont ils étaient la cause. Elle seule savait que son maître était gaucher. Elle a fait passer le pistolet dans sa main droite, a fermé la fenêtre, laissé tomber à terre le bouton de manchette qu'elle avait trouvé dans une des pièces du bas; après quoi, elle est sortie en fermant la porte à clé derrière elle et en emportant la clé.

– Poirot, vous êtes vraiment formidable! m'exclamai-je dans un élan d'enthousiasme. Tout ça grâce à un seul petit indice, le mouchoir.

– Et à la fumée de cigarette. Si la fenêtre avait été fermée et qu'on avait fumé toutes ces cigarettes dans la pièce, celle-ci aurait dû empester le tabac froid. Or l'air était parfaitement pur; j'en ai donc aussitôt conclu que la fenêtre avait dû rester ouverte toute la nuit et qu'on ne l'avait fermée qu'au matin, ce qui me donnait matière à réflexion. Je ne voyais absolument pas quelle raison aurait eu un meurtrier de refermer la fenêtre. Au contraire, il était dans son intérêt de la laisser ouverte pour qu'on croie que l'assassin était entré et ressorti par là, si l'hypothèse du suicide n'était pas retenue. Et le témoignage du vagabond, lorsque je l'ai entendu, n'a fait que confirmer mes soupçons. Il n'aurait jamais pu surprendre cette conversation entre les deux hommes si la fenêtre n'avait pas été ouverte.

– Splendide! m'écriai-je avec chaleur. Et à présent, que diriez-vous d'une bonne tasse de thé?

– C'est bien là le langage d'un Anglais! soupira Poirot. Je suppose que je n'ai aucune chance d'obtenir un verre de sirop?

ÉNIGME EN MER

– Le *colonel* Clapperton! s'exclama le général Forbes.

Il avait dit cela avec un dédain manifeste.

Miss Ellie Henderson se pencha en avant et une mèche de ses cheveux gris et soyeux lui balaya le visage. Ses yeux noirs au regard vif brillaient d'un malin plaisir.

– Un homme à l'allure si martiale! dit-elle avec une intention malicieuse. Elle remit en place la mèche de cheveux en attendant la réaction de son compagnon.

– Martiale? explosa le général Forbes.

Il tira sur sa moustache militaire et son visage s'empourpra.

– C'était un soldat de la Garde, je crois? ajouta Miss Henderson, poursuivant son petit jeu.

– De la Garde! De la Garde! Quelle blague! Ce gars-là faisait du music-hall! Parfaitement! Il s'est engagé et s'est retrouvé en France à compter les boîtes de petits pois. Une bombe allemande s'est égarée et il a été rapatrié avec une blessure superficielle au bras. Il est alors entré à l'hôpital de Lady Carrington.

– C'est donc ainsi qu'ils ont fait connaissance?

– Exactement! Il jouait les héros blessés. Lady Carrington n'était pas très futée, mais elle était riche comme Crésus. Le vieux Carrington était dans la section des munitions. Elle n'était veuve que depuis six mois, mais ce type l'a embobinée en un rien de temps; elle lui a obtenu un poste au ministère de la Guerre; et voilà! Le *colonel* Clapperton! Peuh!

– Et avant la guerre, il faisait du music-hall? murmura d'un ton pensif Miss Henderson, qui essayait d'imaginer le colonel grisonnant et distingué en comédien au nez rouge chantant des airs désopilants.

– Parfaitement! dit le général Forbes. C'est le vieux Basssingtonffrench qui me l'a dit. Il l'a appris par le vieux Badger Cotterill, qui le tenait lui-même de Snooks Parker.

Miss Henderson hocha la tête et conclut gaiement :

– Dans ce cas, on ne peut en douter!

Un sourire furtif éclaira un instant le visage d'un petit homme assis près d'eux. Miss Henderson le remarqua. Elle était très observatrice. Il indiquait que l'homme appréciait l'ironie contenue dans sa dernière remarque, ironie que le général lui-même n'avait pas perçue un seul instant.

Ce dernier n'avait pas remarqué les sourires de sa compagne et de l'homme. Il consulta sa montre et se leva en déclarant :

– L'heure de ma séance d'exercice. Il faut se maintenir en forme sur un bateau.

Sur ce, il sortit sur le pont par la porte ouverte.

Miss Henderson tourna son regard vers l'homme qui avait souri. C'était un regard sans équivoque, indiquant seulement qu'elle était prête à entamer la conversation avec ce compagnon de voyage.

– C'est un homme plein d'énergie, on dirait, remarqua le petit homme.

– Il fait quarante-huit fois le tour du pont exactement, répondit Miss Henderson. Quel colporteur de ragots! Et l'on dit que ce sont les femmes qui adorent les cancans!

– Quelle goujaterie!

– Les Français, eux, sont des hommes courtois, déclara Miss Henderson.

Sa remarque renfermait une question muette.

– Je suis belge, Mademoiselle, s'empressa de répondre le petit homme.

– Oh! Belge?

– Hercule Poirot. Pour vous servir.

Ce nom éveillait des souvenirs dans l'esprit de Miss Henderson. Sans doute l'avait-elle déjà entendu.

– Trouvez-vous ce voyage agréable, monsieur Poirot?

– Franchement, non. J'ai été un imbécile de me laisser convaincre de l'entreprendre. Je déteste la mer. Elle ne reste pas tranquille un instant; non, pas une minute.

– Reconnaissez qu'elle est très calme en ce moment.

Poirot l'admit à contrecœur.

– En ce moment, oui. C'est pourquoi je revis. Je recommence à m'intéresser à ce qui se passe autour de moi; à la façon très adroite dont vous avez manipulé le général Forbes, par exemple.

– Vous voulez dire...?

Miss Henderson marqua une pause et Hercule Poirot acquiesça d'un signe de tête.

– La méthode que vous avez employée pour lui soutirer ces potins.

Miss Henderson rit sans honte.

– Ma petite remarque à propos des soldats de la Garde? Je savais que cela le ferait bondir. J'avoue que j'adore les cancans, ajouta-t-elle sur un ton confidentiel en se penchant en avant. Plus ils sont malveillants, plus je les aime!

Poirot considérait Miss Henderson d'un air pensif. Son corps encore svelte, ses yeux noirs au regard vif, ses cheveux grisonnants; une femme de quarante-cinq ans qui n'avait pas honte de paraître son âge.

Ellie Henderson s'écria soudain :

– Ça y est, j'y suis! N'êtes-vous pas le grand détective?

Poirot s'inclina.

– Vous êtes trop aimable, Mademoiselle.

Mais il ne fit rien pour l'en dissuader.

– Comme c'est excitant! s'exclama-t-elle. Etes-vous « sur une piste », comme on dit dans les romans. Un criminel se cache-t-il parmi nous? Mais peut-être suis-je trop indiscrète?

– Pas du tout. Pas du tout. Cela m'ennuie beaucoup de vous décevoir, mais je suis seulement ici, comme tout le monde, pour m'amuser.

Poirot avait dit cela d'un ton si lugubre que Miss Henderson éclata de rire.

– Consolez-vous. Vous pourrez descendre à terre demain, à Alexandrie. Etes-vous déjà allé en Egypte?

– Jamais, Mademoiselle.

Miss Henderson se leva brusquement.

– Je pense que je vais me joindre au général pour sa promenade hygiénique, annonça-t-elle.

Poirot se leva à son tour par politesse.

Miss Henderson le salua d'un petit signe de tête et sortit sur le pont.

Une expression perplexe apparut un instant dans les yeux de Poirot, puis, un petit sourire au coin des lèvres, il quitta son fauteuil, passa la tête dans l'embrasure de la porte et jeta un coup d'œil sur le pont. Miss Henderson était appuyée au bastingage, en grande conversation avec un homme de haute stature à l'allure martiale.

Le sourire de Poirot s'élargit et il retourna à l'intérieur du fumoir avec les mêmes précautions qu'une tortue prend pour rentrer dans sa carapace. Pour l'instant, il avait la pièce pour lui tout seul, mais il supposait à juste raison que cela ne durerait pas longtemps.

En effet. Mrs. Clapperton, ses cheveux blond platine soigneusement ondulés protégés par une résille, son corps bien conservé grâce aux massages et aux régimes, moulé dans un élégant tailleur sport, entra par la porte qui donnait sur le bar avec l'assurance hautaine d'une femme qui a toujours pu s'offrir ce qu'il y avait de plus cher.

– John? appela-t-elle. Oh! Bonjour, monsieur Poirot. Avez-vous vu John?

– Il est sur le pont de tribord, Madame. Voulez-vous que...

Elle l'arrêta d'un geste.

– Je vais rester ici un moment.

Elle s'assit en face de Poirot avec une dignité de reine. De loin, on aurait pu lui donner vingt-huit ans. Mais, de près, malgré son visage merveilleusement bien maquillé et ses sourcils à l'arc parfait, elle paraissait avoir, non pas ses quarante-neuf ans, mais bien plutôt cinquante-cinq.

Ses yeux bleu clair aux pupilles étroites avaient un éclat métallique.

– J'étais désolée de ne pas vous voir, hier soir, au dîner, dit-elle à Poirot. Evidemment, la mer était un peu agitée...

– Précisément, renchérit Poirot avec mauvaise humeur.

– Heureusement, j'ai, pour ma part, le pied marin, reprit Mrs. Clapperton. Je dis « heureusement », car, avec mon cœur malade, le mal de mer m'achèverait certainement.

– Vous avez le cœur malade, Madame?

– Oui. Je suis obligée de faire très attention. Je ne dois pas trop me surmener. Tous les spécialistes me l'ont dit. (Mrs. Clapperton s'était lancée sur le sujet passionnant – pour elle – de sa santé.) John, ce pauvre chéri, s'épuise à essayer de m'empêcher d'en faire trop. Je vis si intensément, si vous voyez ce que je veux dire, monsieur Poirot.

– Oui, oui.

– Il me dit toujours : « Essaie de mener une vie plus végétative, Adeline. » Mais j'en suis incapable. Pour moi, la vie est faite pour être pleinement vécue. En fait, je me suis tuée à la tâche pendant la guerre, quand j'étais jeune. Mon hôpital... vous avez entendu parler de mon hôpital? Bien sûr j'avais des infirmières, des infirmières-majors et le reste, mais c'était moi qui le dirigeais.

Lady Clapperton poussa un soupir.

– Votre vitalité est admirable, ma chère, déclara Poirot du ton quelque peu mécanique de celui qui répond ce qu'on attend de lui.

Mrs. Clapperton éclata d'un rire de gamine.

– Tout le monde me complimente sur ma jeunesse. C'est absurde. Je n'essaie absolument pas de prétendre avoir moins que mes quarante-trois ans, poursuivit-elle avec une candeur mensongère, mais bien des gens ont peine à croire que tel est mon âge. « Vous êtes si vivante, Adeline », me disent-ils. Mais, sincèrement, monsieur Poirot, que serait-on sinon?

– On serait mort, répondit laconiquement Poirot.

Mrs. Clapperton fronça les sourcils. Cette réponse n'était pas de son goût. L'homme essayait de faire de l'esprit. Elle se leva et déclara froidement :

– Il faut que je trouve John.

Au moment où elle passait la porte, elle fit tomber son sac à main. Celui-ci s'ouvrit et tout son contenu se répandit à terre. Poirot se précipita galamment à son secours. Il leur fallut deux bonnes minutes pour rassembler les tubes de rouge à lèvres, poudriers, étui à cigarettes, briquet et autres objets éparpillés. Lorsqu'ils eurent fini, Mrs. Clapperton le remercia poliment et se dirigea aussitôt vers le pont en appelant :

– John!

Le colonel Clapperton était encore en grande conversation avec Miss Henderson. Il se retourna vivement et vint à la rencontre de sa femme. Il se pencha au-dessus d'elle d'un air protecteur. Son transat était-il bien placé? Ne vaudrait-il pas mieux...? Il avait des manières courtoises, pleines d'une aimable considération. De toute évidence, c'était un mari amoureux aux petits soins pour sa femme.

Miss Ellie Henderson détourna son regard vers l'horizon, comme si cet empressement la dégoûtait.

Debout dans le fumoir, Poirot contemplait la scène.

Une voix rauque et tremblotante s'éleva alors derrière lui :

– Si j'étais le mari de cette femme, je la réduirais en bouillie.

Le vieux monsieur que les passagers plus jeunes du bateau surnommaient irrévérencieusement « l'ancêtre des planteurs de thé » venait d'entrer à pas traînants.

– Garçon! appela-t-il. Servez-moi un doigt de whisky.

Poirot se pencha pour ramasser une feuille de papier à lettre déchirée qui avait dû tomber, elle aussi, du sac de Mrs. Clapperton. Il remarqua que c'était une partie d'ordonnance sur laquelle était prescrite de la digitaline. Il la mit dans sa poche, dans l'intention de la rendre à Mrs. Clapperton.

– Oui, reprit le vieux monsieur. C'est un vrai poison. Je

me souviens d'avoir rencontré une femme dans son genre à Pounah. En 87, si je m'en souviens bien.

– Quelqu'un l'a-t-il réduite en bouillie? demanda Poirot.

Le vieux monsieur secoua tristement la tête.

– Elle a poussé son mari dans la tombe en moins d'un an. Clapperton devrait montrer davantage d'autorité. Il fait un peu trop les quatre volontés de sa femme.

– C'est elle qui tient les cordons de la bourse, remarqua Poirot avec gravité.

Le vieux monsieur se mit à rire.

– Ha, ha! Vous avez bien résumé la situation. Elle tient les cordons de la bourse. Ha, ha!

Deux jeunes filles firent irruption dans le fumoir. L'une d'elles avait un visage rond semé de taches de rousseur et de longs cheveux bruns flottant librement, l'autre avait des taches de rousseur également, mais des cheveux châtains tout bouclés.

– Un sauvetage! Un sauvetage! cria Kitty Mooney. Pam et moi allons délivrer le colonel Clapperton.

– De sa femme, ajouta Pamela Cregan.

– C'est un amour, cet homme...

– Et elle, une horrible chipie; elle ne lui laisse *rien* faire...

– Et quand il n'est pas avec elle, il se fait généralement mettre le grappin dessus par Miss Henderson...

– Qui est très gentille; mais bien trop vieille.

Les deux jeunes filles traversèrent la pièce en courant et en criant entre deux gloussements :

– Un sauvetage!... Un sauvetage!

Il s'avéra le soir même que le sauvetage du colonel Clapperton n'était pas pour les deux jeunes filles le fait d'un élan passager, mais un projet permanent, lorsque Pam Cregan s'approcha d'Hercule Poirot et lui chuchota :

– Regardez bien, monsieur Poirot. Nous allons l'enlever à sa femme et l'emmener faire une promenade au clair de lune sur le pont.

Au même moment, le colonel Clapperton disait à son voisin :

– Je reconnais qu'une Rolls Royce coûte très cher. Mais elle dure pratiquement toute la vie. Ma voiture...

– *Ma* voiture, tu veux dire, John, rectifia Mrs. Clapperton d'une voix aiguë.

Le colonel ne parut pas gêné du tout par cette intervention désobligeante. Ou bien il y était habitué, ou bien... « Ou bien quoi? » se demanda Poirot, donnant libre cours à son imagination.

– Mais oui, ma chère, *ta* voiture.

Clapperton s'inclina devant sa femme et poursuivit ce qu'il était en train de dire avec le plus grand calme. « Voilà ce qu'on appelle le parfait gentleman, se dit Poirot. Pourtant, le général Forbes prétend que Clapperton n'est pas un homme du monde. Je ne sais plus quoi penser. »

Quelqu'un proposa une partie de bridge. Mrs. Clapperton, le général Forbes et un couple au regard d'aigle s'installèrent autour d'une table. Miss Henderson s'était excusée et était sortie sur le pont.

– Et votre mari? demanda le général Forbes d'une voix hésitante.

– John ne veut pas jouer au bridge, répondit Mrs. Clapperton. C'est très agaçant.

Les quatre bridgeurs se mirent à battre les cartes.

Pam et Kitty marchèrent sur le colonel Clapperton et lui prirent chacune un bras.

– Venez avec nous! lui dit Pam. Sur le pont supérieur, il y a un beau clair de lune.

– Ne commets pas d'imprudence, John, intervint Mrs. Clapperton. Sinon, tu vas attraper froid.

– Pas avec nous, répliqua Kitty. Nous sommes de vrais brandons!

Le colonel sortit avec les deux jeunes filles en riant.

Poirot remarqua que Mrs. Clapperton disait : « je ne suis pas », alors qu'elle avait initialement demandé deux trèfles.

Il sortit sur le pont-promenade. Miss Henderson était debout près du bastingage. Elle se retourna vivement lorsqu'il s'approcha d'elle et il remarqua qu'elle paraissait déçue.

Ils bavardèrent un moment, puis, comme il se taisait, elle lui demanda :

– A quoi pensez-vous?

– Je m'interroge sur ma connaissance de votre langue. J'ai cru comprendre, tout à l'heure, que Mrs. Clapperton disait de son mari qu'il ne veut pas jouer au bridge. N'emploierait-on pas plutôt le terme : « ne sait pas »?

– Je suppose qu'elle considère cette carence comme un affront personnel, répondit sèchement Ellie Henderson. Cet homme est complètement fou de l'avoir épousée.

Poirot esquissa un sourire dans l'obscurité.

– Ne pensez-vous pas que leur mariage puisse être une réussite, après tout? demanda-t-il d'un ton hésitant.

– Avec une femme comme elle?

Poirot haussa les épaules.

– Bien des femmes odieuses ont des maris dévoués. C'est un mystère de la nature. Reconnaissez que rien de ce qu'elle dit ou fait ne semble le froisser.

Miss Henderson s'apprêtait à répondre lorsque la voix de Mrs. Clapperton leur parvint de la fenêtre du fumoir.

– Non, je n'ai pas envie de faire une autre partie. Il fait si chaud ici. Je pense que je vais aller prendre l'air sur le pont supérieur.

– Bonne nuit, dit Miss Henderson à Poirot. Je vais me coucher.

Elle disparut brusquement.

Poirot se dirigea vers le salon, où seuls se trouvaient le colonel Clapperton et les deux jeunes filles. Il faisait des tours de cartes pour elles et, en remarquant la dextérité avec laquelle il battait et manipulait les cartes, Poirot se souvint que le général Forbes avait parlé d'une carrière dans le music-hall.

– Je vois que vous aimez les cartes, bien que vous ne jouiez pas au bridge, remarqua-t-il.

– J'ai mes raisons pour ne pas vouloir y jouer, répondit Clapperton avec son charmant sourire. Je vais vous montrer. Nous allons juste faire une donne.

Il distribua rapidement les cartes.
– Ramassez vos mains. Alors?
Il éclata de rire en voyant l'expression ahurie de Kitty. Il déposa alors son jeu sur la table et les autres l'imitèrent. Kitty avait toute la suite des trèfles, Poirot celle des cœurs, Pam celle des carreaux et le colonel lui-même celle des piques.
– Vous voyez? dit-il. Un homme qui est capable de distribuer à son partenaire et à ses adversaires les cartes qu'il veut, fait mieux de ne pas prendre part à une partie amicale! Si la chance lui sourit un peu trop, cela risque d'entraîner des propos malveillants.
– Oh! s'exclama Kitty. Comment avez-vous bien pu faire? Je n'ai rien remarqué d'anormal.
– La rapidité de la main trompe l'œil, déclara Poirot sentencieusement.
A cet instant, il remarqua un brusque changement d'expression sur le visage du colonel. C'était comme si celui-ci s'était soudain rendu compte qu'il s'était trahi.
Poirot sourit. Le prestidigitateur était apparu derrière le masque du parfait homme du monde.

Le bateau arriva à Alexandrie le lendemain matin de très bonne heure.
Lorsque Poirot monta sur le pont après avoir pris son petit déjeuner, il y trouva les deux jeunes filles, prêtes à descendre à terre. Elles discutaient avec le colonel Clapperton.
– Nous devrions descendre tout de suite, disait Kitty d'un ton pressant. Les contrôleurs des passeports vont bientôt quitter le bateau. Vous venez avec nous, n'est-ce pas? Vous ne nous laisseriez pas aller à terre toutes seules? Il pourrait nous arriver quelque chose.
– Je ne pense pas en effet que vous devriez partir seules, répondit Clapperton en souriant. Mais je ne suis pas sûr que ma femme soit suffisamment en forme pour descendre.
– C'est bien dommage, dit Pam. Mais elle peut rester ici à se reposer autant qu'elle veut.

Le colonel Clapperton paraissait indécis. De toute évidence, il avait très envie de faire l'école buissonnière. C'est alors qu'il remarqua la présence de Poirot.

– Bonjour, monsieur Poirot. Vous allez à terre?

– Non, je ne pense pas, répondit Poirot.

– Je... je vais simplement dire un mot à Adeline, décida le colonel.

– Nous venons avec vous, déclara Pam. (Elle fit un clin d'œil à Poirot.) Peut-être pourrons-nous la convaincre de nous accompagner, ajouta-t-elle avec le plus grand sérieux.

Le colonel Clapperton avait l'air ravi de cette suggestion. Il paraissait de toute évidence soulagé.

– Alors, venez avec moi, toutes les deux, dit-il d'un ton léger.

Tous trois remontèrent l'allée du pont B.

Poirot, dont la cabine était située juste en face de celle des Clapperton, les suivit par curiosité.

Le colonel Clapperton frappa timidement à la porte de sa cabine.

– Adeline, ma chérie, es-tu levée?

La voix ensommeillée de Mrs. Clapperton répondit de l'intérieur :

– Zut! Qu'est-ce que c'est?

– C'est moi, John. Cela te tenterait-il d'aller à terre?

– Certainement pas, répondit la voix d'un ton perçant et décidé. J'ai très mal dormi. Je vais rester au lit une grande partie de la journée.

Pam intervint vivement.

– Oh! Mrs. Clapperton, c'est vraiment dommage. Nous tenions tant à ce que vous nous accompagniez. Etes-vous sûre que cela ne vous tente pas?

– Certaine, répondit Mrs. Clapperton d'une voix encore plus aiguë.

Le colonel tournait la poignée de la porte en vain.

– Qu'y a-t-il John? La porte est fermée à clé. Je ne veux pas être dérangée par les stewards.

– Excuse-moi, ma chérie, excuse-moi. Je voulais simplement mon Baedeker.

– Eh bien, tu t'en passeras, répliqua sèchement

Mrs. Clapperton. Je n'ai pas l'intention de me lever. Va-t'en, John, et laisse-moi me reposer en paix.

– Mais certainement, ma chérie, certainement.

Le colonel recula et Pam et Kitty l'entourèrent aussitôt.

– Partons tout de suite. Dieu merci, vous avez votre chapeau. Oh! mon Dieu! j'espère que votre passeport n'est pas dans la cabine.

– Non, il se trouve que je l'ai dans ma poche... commença à dire le colonel.

Kitty lui serra le bras.

– Dieu soit loué! Alors, en route.

Accoudé au bastingage, Poirot les regarda tous trois descendre du bateau. Il entendit alors un petit soupir tout près de lui et se retourna pour voir Miss Henderson, debout à ses côtés. Ses yeux étaient rivés sur le petit groupe qui s'éloignait.

– Ils sont donc allés à terre, dit-elle d'un ton morne.

– Oui. Vous ne vous joignez pas à eux?

Poirot remarqua qu'elle avait un chapeau de paille et un sac et des souliers élégants. Sa tenue indiquait qu'elle comptait bien descendre à terre. Cependant, après une imperceptible seconde d'hésitation, elle secoua la tête.

– Non, répondit-elle. Je pense que je vais rester à bord. J'ai beaucoup de lettres à écrire.

Elle se retourna alors et s'éloigna.

Un peu haletant après ses quarante-huit tours de pont matinaux, le général Forbes vint prendre sa place.

– Ah, ah! s'exclama-t-il en apercevant le colonel et les deux jeunes filles qui s'éloignaient. Voilà donc ce qu'ils mijotaient! Où est Madame?

Poirot lui expliqua que Mrs. Clapperton comptait passer la journée au lit.

– C'est ce qu'elle raconte! répliqua le vieux guerrier en clignant de l'œil d'un air entendu. Elle sera levée pour le déjeuner et si elle s'aperçoit que le pauvre diable est parti sans permission, il va y avoir du grabuge.

Cependant, les pronostics du général ne se réalisèrent pas. Mrs. Clapperton ne parut pas pour le déjeuner et, à quatre heures, lorsque le colonel et les deux jeunes compagnes remontèrent à bord, elle ne s'était toujours pas manifestée.

Poirot était dans sa cabine et il entendit le petit coup un peu honteux du mari lorsqu'il frappa à sa porte. Il l'entendit frapper de nouveau, essayer de tourner la poignée et finalement appeler un steward.

– Dites. Ma femme ne répond pas. Avez-vous un double?

Poirot bondit de sa couchette et sortit dans le couloir.

La nouvelle se répandit sur le bateau comme une traînée de poudre. Les passagers horrifiés apprirent avec incrédulité que l'on avait trouvé Mrs. Clapperton morte dans sa couchette, un poignard indigène planté dans le cœur, et qu'un collier de perles d'ambre avaient été decouvert à terre dans sa cabine.

Des rumeurs contradictoires se succédaient. On rassemblait, disait-on, tous les marchands de perles admis à bord ce jour-là pour leur faire subir un interrogatoire. Une somme d'argent importante avait disparu d'un tiroir de la cabine. On avait retrouvé les billets. On ne les avait pas encore retrouvés. Une fortune en bijoux avait été volée. On n'avait pas pris un seul bijou. Un steward avait été arrêté et il avait avoué être l'auteur du meurtre...

– Quelle est la vérité dans tout cela? demanda Miss Henderson à Poirot en le prenant à part.

Elle était pâle et paraissait troublée.

– Ma chère amie, comment le saurais-je?

– Vous le savez certainement, répliqua Miss Henderson.

On était en fin d'après-midi. La plupart des passagers s'étaient retirés dans leur cabine. Miss Henderson entraîna Poirot vers deux fauteuils de pont installés sur le côté abrité du bateau.

– Alors, racontez-moi tout, lui intima-t-elle d'un ton autoritaire.

Poirot la considéra pensivement.

– C'est une affaire intéressante, déclara-t-il.

– Est-ce qu'on lui a volé des bijoux d'une grande valeur?

Poirot secoua la tête.

– Non. Aucun bijou n'a été volé. En revanche, une petite somme d'argent qui se trouvait dans un tiroir a disparu.

– Je ne me sentirai plus jamais en sécurité sur un bateau, dit Miss Henderson avec un frisson. Sait-on laquelle de ces brutes de couleur café au lait a fait le coup?

– Non, répondit Poirot. Cette affaire est assez... étrange.

– Que voulez-vous dire? demanda Miss Henderson d'un ton brusque.

Poirot étendit les mains.

– Eh bien... prenons les faits. Miss Clapperton était morte depuis au moins cinq heures lorsqu'on l'a découverte. De l'argent avait disparu. Un collier de perles gisait à terre près de sa couchette. La porte était fermée à clé et la clé n'était pas à l'intérieur de la cabine. La fenêtre – je dis bien : fenêtre et non hublot – donne sur le pont et était ouverte.

– Et alors? demanda Miss Henderson avec impatience.

– Ne trouvez-vous pas curieux qu'un meurtre ait été commis dans ces circonstances particulières? Je vous rappelle que tous les vendeurs de cartes postales, changeurs d'argent et marchands de perles admis à bord sont tous bien connus de la police.

– Ce qui n'empêche que les stewards ferment généralement votre cabine à clé, fit remarquer Miss Henderson.

– Oui, pour éliminer tout risque de petit larcin. Mais là, il s'agit d'un meurtre.

– A quoi pensez-vous exactement, monsieur Poirot? demanda Miss Henderson d'une voix légèrement haletante.

– Je pense à la porte fermée à clé.

Miss Henderson réfléchit un instant.

– Qu'y a-t-il d'extraordinaire. L'homme est ressorti par

la porte, l'a verrouillée et a emporté la clé pour éviter qu'on ne découvre le meurtre trop rapidement. Très astucieux de sa part puisque, effectivement, on ne l'a découvert qu'à quatre heures de l'après-midi.

– Non, non, Mademoiselle, vous interprétez mal ma pensée. Je ne m'interroge pas sur la façon dont il est sorti, mais sur celle dont il est entré.

– Par la fenêtre; c'est évident.

– C'est possible. Mais la fenêtre n'est pas si large... et n'oubliez pas qu'il y avait sans cesse des allées et venues sur le pont.

– Alors, par la porte, dit Miss Henderson avec irritation.

– Mais vous oubliez, Mademoiselle, que Mrs. Clapperton avait fermé la porte de l'intérieur. Elle l'avait fait ce matin avant que le colonel ne quitte le bateau. Il a effectivement essayé de l'ouvrir, en vain; nous avons donc la preuve qu'elle était bien fermée à clé.

– C'est ridicule. Elle était sans doute coincée... ou alors il n'a pas bien tourné la poignée.

– Mais ce n'est pas sur sa parole que je me fonde. Nous avons entendu Mrs. Clapperton le dire elle-même.

– Nous?

– Miss Mooney, Miss Cregan, le colonel Clapperton et moi-même.

Miss Henderson tapa du pied, un pied joliment chaussé. Elle resta silencieuse un moment, puis elle demanda d'un ton quelque peu irrité :

– Alors? Quelle conclusion en tirez-vous, exactement? Si Mrs. Clapperton a pu fermer la porte à clé, elle a très bien pu la rouvrir, je suppose.

– Précisément. Précisément, dit Poirot avec un sourir épanoui. Et vous voyez où cela nous mène. Mrs. Clapperton a, en fait, déverrouillé la porte et laissé entrer le meurtrier. Le ferait-elle pour un marchand de perles?

Ellie Henderson objecta :

– Elle ne savait peut-être pas qui c'était. Il se peut qu'il ait frappé, qu'elle se soit levée, ait ouvert la porte, et qu'il soit entré de force et l'ait assassinée.

Poirot secoua la tête.

– Impossible. Elle était allongée sur son lit quand on l'a poignardée.

Miss Henderson dévisagea un instant Poirot.

– Quelle est votre opinion ? lui demanda-t-elle brusquement.

Poirot sourit.

– Eh bien, il semblerait qu'elle connaissait la personne qu'elle a laissée entrer...

– Vous voulez dire, demanda Miss Henderson quelque peu sèchement, que l'assassin est un des passagers ?

Poirot hocha la tête.

– C'est ce qu'il semblerait.

– Et le collier de perles laissé à terre ne servirait, en fait, qu'à égarer les soupçons ?

– Précisément.

– Et le vol de l'argent aussi ?

– Exactement.

Miss Henderson resta silencieuse un moment avant de déclarer :

– Je trouvais Mrs. Clapperton très désagréable et je ne pense pas que quiconque à bord ait réellement eu de sympathie pour elle... mais personne n'avait de raison de la tuer.

– A l'exception de son mari, peut-être.

– Vous ne pensez pas vraiment...

Miss Henderson ne finit pas sa phrase.

– Tout le monde sur ce bateau pense que le colonel Clapperton aurait eu de bonnes raisons de « la réduire en bouillie ». C'est, je crois, l'expression qui a été employée.

Ellie Henderson regardait Poirot, attendant la suite.

– Mais je dois reconnaître, poursuivit celui-ci, que je n'ai personnellement noté aucun signe d'exaspération chez le brave colonel. En outre, ce qui est plus important, il avait un alibi. Il a passé toute la journée avec les deux jeunes filles et n'est remonté sur le bateau qu'à quatre heures. A cette heure-là, Mrs. Clapperton était morte depuis longtemps.

Il y eut de nouveau silence. Puis Ellie Henderson demanda d'une voix douce :

– Mais vous pensez cependant... à un passager?

Poirot hocha la tête.

Soudain, Ellie Henderson éclata de rire, d'un rire insouciant, plein de défi.

– Vous risquez d'avoir du mal à prouver votre théorie, monsieur Poirot. Les passagers sont nombreux sur ce bateau.

Poirot s'inclina.

– Je dirai comme l'un de vos célèbres détectives de romans : « J'ai mes méthodes, Watson. »

Le lendemain soir au dîner, chacun des passagers trouva à côté de son assiette un mot dactylographié lui demandant de bien vouloir se trouver dans le salon à vingt heures trente. Lorsque tout le monde fut réuni, le capitaine monta sur l'estrade qui servait habituellement à l'orchestre, et prit la parole.

– Mesdames, Messieurs, vous êtes tous au courant du drame qui s'est déroulé hier. Je suis certain que vous êtes tous prêts à nous aider à livrer l'auteur de ce crime odieux à la justice. (Il fit une pause pour s'éclaircir la voix.) Nous avons à bord parmi nous M. Hercule Poirot qui est probablement connu de vous tous comme un homme ayant une grande expérience de... euh... ce genre d'affaires. J'espère que vous voudrez bien écouter attentivement ce qu'il a à dire.

C'est à ce moment-là que le colonel Clapperton, qui n'avait pas paru pour le dîner, entra et vint s'asseoir à côté du général Forbes. Il avait l'air d'un homme écrasé par le chagrin et non celui d'un homme soulagé. Ou c'était un excellent comédien ou bien il avait réellement aimé son odieuse épouse.

– M. Hercule Poirot, annonça le capitaine avant de quitter l'estrade.

Poirot prit sa place. Il avait un air ridiculement suffisant lorsqu'il adressa un large sourire à son auditoire.

– Mesdames, Messieurs, attaqua-t-il, c'est très aimable à vous de bien vouloir prendre la peine de m'écouter. Le capitaine vous a dit que j'avais une certaine expérience de ce genre d'affaires. J'ai effectivement ma petite idée sur la façon dont il faut procéder dans ce cas particulier.

Il fit signe à un steward d'avancer et celui-ci lui passa un objet volumineux et informe, enveloppé dans un drap.

« Ce que je m'apprête à faire va peut-être vous surprendre quelque peu, prévint Poirot. Vous pouvez penser que je suis excentrique, peut-être même fou. Néanmoins, je puis vous assurer que derrière ma folie apparente se cache une méthode, comme vous dites, vous, les Anglais.

Les yeux de Poirot rencontrèrent ceux de Miss Henderson pendant un bref instant. Il se mit alors à déballer l'objet volumineux qu'il tenait à la main.

– J'ai ici, Mesdames, Messieurs, un témoin important du meurtre de Mrs. Clapperton.

D'une main adroite, il écarta la dernière épaisseur de drap et l'objet qu'il renfermait apparut. C'était un pantin en bois presque grandeur nature, vêtu d'un costume de velours et d'un col en dentelle.

– A présent, Arthur, dit Poirot d'une voix très différente (il n'avait plus son accent étranger, mais parlait avec un bon accent anglais dans lequel perçaient des inflexions cockney) peux-tu me dire, je répète, peux-tu me dire quoi que ce soit sur la mort de Mrs. Clapperton?

Le cou du pantin oscilla légèrement, sa mâchoire inférieure de bois s'abaissa et se mit à trembler, et une voix aiguë et criarde se fit entendre :

« Qu'y a-t-il John? La porte est fermée à clé. Je ne veux pas être dérangée par les stewards... »

Un cri s'éleva de la salle, suivi d'un bruit de chaise renversée; un homme se leva en titubant, la main à la gorge, essayant de parler, essayant... Soudain, il sembla se tasser sur lui-même et il s'abattit en avant.

C'était le colonel Clapperton.

Poirot et le médecin de bord se redressèrent à côté du corps prostré.

– C'est fini, je le crains, déclara le docteur d'un ton bref. Le cœur.

Poirot hocha la tête.

– Le choc d'avoir été découvert.

Il se tourna vers le général Forbes.

– C'est vous, général, qui m'avez fourni un précieux indice en parlant de music-hall. Je me suis posé des questions, j'ai réfléchi et, soudain, la réponse m'est apparue. Supposons qu'avant la guerre, Clapperton ait été ventriloque. Dans ce cas, il serait tout à fait possible que trois personnes aient entendu Mrs. Clapperton parler de l'intérieur de sa cabine alors qu'elle était déjà morte...

Ellie Henderson était debout auprès de Poirot, le regard sombre et douloureux.

– Saviez-vous qu'il avait le cœur malade? lui demanda-t-elle.

– Je l'avais deviné.. Mrs. Clapperton m'avait dit qu'elle était cardiaque, mais j'avais senti que c'était le genre de femme qui aime se faire passer pour malade. Il s'est trouvé ensuite que j'ai ramassé une ordonnance déchirée sur laquelle était prescrite une forte dose de digitaline. La digitaline est un médicament pour le cœur, mais cette ordonnance ne pouvait pas avoir été rédigée pour Mrs. Clapperton car la digitaline dilate les pupilles. Or, je n'ai jamais remarqué pareil effet chez elle. En revanche, lorsque j'ai regardé ses yeux, à lui, j'ai aussitôt reconnu les signes.

– Vous pensiez donc... que cela pourrait se terminer... de cette façon? murmura Ellie Henderson.

– C'était la plus souhaitable, ne croyez-vous pas, Mademoiselle? répondit Poirot avec douceur.

Il vit ses yeux s'emplir de larmes.

– Vous saviez... vous saviez depuis le début, dit-elle d'une voix entrecoupée, que j'avais des sentiments pour lui... Mais ce n'est pas pour moi qu'il a fait cela... C'est pour ces deux filles... la jeunesse... Cela rendait son esclavage encore plus insupportable. Il voulait se libérer avant qu'il ne soit trop tard... Oui, je suis sûre que c'est cela... Quand avez-vous deviné... que c'était lui?

– Il avait une trop grande maîtrise de lui-même, répondit simplement Poirot. Sa femme avait beau se montrer parfois extrêmement blessante, cela ne semblait jamais l'affecter. Cela signifiait ou bien qu'il y était tellement habitué qu'il n'en était plus blessé, ou... eh bien, c'est la deuxième hypothèse que j'avais retenue... Et j'avais raison...

« J'avais aussi remarqué son insistance à étaler ses dons de prestidigitateur; la veille du crime, dans la soirée, il avait fait semblant de se trahir. Mais un homme comme Clapperton ne se trahit pas. Il devait donc avoir une bonne raison de le faire. Tant que l'on croyait qu'il avait été prestidigitateur, on pouvait difficilement imaginer qu'en fait, il était ventriloque.

– Et la voix que nous avons entendue?... la voix de Mrs. Clapperton...

– L'une des hôtesses a une voix qui ressemblait assez à la sienne. Je lui ai demandé de se dissimuler derrière l'estrade et je lui ai indiqué ce qu'elle devait dire.

– C'était une supercherie... une cruelle supercherie, s'écria Ellie Henderson.

– Je n'approuve pas le meurtre, déclara gravement Hercule Poirot.

LA FEMME VOILEE

J'avais remarqué que, depuis quelque temps, Poirot était de plus en plus nerveux et irritable. Il se trouve que nous n'avions pas eu récemment d'affaire intéressante à démêler qui permît à mon ami d'exercer son don de perspicacité et ses remarquables pouvoirs de déduction. Ce matin-là, il jeta le journal à terre avec un « Tchah! » rageur – une de ses exclamations préférées, qui faisait tout à fait penser à l'éternuement d'un chat.

– Ils ont peur de moi, Hastings; vos criminels anglais ont peur de moi. Quand le chat est là, les petites souris ne s'approchent plus du fromage!

– Je doute que la plupart d'entre eux soient même au courant de votre existence, répliquai-je en riant.

Poirot me jeta un regard courroucé. Il s'imagine toujours que le monde entier pense à Hercule Poirot et parle de lui. Certes, il s'était fait une réputation à Londres, mais j'avais peine à croire que son existence pût semer la terreur dans les milieux criminels.

– Que pensez-vous de ce vol de bijoux en plein jour dans Bond Street? lui demandai-je.

– Un joli coup, reconnut Poirot, mais sans intérêt pour moi. Pas de finesse, seulement de l'audace! Avec une canne plombée, un homme casse la vitre d'un présentoir chez un bijoutier et s'empare d'un certain nombre de pierres précieuses. D'honnêtes citoyens se jettent aussitôt sur lui; un agent de police arrive et l'homme est pris la main dans le sac, avec les bijoux sur lui. On le conduit au commissariat et, là, on s'aperçoit que les bijoux sont faux.

Il a passé les vrais à un complice, l'un des honnêtes citoyens qui sont intervenus. Il ira en prison, c'est vrai; mais quand il en sortira, un joli petit magot l'attendra. Oui, c'est assez astucieux. Mais je pourrais faire mieux. Quelquefois, Hastings, je regrette d'avoir tant de moralité. Agir contre la loi, ce serait amusant, pour changer un peu.

– Consolez-vous, Poirot. Vous savez bien que vous êtes unique dans votre branche.

– Mais qu'y a-t-il d'intéressant pour moi en ce moment?

Je ramassai le journal.

– Voilà un Anglais qui est mort d'une cause mystérieuse en Hollande.

– On dit toujours ça et, après coup, on découvre qu'il a mangé du poisson en boîte et que sa mort est parfaitement naturelle.

– Bon, bon! Si vous êtes décidé à faire la mauvaise tête!

– Tiens! dit Poirot qui s'était approché de la fenêtre. J'aperçois en bas ce qu'on appelle dans les romans « une femme voilée ». Elle monte l'escalier; elle sonne à la porte; elle vient nous consulter. Voilà peut-être quelque chose d'intéressant. Quand on est aussi jeune et jolie que cette femme, on ne dissimule pas son visage derrière un voile épais, à moins d'une affaire importante.

Un instant plus tard, notre logeuse introduisait la visiteuse. Comme Poirot l'avait dit, elle portait un voile de dentelle noire si épais qu'il était difficile de distinguer ses traits. Lorsqu'elle le souleva, je vis que l'intuition de Poirot ne l'avait pas trompé; c'était une ravissante jeune fille blonde aux yeux bleus. D'après la simplicité coûteuse de sa toilette, j'en conclus aussitôt qu'elle faisait partie de la haute société.

– Monsieur Poirot, dit-elle d'une voix douce et musicale. Je me trouve dans une situation épouvantable. Je crains bien que même vous ne puissiez m'aider, mais j'ai entendu dire tant de choses merveilleuses à votre sujet, que vous êtes mon dernier espoir. Je suis venue vous demander l'impossible.

– L'impossible, cela me tente toujours, répondit Poirot. Continuez, je vous en prie, Mademoiselle.

Notre jolie visiteuse hésitait.

– Mais vous devez être franche, ajouta Poirot. Vous ne devez absolument rien me cacher.

– Je suis prête à vous faire confiance, dit la jeune fille, se décidant brusquement. Avez-vous entendu parler de Lady Millicent Castle Vaughan?

Je levai la tête avec intérêt. L'annonce des fiançailles de Lady Millicent au jeune duc de Southshire avait été publiée dans les journaux quelques jours plus tôt. Je savais que Lady Millicent était la cinquième fille d'un pair irlandais sans fortune, et le duc de Southshire l'un des plus riches partis d'Angleterre.

– Je suis Lady Millicent, poursuivit la visiteuse. Vous avez peut-être appris mes fiançailles par la presse. Je devrais être la jeune fille la plus heureuse du monde, mais, Monsieur Poirot, j'ai de graves ennuis! Il y a un homme, un homme horrible – son nom est Lavington – qui... je ne sais comment vous le dire... C'est à cause d'une lettre que j'ai écrite; je n'avais que seize ans à l'époque; il... il...

– Une lettre que vous avez écrite à Mr. Lavington?

– Oh non! pas à lui! A un jeune soldat... Je l'aimais beaucoup... il a été tué pendant la guerre.

– Je comprends, dit Poirot avec douceur.

– C'était une lettre enflammée, aux termes inconsidérés, mais je vous assure, Monsieur Poirot, rien de plus. Cependant, il y a dedans des phrases qui... qui pourraient être interprétées différemment.

– Je vois, dit Poirot. Et cette lettre est arrivée entre les mains de Mr. Lavington?

– Oui, et il me menace, à moins que je ne lui verse une somme d'argent considérable, une somme qu'il m'est impossible de trouver, de l'envoyer au duc.

– Le salaud! éructai-je. Je vous demande pardon Lady Millicent.

– Ne serait-il pas plus sage de tout avouer à votre futur époux, suggéra Poirot.

– Je n'ose pas, Monsieur Poirot. Le duc est un homme

étrange, jaloux, soupçonneux, et toujours enclin à croire le pire. Autant rompre tout de suite mes fiançailles.

– Eh bien, vrai! fit Poirot avec une grimace expressive. Et qu'attendez-vous de moi, Mademoiselle?

– J'avais pensé demander à Mr. Lavington de venir vous voir. Je pourrais lui dire que je vous ai chargé de régler cette question. Peut-être parviendriez-vous à lui faire baisser ses prétentions?

– Quelle somme demande-t-il?

– Vingt mille livres! C'est tout à fait impossible. Je doute même de pouvoir en réunir mille.

– Vous pourriez peut-être emprunter l'argent en faisant jouer le fait que vous serez bientôt mariée au duc; mais je ne suis même pas certain que vous puissiez obtenir la moitié de cette somme. Et puis... l'idée que vous payiez me répugne vraiment trop! Non, l'ingéniosité d'Hercule Poirot viendra à bout de vos ennemis! Envoyez-moi ce Mr. Lavington. Y a-t-il des chances qu'il apporte la lettre?

La jeune fille secoua la tête.

– Je ne pense pas. Il est très méfiant.

– Je suppose que cela ne fait aucun doute qu'il l'a en sa possession?

– Il me l'a montrée quand je suis allée chez lui.

– Vous êtes allée à son domicile? C'est très imprudent, Mademoiselle.

– Vous croyez? J'étais si désespérée. Je pensais que mes supplications pourraient l'émouvoir.

– Oh la la! Les hommes de ce genre ne se laissent pas émouvoir par des prières. Au contraire, cela lui a montré l'importance que vous attachiez à ce document. Où habite-t-il, ce scélérat?

– A *Buona Vista*, dans Wimbledon. J'y suis allée à la nuit tombée. (Poirot poussa un grognement.) Je lui ai dit que j'allais prévenir la police, mais cela l'a simplement fait rire d'une façon cynique et méprisante. « Je vous en prie, ma chère Lady Millicent, faites-le, si vous y tenez », m'a-t-il dit.

– Certes, murmura Poirot, ce n'est guère une affaire à mettre entre les mains de la police.

– « Mais je pense que vous serez plus avisée que cela », a-t-il ajouté. « Vous voyez, votre lettre est ici; dans cette petite boîte de puzzle chinoise.» Il l'a prise en mains pour bien me la montrer. J'ai essayé de la lui arracher, mais il a été plus prompt que moi. Avec un ignoble sourire, il l'a pliée et l'a remise dans la petite boîte en bois. « Elle est parfaitement en sécurité là-dedans, je vous assure », m'a-t-il dit. « Et la boîte elle-même est rangée dans un endroit si astucieux que vous n'arriveriez jamais à la trouver. » Mon regard s'est posé sur le petit coffre-fort mural et il a secoué la tête en éclantant de rire. « J'ai un coffre bien meilleur. » Oh! il a été véritablement odieux! Monsieur Poirot, pensez-vous pouvoir m'aider?

– Ayez confiance en Hercule Poirot. Je trouverai une solution.

Ces paroles rassurantes étaient bien belles, pensai-je tandis que Poirot reconduisait galamment sa jolie cliente jusqu'en bas, mais cela ne résolvait pas le problème. Je lui fis part de ces réflexions lorsqu'il remonta, et il hocha la tête tristement.

– Oui, la solution n'est pas évidente. Il tient le bon bout, ce Lavington. Et, pour l'instant, je ne vois pas comment nous allons le posséder.

Ledit Lavington ne manqua pas de se présenter dans l'après-midi. Lady Millicent n'avait pas menti en le décrivant comme un homme odieux. Le bout de ma botte me démangeait affreusement, tant j'avais envie de le jeter à coups de pieds au bas de l'escalier. Il était vulgaire et arrogant; il rejeta avec un rire méprisant les suggestions de Poirot et se montra, d'une manière générale, entièrement maître de la situation. A tel point que je ne pus m'empêcher de penser que Poirot n'était vraiment pas à son avantage. Il paraissait déconfit et découragé.

– Eh bien, Messieurs, dit Lavington en ramassant son chapeau, nous ne semblons pas avoir beaucoup avancé. Voilà donc ce que je vous propose : Lady Millicent étant une si charmante demoiselle, je veux bien lui faire un prix. (Il eut un ignoble sourire.) Disons, dix-huit mille livres. Je pars tout à l'heure pour Paris – une petite affaire a régler là-bas – et je serai de retour mardi. Si je n'ai pas reçu l'argent mardi soir, j'enverrai la lettre au duc. Ne me dites pas que Lady Millicent ne peut pas se trouver cette somme. Certains de ses amis masculins ne seraient que trop heureux de prêter de l'argent à une si jolie femme... si elle sait s'y prendre comme il faut.

Je devins rouge de colère et fis un pas en avant, mais, sitôt sa phrase terminée, Lavington quitta la pièce.

– Bon Dieu! m'écriai-je. Il faut faire quelque chose. Vous ne semblez pas réagir, Poirot.

– Vous avez peut-être très bon cœur, mon ami, mais votre matière grise est dans un état déplorable. Je ne tiens pas du tout à impressionner Mr. Lavington par mes capacités. Plus il me croit faible, mieux cela vaut.

– Pourquoi?

– C'est curieux, murmura Poirot d'un air pensif, que j'aie exprimé le désir de commettre un acte illégal juste avant l'arrivée de Lady Millicent!

– Vous avez l'intention de pénétrer chez lui par effraction pendant son absence? demandai-je d'un ton incrédule.

– Vous faites parfois preuve d'une vivacité d'esprit surprenante, Hastings.

– Et s'il emporte la lettre avec lui?

Poirot secoua la tête.

– C'est peu probable. Il y a manifestement dans sa maison une cachette qu'il croit introuvable.

– Quand allons-nous... euh... faire ça?

– Demain soir. Nous partirons d'ici à onze heures.

A l'heure dite, j'étais prêt. J'avais jugé bon de mettre un costume sombre et un chapeau mou noir. En me voyant, Poirot me sourit d'un air épanoui.

– Je vois que vous avez mis une tenue de circonstance, dit-il. Nous allons prendre le métro jusqu'à Wimbledon.

– Ne devons-nous rien emporter? Des outils pour forcer les serrures ou je ne sais quoi?

– Mon cher Hastings, Hercule Poirot n'a pas recours à ces viles méthodes.

Vexé, je ne répondis pas, mais ma curiosité était en

éveil. Il était minuit juste lorsque nous pénétrâmes dans le petit jardin de banlieue de *Buona Vista*. La maison était sombre et silencieuse. Poirot alla tout droit à une des fenêtres de l'arrière, en souleva le châssis sans faire de bruit et m'invita à entrer.

– Comment saviez-vous que cette fenêtre serait ouverte? lui demandai-je à voix basse, très intrigué par ce mystère.

– Parce que j'ai scié le loqueteau ce matin.

– Quoi!

– Mais oui, rien de plus simple. J'ai sonné, j'ai présenté une fausse carte et l'une des cartes de visites de l'inspecteur Japp et j'ai dit que je venais, recommandé par Scotland Yard, pour les fermetures de sécurité que Mr. Lavington avait demandé qu'on installe pendant son absence. La domestique m'a accueilli avec enthousiasme, car il se trouve que la maison a été visitée par des cambrioleurs deux fois de suite récemment, bien qu'aucun objet de valeur n'ait été dérobé... Apparemment, d'autres clients de Mr. Lavington ont eu la même idée que nous! J'ai examiné toutes les fenêtres, j'ai fait ma petite affaire et je suis reparti en interdisant aux domestiques de toucher aux fenêtres jusqu'à demain car elles étaient reliées à une commande électrique.

– Vraiment, Poirot, vous êtes formidable!

– Mon ami, c'était l'enfance de l'art. Et maintenant, au travail! Les domestiques dorment au tout dernier étage; il n'y a donc pas trop de risques de les réveiller.

– Je suppose que le coffre se trouve quelque part dans un mur?

– Le coffre? Allons donc! Il n'y a pas de coffre. Mr. Lavington est un homme astucieux. Vous verrez. Il aura sûrement conçu une cachette beaucoup plus intelligente qu'un coffre. Un coffre, c'est la première chose qu'on cherche.

Là-dessus, nous nous lançâmes dans une fouille systématique de la maison. Mais après plusieurs heures de recherches, nous n'avions toujours rien trouvé. Des signes de colères commençaient à apparaître sur le visage de Poirot.

– Ah! sapristi! Hercule Poirot devrait-il s'avouer vaincu? Jamais! Gardons notre calme. Réfléchissons. Raisonnons. En un mot, faisons fonctionner notre matière grise!

Il resta immobile un moment, les sourcils froncés dans un effort de concentration; puis la lueur verte que je connaissais si bien s'alluma dans ses yeux.

– Suis-je bête! La cuisine!

– La cuisine? Mais c'est impossible! m'écriai-je. Avec les domestiques?

– Justement. C'est ce que diraient quatre-vingt-dix-neuf personnes sur cent! Et c'est pour cette raison même que la cuisine est l'endroit idéal. Parce qu'elle est pleine d'objets ordinaires. En avant! A la cuisine!

Très sceptique, je suivis Poirot et l'observai tandis qu'il plongeait dans la huche à pain, secouait les casseroles et mettait la tête dans le four. Puis, lassé de le regarder faire, je finis par retourner dans le bureau. J'étais convaincu que c'était là seulement que nous avions une chance de découvrir la cachette. Je procédai à une seconde fouille méthodique de la pièce, remarquai qu'il était quatre heures et quart et que le jour ne tarderait pas à se lever, puis retournai du côté de la cuisine.

Je découvris avec étonnement Poirot, debout dans la caisse à charbon, au mépris de son costume de couleur claire.

– Eh oui, mon ami! me dit-il en faisant la grimace. Ce n'est pas de gaieté de cœur que je me salis de cette façon, mais que voulez-vous...

– Lavington ne l'a tout de même pas enterrée sous le charbon!

– Si vous vous serviez de vos yeux, vous verriez que ce n'est pas le charbon que j'examine.

Je vis, en effet, que des bûches étaient empilées sur une étagère derrière la caisse à charbon et que Poirot les retirait délicatement l'une après l'autre. Soudain, il poussa une exclamation!

– Votre canif, Hastings!

Je le lui tendis. Il en inséra la lame dans le bois d'une bûche et, brusquement, celle-ci s'ouvrit en deux. Elle était soigneusement sciée au milieu et une cavité était aménagée au centre. De cette cavité, Poirot sortit une petite boîte en bois de fabrication chinoise.

– Bravo! m'écriai-je, au comble de l'enthousiasme.

– Du calme, Hastings! N'élevez pas trop la voix. Venez, partons avant qu'il ne fasse jour.

Après avoir glissé la boîte dans sa poche, Poirot sauta avec légèreté hors de la caisse à charbon et se brossa du mieux qu'il put. Nous quittâmes la maison de la même façon que nous y étions entrés et prîmes rapidement la direction de Londres.

– Mais quelle invraisemblable cachette! m'exclamai-je. N'importe qui aurait pu se servir de cette bûche.

– En juillet, Hastings? Et puis, elle était tout en dessous de la pile... C'est au contraire une cachette très ingénieuse. Ah! voici un taxi! Rentrons chez nous prendre un bon bain et nous reposer.

Après l'excitation de la nuit, je dormis longtemps. Lorsque j'entrai enfin dans notre petit salon, un peu avant une heure de l'après-midi, je fus surpris de trouver Poirot assis dans un fauteuil, la boîte chinoise ouverte à côté de lui, en train de lire calmement la lettre qu'il en avait sorti.

Il m'accueillit avec un grand sourire et tapota la feuille qu'il tenait en main.

– Lady Millicent avait raison; le duc n'aurait jamais excusé une lettre semblable! Elle contient les termes d'affection les plus extravagants que j'aie jamais vus.

– Vraiment, Poirot, dis-je d'un ton de reproche, je pense que vous n'auriez pas dû lire cette lettre! Cela ne se fait pas.

– Hercule Poirot peut le faire, répondit mon ami avec un calme imperturbable.

– Et, d'autre part, j'estime que vous n'avez pas joué franc jeu en vous servant, hier, de la carte de visite de Japp.

– Mais je ne jouais pas, Hastings. Je menais une enquête.

Je haussai les épaules. Comment discuter devant une telle mauvaise foi?

– J'entends des pas dans l'escalier, annonça Poirot. Ce doit être Lady Millicent.

Notre jolie cliente entra avec une expression inquiète qui se transforma en ravissement lorsqu'elle aperçut la lettre et la boîte que Poirot tenait à la main.

– Oh! Monsieur Poirot! C'est merveilleux! Comment y êtes-vous arrivé?

– Par des méthodes assez répréhensibles, Mademoiselle. Mais Mr. Lavington n'engagera pas de poursuites. Ceci est bien votre lettre, n'est-ce pas?

Lady Millicent la parcourut rapidement.

– Oui. Oh! je ne pourrai jamais assez vous remercier! Vous êtes vraiment un homme merveilleux! Où était-elle cachée?

Poirot lui expliqua.

– Quelle ingéniosité de votre part d'y avoir pensé! Je vais garder ceci en souvenir, ajouta la jeune fille en prenant la petite boîte sur la table.

– J'espérais, Mademoiselle, que vous m'autoriseriez à la garder... en souvenir également.

– Je compte bien vous envoyer un plus beau souvenir que cela... le jour de mon mariage. Vous verrez que je ne suis pas une ingrate, Monsieur Poirot.

– Le plaisir de vous avoir rendu service est une plus belle récompense pour moi qu'un chèque. Aussi, permettez-moi de garder cette boîte.

– Oh non, Monsieur Poirot! Je la veux absolument, s'écria la jeune fille en riant.

Elle étendit la main, mais Poirot fut plus prompt qu'elle. Sa main se referma sur la boîte.

– Pas question! déclara-t-il d'une voix changée.

– Que voulez-vous dire? demanda Lady Millicent d'un ton cassant qui me surprit.

– Permettez-moi alors de retirer de cette boîte le restant de son contenu. Comme vous le voyez, la cavité a été réduite de moitié en profondeur. Dans la moitié supérieure, la lettre compromettante; et au fond...

D'un geste adroit Poirot sortit quelque chose de la boîte

et étendit la main. Sur sa paume s'étalaient quatre grosses pierres scintillantes et deux énormes perles d'une blancheur de lait.

– Les bijoux volés l'autre jour dans Bond Street, je suppose, murmura-t-il. Japp nous dira ça.

A mon grand étonnement, je vis Japp en personne sortir de la chambre de Poirot.

– Un vieil ami à vous, je crois, dit poliment Poirot à la jeune fille.

– Mince! Je suis refaite! s'écria celle-ci en changeant totalement de manières. Vieux gredin! ajouta-t-elle d'un ton presque affectueux en se tournant vers Poirot.

– Gertie, ma chère, lui dit Japp, je pense que cette fois-ci vous avez perdu la partie. Je ne m'attendais guère à vous retrouver si vite! Nous tenons aussi votre ami, l'homme qui est venu ici l'autre jour en se faisant passer pour Lavington. Quant à Lavington lui-même, alias Croker et alias Reed, j'aimerais bien savoir lequel d'entre vous l'a poignardé il y a quelques jours en Hollande. Vous pensiez qu'il avait la marchandise avec lui, pas vrai? Mais il ne l'avait pas. Il vous a doublés en cachant les bijoux chez lui. Vous avez envoyé deux acolytes fouiller la maison et, après ça, vous avez fait appel à Monsieur Poirot ici présent, qui, par une chance inouïe, a réussi à les retrouver.

– Vous aimez bien parler, à ce que je vois, dit la fausse Lady Millicent. Lâchez-moi. Je veux bien vous suivre sans faire d'histoires. Vous ne pourrez pas dire que je ne suis pas une parfaite lady. Salut, la compagnie!

– C'étaient ses chaussures qui ne collaient pas, murmura Poirot d'un ton pensif, alors que j'étais moi-même encore trop stupéfait pour pouvoir parler. J'ai pu observer différentes petites choses dans votre chère patrie et j'ai remarqué qu'une grande dame, une vraie lady, est toujours très pointilleuse sur les chaussures qu'elle porte. Ses vêtements peuvent être usagés, mais elle sera toujours impeccablement chaussée. Or, cette Lady Millicent avait une toilette élégante et coûteuse, mais des escarpins bon marché. Il y avait peu de chances que vous et moi ayons eu l'occasion de voir la véritable Lady Millicent;

elle a passé très peu de temps à Londres et il faut reconnaître que cette fille lui ressemblait assez pour pouvoir se faire passer pour elle. Comme je vous l'ai dit, ce sont tout d'abord ses chaussures qui ont éveillé mes soupçons; et puis, son histoire – et son voile – étaient un peu trop mélodramatiques, vous ne trouvez pas? Toute la bande devait être au courant que les bijoux étaient cachés dans la boîte chinoise à double fond renfermant une fausse lettre compromettante, mais l'idée de la bûche creuse devait être celle du défunt Lavington... En tout cas, Hastings, j'espère bien que vous ne me blesserez plus dans mon amour-propre comme vous l'avez fait hier en disant que mon nom est inconnu des milieux criminels. Que diable! Ils font même appel à moi quand, eux-mêmes, ils échouent!

Table

Dans Le Livre de Poche policier

Extraits du catalogue

Astafiev *Victor*
Triste polar

Bachellerie
L'Ile aux muettes

Baudou *Jacques* (Sous la direction de)
Mystères 88
Anthologie du mystère

Borniche *Roger*
Vol d'un nid de bijoux
L'Affaire de la môme Moineau
Le Coréen

Chaplin *Michael*
Ballade pour un traître

Christie *Agatha*
Le Meurtre de Roger Ackroyd
Dix Petits Nègres
Les Vacances d'Hercule Poirot
Le Crime du golf
Le Vallon
Le Noël d'Hercule Poirot
Le Crime de l'Orient-Express
A.B.C. contre Poirot
Cartes sur table
Meurtre en Mésopotamie
Cinq Petits Cochons
Meurtre au champagne
Les Sept Cadrans
L'Affaire Prothero
Mister Brown
Le Couteau sur la nuque
La Mort dans les nuages
Cinq heures vingt-cinq
Mort sur le Nil
Je ne suis pas coupable
Un cadavre dans la bibliothèque
Pourquoi pas Evans?
L'Heure zéro
Un, deux, trois
N. ou M.?
Rendez-vous à Bagdad
Une poignée de seigle
La Maison biscornue
Le Train de 16 heures 50
Le Major parlait trop
Le Flux et le reflux
Témoin à charge
Les Indiscrétions d'Hercule Poirot
Drame en trois actes
Poirot joue le jeu
Les Pendules
Le Crime est notre affaire
Miss Marple au Club du mardi
Le Club du mardi continue
Rendez-vous avec la mort
Un meurtre sera commis le...
Trois souris...
Le Miroir se brisa
Le Retour d'Hercule Poirot
Le Chat et les Pigeons
Le Cheval pâle
La Nuit qui ne finit pas
Jeux de glaces
Allô, Hercule Poirot
Le Cheval à bascule
Pension Vanilos
Un meurtre est-il facile?
Mrs Mac Ginty est morte
Le Mystère de Listerdale
Destination inconnue
Témoin indésirable
Némésis
La Dernière Enigme

Coatmeur *Jean-François*
Les Sirènes de minuit

Delacorta
Vida
Lola
Rock

Dickinson *Peter*
L'Oracle empoisonné

Doyle *Sir Arthur Conan*
Sherlock Holmes : Étude en Rouge
suivi de Le Signe des Quatre
Les Aventures de Sherlock Holmes
Souvenirs de Sherlock Holmes
Résurrection de Sherlock Holmes
La Vallée de la peur
Archives sur Sherlock Holmes
Le Chien des Baskerville
Son dernier coup d'archet

Doyle *Sir A. Conan* et **Carr** *J.D.*
Les Exploits de Sherlock Holmes

Ellin *Stanley*
Miroir, miroir dis-moi

Exbrayat *Charles*
Chant funèbre pour un gitan
L'inspecteur mourra seul
Quel gâchis, inspecteur
Les Menteuses
La Honte de la famille
Encore vous, Imogène!
Deux enfants tristes
Quand Mario reviendra
Le Petit Fantôme de Canterbury
Avanti la mùsica!
Cet imbécile de Ludovic
Aimez-vous la pizza?
Le plus beau des Bersagliers
Les Douceurs provinciales

Goodis *David*
La Lune dans le caniveau
Cassidy's girl
La Garce
Descente aux enfers

Hitchcock *Alfred* présente :
Histoires à ne pas lire la nuit
Histoires à faire peur
Histoires diablement habiles
Histoires à n'en pas revenir
Histoires macabres
Histoires angoissantes
Histoires piégées
Histoires riches en surprises
Histoires de mort et d'humour
Histoires troublantes
Histoires noires
Histoires médusantes
Histoires qui défrisent
Histoires à sang pour sang
Histoires pour tuer le temps
Histoires explosives
Histoires déroutantes
Histoires à corps et à crimes
Histoires avec pleurs et couronnes
Histoires à risques et périls

Irish *William*
Alibi noir
Rendez-vous mortel

James *P.D.*
La Proie pour l'ombre
L'Ile des morts
Meurtre dans un fauteuil
La Meurtrière
Un certain goût pour la mort
Sans les mains
Une folie meurtrière
Meurtres en blouse blanche

Jaouen *Hervé*
La Mariée rouge
Histoires d'ombres

Leblanc *Maurice*
Arsène Lupin, gentleman cambrioleur
Arsène Lupin contre Herlock Sholmès
La Comtesse de Cagliostro
L'Aiguille creuse
Les Confidences d'Arsène Lupin
Le Bouchon de cristal
813
Les 8 Coups de l'horloge
La Demoiselle aux yeux verts
La Barre-y-va
Le Triangle d'Or
L'Ile aux 30 cercueils
Les Dents du Tigre
La Demeure mystérieuse
L'Éclat d'obus
L'Agence Barnett et Cie
La Femme aux deux sourires
Les Trois Yeux
Le Formidable événement
Dorothée, danseuse de corde
Victor de la Brigade mondaine
La Cagliostro se venge

Leonard *Elmore*
La Loi de la cité
Un drôle de pèlerin
Gold Coast
La Brava
Bandits

Leroux *Gaston*
Le fantôme de l'Opéra
Le Mystère de la chambre jaune
Le Parfum de la dame en noir
Le Fauteuil hanté

Lovesey *Peter*
Trois flics dans un canot
À chacun son Dew

Mcdonald *Gregory*
Flynn joue et gagne
Flynn se fâche
Flynn s'amuse

McGivern
Une question d'honneur

Millar *Margaret*
Un étranger dans ma tombe
D'entre les morts

Rendell *Ruth*
L'Analphabète
Le Lac des ténèbres
Fantasmes
La Danse de Salomé
Son âme au diable
Ces choses-là ne se font pas
La Banque ferme à midi
Le Jeune Homme et la mort

Reouven *René*
L'Assassin du boulevard
La Banque ferme à midi
La Raison du meilleur est toujours la plus forte

Steeman *Stanislas-André*
L'assassin habite au 21

Thomson *June*
Le Crime de Hollowfield
Champignons vénéneux
Claire... et ses ombres
La Mariette est de sortie

Topin *Tito*
Un gros besoin d'amour

Traver *Robert*
Autopsie d'un meurtre

Vachss *Andrew*
Flood

Vickers *Roy*
Service des affaires classées 1 - Un si beau crime
Service des affaires classées 2 - L'ennemi intime
Service des affaires classées 3 - Le Cercle fermé
Service des affaires classées 4 - Le Mort au bras levé

Wambaugh *Joseph*
Soleils noirs
Le Crépuscule des flics

IMPRIMÉ EN FRANCE PAR BRODARD ET TAUPIN
Usine de La Flèche (Sarthe).
LIBRAIRIE GÉNÉRALE FRANÇAISE - 43, quai de Grenelle - 75015 Paris

ISBN : 2 - 253 - 05829 - 7 30/7338/4